敬悼

台灣最後一位學問大家、
文學大師&讀書種

陳冠學
（1934－2011）

「……我已經失去看天的資格……可以說等於是判我從人世出局，更精確地說，是從大自然出局……我自認謝世了！……在我，人世離不開大自然世。」

〈摘自《陳冠學隨筆1：夢與現實》〉

他說，他全部的生命、精神與思想，全部寫在他的著書裡了，要了解他，請直接讀讀他的書就是了。

「從我的著作，可以看到我治學領域的遼闊，《論語新注》是儒家哲學，《莊子新注》是道家哲學，《莊子新傳》、《莊子宋人考》傳記，《老臺灣》史、《臺灣四大革命》史學，《臺語之古老與古典》、《高階標準台語字典（上）》古漢語聲韻、文字、訓詁學，《田園之秋》、《訪草（第一卷）》、《訪草（第二卷）》文學、哲學，《父女對話》文學，《第三者》短篇小說，《藍色的斷想》哲學，《覺醒（字翁婆心集）》、《陳冠學隨筆：夢與現實》、《陳冠學隨筆：現實與夢》哲學、文化學，《莎士比亞識字不多？》傳記，《進化神話論1：駁達爾文《物種起源》》生物哲學，《莊子：古代的存在主義》、《少年齊克果的斷想》、《零的發現》、《愛之形上學》、《人生論》、《人生的路向》翻譯。」

〈摘自《陳冠學隨筆2：現實與夢》〉

陳冠學

1934年生，屏東縣新埤鄉人。國立台灣師範大學國文系畢業，曾輾轉任教南台各地初、高中(曾以立志的淬鍊教出一班屏東縣立東港高中學生後來出了6個外國名校博士)。他於任教課餘之時，又伏案苦讀，鑽研中國古代思想，著有《象形文字》《莊子新傳》《論語新注》《莊子宋人考》《莊子新注》等書，成就頗可觀。

1980年代初，他毅然辭去教職，重歸故鄉田園，耕讀寫作不輟。著有《田園之秋》《父女對話》《訪草》《藍色的斷想》《第三者》《覺醒：字翁婆心集》《陳冠學隨筆：夢與現實》《陳冠學隨筆：現實與夢》等，其中《田園之秋》成為不朽的台灣散文經典作，曾榮獲中國時報散文推薦獎(1983)、吳三連文藝獎散文獎(1986)、中文版《讀者文摘》特別書摘(1986)、文建會「台灣文學經典名著30」入選(1999)、鹽分地帶台灣新文學貢獻獎(2003)、各級學校國文教本選錄，中國也出有簡體字版。

文學創作之外，陳冠學更專注功力於台灣地理變遷、移民拓荒歷史、臺語正字聲韻研究，著有《老臺灣》《臺語之古老與古典》《高階標準臺語字典》《臺灣四大革命》，是點醒臺灣人腦袋、滌濾臺灣人心靈的紮實傳世之作。

說　　明

一、注音符號說明

　　本書注音採用國際音標，聲調採用教士通用符號。各別
說明如下：

p	＝ ㄅ	例字：保 pó 庇 pì
p'	＝ ㄆ	例字：澎 p'aŋ 湃 p'ài
b	＝ ㄅ	例字：買 bé 賣 bē
m	＝ ㄇ	例字：命 miā 脈 mèh
f	＝ ㄈ	（臺語沒有這個聲母）
t	＝ ㄉ	例字：道 tō 德 tek
t'	＝ ㄊ	例字：天 t'en 泰 t'é
n	＝ ㄋ	例字：唾 nōa、懦 nōa
l	＝ ㄌ	例字：勞 lô 碌 lók
ts	＝ ㄗ	例字：醬 tsîuⁿ 鰻 tsî
ts'	＝ ㄘ	例字：縱 ts'in 使 ts'ái(ts'èŋ sái 的變音)
s	＝ ㄙ	例字：心 sim 適 sek
tṣ	＝ ㄓ	例字：（臺語沒有這些聲母）
tṣ'	＝ ㄔ	例字：（臺語沒有這些聲母）

ʂ ＝ ㄕ 例字：（臺語沒有這些聲母）

ż ＝ ㄖ 例字：（臺語沒有這些聲母）

tɕ ＝ ㄐ 例字：（臺語沒有這些聲母）

tɕ' ＝ ㄑ 例字：（臺語沒有這些聲母）

ɕ ＝ ㄒ 例字：（臺語無此聲母）

k ＝ ㄍ 例字：轇kîu 筋 kin

k' ＝ ㄎ 例字：功 k'aŋ 課 k'òe

h ＝ ㄏ 例字：嘘 hah 唏 hì

g ＝ 兀 例字：五 gō 月 goėh

ŋ ＝ 广 例字：吳 ŋô 藕 ŋāu

dz 例字：饒 dziâu 裕 dzū

i ＝ ㄧ 例字：棋 kî 子 dzî

y ＝ ㄩ （臺語無此音）

e ＝ ㄝ 例字：底 té 細 hē

a ＝ ㄚ 例字：阿 a 堵 tsa

ʌ ＝ 英語 sun、but 中的 u，臺語無此音。

o ＝ ㄛ 例字：烏 o 鱸 lo

u ＝ ㄨ 例字：虛 hu 無 bû

ə ＝ ㄜ 例字：傷 siə 浪 lə

ï ＝ ㄗ、ㄘ、ㄙ 的尾音，臺北方面的「去」、「師」、「事」有此尾音。

ai ＝ ㄞ 例字：開 k'ai 臺 tâi

au ＝ ㄠ 例字：鏖 au 糟 tsau

oa ＝ ㆦㄚ　　例字：砂 soa 紙 tsóa

oe ＝ ㆦㄝ　　例字：炊 tsoe 粿 kóe

ia ＝ ㄧㄚ　　例字：奓 ts'ia 俄 gîa

iu ＝ ㄧㄨ　　例字：憂 iu 愁 ts'îu

ui ＝ ㄨㄧ　　例字：追 tui 隨 sûi

i^n　　　　　例字：天 t'i^n 邊 pi^n

e^n　　　　　例字：井 tsé^n 桁 kè^n

a^n　　　　　例字：寒 kôa^n 衫 sa^n

o^n　　　　　例字：好 hò^n 惡 ò^n

u^n　　　　　例字：㗽 iú^n 、守 tsiú^n

-m　　　　　例字：眈 tam 心 sim

-n ＝ ㄣ　　例字：因 in 緣 ên

-ŋ ＝ ㄥ　　例字：恭 kiŋ 敬 kèŋ

　　　　　　　黃 n̂g 瘗 sŋ

-h　　　　　例字：鱉 pih 甲 kah

-k　　　　　例字：齷 ak 齪 tsak

-p　　　　　例字：踥 siap 蹀 tiap

-t　　　　　例字：兀 gut 突 tut

上平(陰平)　　　　　例字：天 t'en 仙 sen

上聲(陰上)　′　　　例字：籠 lóŋ 總 tsóŋ

上去(陰去)　ˋ　　　例字：惡 à 霸 pà

上入(陰入)　　　　　例字：祝 tsiok 福 hok

下平(陽平)	＾	例字：平 pêŋ 行 hêŋ
下去(陽去)	－	例字：會 hōe 話 ōe
下入(陽入)	∣	例字：熱 dzét 烈 lét

二、《說文解字》說明

　　《說文解字》是東漢許慎所著，是第一本解說文字構造的書。據許慎的講法，文字構造法有六種，即象形（像形，即依照物體形狀描出來的字）、指事（抽象的事情無法用象形法來造字，改用指出的方法造字）、會意（用兩個以上的字合成一個新字，以表達其意）、形聲（用一部分表意，一部分表音的合成法造字）、轉注（用既有的字省筆劃來表意，外加表音字以合成新字）、假借（借用同音的字以表尚未造字之語）。下面分別舉實例來了解：

1. 象形
　　①八，別也。象分別相背之形。
　　②自，鼻也。象鼻形。
　　「八」古寫是八，「自」古寫是𠃡，都是像其形。

2. 指事
　　①上，高也。指事也。
　　②下，底也。从反上。
　　「上」古寫是ㆍ，指出在弦之上。「下」古寫是ㆠ，是上的相反，指明在弦之下。

3. 會意

①吉，語相訶距也。从口辛；辛，惡聲也。

②前，不行而進謂之前，从止在舟上。

「吉」是口出惡聲，「前」是舟行(止是行的意思)，都是合字合意而成新字。

4. 形聲

①茂，艸木盛皃。从艸戊聲。

②茲，艸木多益。从艸絲省聲。

「茂」是由「艸」(草)加「戊」聲成字，「艸」表意，「戊」表音。「皃」即「貌」，樣子的意思。「茲」是由「艸」加「絲」聲成字，只是「絲」沒寫完全，故說是「絲省」。

③嵐，艸得風皃。从艸風，風亦聲。

這是會意兼形聲。「从艸風」是會意，「風亦聲」表示「風」字也是本字的注音，不止和「艸」合意爲「艸得風皃」而已。

5. 轉注

轉注的例，如「妾」字从辛女，會意。辛是在臉上刺染記號的工具。妾是女奴，在臉上刺有記號。由「妾」轉爲「童」字，「童」是从妾省，重省聲；意思是「童」字乃以「妾」爲表意的部分而省了筆劃，以「重」爲表音部分也省了筆劃，如此合成的字。再舉一例，如「鳳」字，从鳥凡聲，是形聲字。由「鳳」轉爲「凰」字，是从「鳳」省皇聲。故「凰」是「鳳」的轉注，一如「童」是「妾」的轉注。

6. 假借

本來只有語音，沒有造字，臨到要寫下該語音時，不得已用變通的辦法，隨手借用一個已有的同音字，這便是假借；假也是借的意思。如「長」本來是人的頭髮長的意思，借用爲「長輩」、「長老」的「長」；「令」本來是人的背脊的意思，借用爲「命令」、「縣令」的「令」。

三、韻書說明

1. 切韻：是現存最早的一部標音分韻的字書，原編者是隋朝的陸法言。原本已經不可見，今本是經唐朝人整理過的新本子。

2. 廣韻：是北宋眞宗時根據切韻、唐韻增編的新書，是過去學者研究切韻音系的惟一可據本子。

3. 等韻圖：有七音略、韻鏡，是北宋作品；四聲等子，是遼僧作品；切韻指掌圖，是南宋作品；此外還有經史正音切韻指南，是元代作品。其特色是將韻分等，共分四等。分等的意義是什麼，很難說。綜合地說，大概一、四等是古本音或古聲母，二、三等是今變音或今聲母；一、二等沒有介音，三、四等有介音 i。

   (1)古本音與今變音之例

一等	干 kan	看 k'an	O	豻 ŋân
二等	姦 kan	馯 k'an	O	顏 ŋân
三等	甄 kian	愆 k'ian	乾 k'iân	妍 ŋiân
四等	堅 kian	牽 k'ian	O	研 ŋiân

⑵古聲母與今聲母之例

一等	臧 tsaŋ	倉 ts'aŋ	藏 ts'âŋ	桑 saŋ	O
二等	莊 tɕaŋ	瘡 tɕ'aŋ	牀 tɕ'âŋ	霜 ɕaŋ	O
三等	章 tɕiaŋ	昌 tɕ'iaŋ	O	商 ɕiaŋ	常 ɕiâŋ
四等	將 tsiaŋ	鏘 ts'iaŋ	牆 ts'iâŋ	相 siaŋ	詳 siâŋ

四、本書命名說明

　　臺語是閩南語在臺灣的別稱，跟英語在美洲別稱美語的情形是一樣的。臺灣因時勢地位與日俱增，而人口也將近兩千萬，早已非「閩南」一詞所能涵蓋，其情形亦與美國之於英國近似，故本書命名為「臺語之古老與古典」，而不稱「閩南語之古老與古典」。但臺語意義實與閩南語無異，故文中時亦稱閩南語，而不專一名。

陳冠學識

1981 年中秋既望

目次

一、「飲血茹毛」怎麼講

在太古時代，火的發現，對於人類，其重要不亞於今日原子能的發現。人類文化史家說，火的發現是古代最重大的一件事件。有了火，別的且不說，人類從此脫離動物生食的境地，建立人類獨特的熟食方式。單是這一點，便將人類跟一般獸類劃分了出來，說是人類古代的重大事件是一點兒也不錯的。火還沒發現以前，人類和一般獸類無異，一樣是生食的，在人類進步史上，我們稱為「飲血茹毛」的時代。《禮記》〈禮運篇〉寫著：「昔者，先王未有宮室，冬則居營窟，夏則居橧巢；未有火化，食草木之實，鳥獸之肉——飲其血，茹其毛；未有麻絲，衣其羽皮。」〈禮運篇〉這一段話正是人類原始時代的寫照，但是裏面有一句話不好懂，就是「飲其血，茹其毛」的一句，這句話早成了成語，即本章章題的「飲血茹毛」四字。人類在生食時代，打殺鳥獸，當場生食，血液的營養價值很高，自然不會任其流失蹧蹋掉，大概先「飲其血」，而後「食其肉」。可是〈禮運篇〉在「食草木之實，鳥獸之肉」一句之下，附帶說明卻不再說「食其肉」，卻說「茹其毛」。茹是吃的意思，毛卻不是吃的對象，這話很怪。東漢

學者鄭玄注《禮記》，沒有解釋，後世學者以為帶毛而食，亦即是生食的意思。於是這一個成語通行了兩千年再沒有人認真問問那個毛字怎麼講？這裏涉及漢語的原始語的問題，也涉及現存臺語的古老性的事實情況，探討起來，不只有趣，也是很有意義的。

若著者斷然倡言「毛」就是「肉」，乃是「肉」的古語，大概很少有人同意。若著者再斷然倡言臺語「肉」叫 bah，正是〈禮運篇〉作者所以借用「毛」字的古語音，大概同意的人會更少。可是這是事實的問題，不是同意或不同意所能決定的。愛因斯坦倡相對論，不論世人同意不同意，相對論還是事實。情形就是這樣的。

「毛」字自中古（五胡亂華以後）以來讀的是 m 聲母，即讀mâu，但是上古音讀的是 b 聲母，有長、短讀兩音：長音讀bâu，短音讀bak。也許研究漢語聲韻學的人馬上忍不住要說，現代學者沒有這種說法。這裏不客氣先指出，在現代各學科研究上沒有比漢語聲韻學更糟糕的，自高本漢開風氣到最近的董同龢，全是一派胡說，請先莫理它。毛的bâu讀，跟本文無關，可置一邊。毛的bak讀，因為 k 的收音自本便是塞而不裂（即不像英語 k 的收音有破裂，如 book 的 k 最後裂出強烈的氣聲），故其更輕的收音便成為bah，亦即臺語「肉」一語的 bah 音。這便是〈禮運〉所以借用「毛」字的聲音原理。也許讀者要問：閣下這樣來解釋「飲血茹毛」的「毛」，固然文從字順，可是我們要求更多的證據，是否拿得

出來呢？著者的回答是：可拿出許多證據！爲了醒目，下面我們分條來引述：

1.〈禮運篇〉下文便有：「玄酒以祭，薦其血毛。」玄酒是清水，太古之禮，祭用清水，因爲那時還沒有酒。祭品用「血毛」，毛自然是肉，若是眞毛，就很可怪了。

2.〈禮器篇〉：「納牲詔於庭，血毛詔於室。」

3.〈郊特牲篇〉：「毛血，告幽全之物也。」

以上三條都出於禮記一書。

4.《詩經》魯頌閟宮篇：「毛炰胾羹。」炰，臺語叫 pû（ㄆㄨˊ），是將生的東西直接埋在火炭堆裏去烤熟的意思。胾是細切的肉。過去的講法說：用炰的方法將毛皮烤掉，切細的肉做羹（ke"）。讀者自然覺得這種講法很牽強。現在我們改正過來：整塊肉用草葉子包著炰，切細的肉用來做羹。

5.《國語》〈楚語〉：「且夫制城邑若體性焉，有首領股肱，至于手拇毛脈，大能掉小，故變而不勤。」這句話的意思是說：建造城邑，和人體是一樣的，有頭有頸（領），有大腿（股）有下臂（肱），直達到大拇指（手拇）「毛脈」，大的能搖動（掉）小的，故雖有變動並不吃力。這裏的「毛」字，東漢末韋昭注解說：毛，鬚髮也。眞會開玩笑，文中不是說「大能掉（搖）小」嗎？鬚髮那有神經，受中樞指揮呢？這個「毛」當然是肉。

6.《說文解字》：「胈，足大指毛也。」《說文解字》是中國文字學的始祖東漢學者許慎的名著，也是中國第一部字典。

許慎對於「胲」字所下的解釋「足大指毛也」困惑了歷代學者，南朝陳朝的顧野王著玉篇不得不加一個「肉」字，寫成：「胲，足指毛肉。」(中華書局版沒有「大」字，不知道他版有沒有)清朝文字學大家段玉裁注《說文解字》，便採玉篇增加一個「肉」字，不免過分武斷，強不知以爲知。「胲」是肉字旁的字，跟毛無關，增「肉」字，說是「足母指上多生毛，謂之毛肉」，實在牽強附會得可怕。「毛」字便是肉，正不必這樣做文章。

以上只舉古籍原文，注文不煩舉。像這樣的僻字，有六條，已經夠多了。但是也許讀者還有話要質問，如〈禮運〉原文明明寫著「食草木之實，鳥獸之肉——食其血，茹其毛」，若毛是肉，爲什麼上面寫「肉」字，下面要改寫「毛」字呢？爲什麼不一致寫做「肉」字或一致寫做「毛」字呢？依字面看，應該是分別的兩個字。這話表面上看很有道理，其實是沒有道理的。第一，將毛當毛講，原文就講不通。第二，句中有現成的證據，上面寫「食」字，下面改寫「茹」字，也是換字。其實這句話當中，是文白夾用的，纔有看似不一致的現象。「肉」字，商朝人大概是讀做 bah，入周朝以後，周朝人讀做 dziak，故當時文言用「肉」字，白話用「毛」字。該句，上半句是文言，下半句是白話。如「食」和「茹」也是一個文言，一個白話。「食」是文言 sit(周音)；「茹」是白話 tsiah(商音)的況音 dziah，大概當時已變爲去聲 tsiā，像現時臺北的發音一樣，而「茹」讀 dziā，故借爲 tsiā 的代用字。

西漢末揚雄著《方言》一書，除了收「茹，食也」一條之外，還給 tsiȧh 或 tsiā 造了一個新字「飵」，他寫著：「饡、飵，食也。」其實 tsiȧh 的本字，還是「食」字，更有動詞本字「即」字。後文再詳。

　　由上文，我們看到臺語謂肉爲 bah，食爲 tsiȧh，是遠超周朝的古音。但是這裏要發一句追根究底的問話：肉的本音爲什麼叫 bah，食的本音爲什麼叫 tsiȧh 呢？語音總有產生或發生的道理在的啊！固然語言有優等，劣等之分，劣等語言，其產生或發生可全沒道理，如鳥，英語叫 bird，日語叫 toli，完全聽不到鳥聲；狗，英語叫 dog，日語 inu，完全聽不到狗聲。像這種語言可算是劣等語言（很抱歉，著者只懂得這兩種外國語文）。至於漢語，鳥，可知的中古音讀 tiáu（ㄉㄧㄠ），可聽出鳥聲；狗讀 kóu（ㄍㄡ），可聽出狗聲。而其上古音，可能像臺語，鳥叫 tsiáu（ㄐㄧㄠ），狗叫 káu（ㄍㄠ）──兒語叫 ŋáu，是完全的鳥聲和狗聲；尤其狗吠聲，見牠嘴巴張得那麼大，其主元音是 a（應作 ɑ），不應該作 o 的。而近代音，鳥讀 niâu（ㄋㄧㄠ），或如東北人讀 miâu（ㄇㄧㄠ）是很荒謬的，鳥決發不出鼻音 n 或 m 這樣的聲母。但是鳥字的變聲，是有道理的，漢語男性生殖器，發音和鳥字同音，字書寫做屌。於是講到鳥，令人聽出屌來，很是不雅，故到了明朝，鳥 tiáu 便正式改成 niâu 了。但是方言中也有未改的，如客家話鳥是 tiau，屌也是 tiau；臺語鳥是 tsiáu，屌也是 tsiáu。其實只要此心純潔，自然不會有非非想，用不到改

音。

那麼「肉」為什麼會是 bah 音,「食」為什麼會是 tsiah 音呢?

先說「肉」字。讀者諸君,試舉起右手,輕輕地打左手下臂或大腿,看看能夠聽見什麼聲音?然後再重重地打,再看看又聽見什麼聲音?輕打時,臺語人會說聽見 p'et 的聲音,官話人會說聽見 pi 的聲音,聲音雖一,隨聽者口音的不同,所描述的語音,自然會微有出入。臺語所描述的 p'et,若省掉音尾的 t,便成為 p'e,正是臺北的「皮」一音;臺南叫 p'ôe。官話 p'i,也是「皮」字。這便是「皮」字發音的由來。但是重打時,臺語人會說是 p'ah 音,或是 pah;p'ah 就是「拍」字,pah 留著下面再講。而官話人會說是 p'a 或 pa 音;p'a 當然也是「拍」字,pa 也留在下面講。可是打法實有兩種:有手掌一擊馬上提起的打法,也有稍微停頓纔提起的打法。送氣聲 p',是屬於前一種;不送氣的 p,屬於後一種。後一種若是真正夠重,便產生悶音 b,成為 ba 或 bah 之音,便是臺語(應說是商語)bah 的來由,這個便是「毛」(肉)字。其實打擊的輕重停頓原沒有明顯的界線,故「皮」、「肉」在漢語的原始音階段是沒有分別的,後世「罷」字,現時本音為 pá(ㄅㄚˋ),破音為 p'i(ㄆㄧˊ),就是古時「皮」、「肉」不分的活證。不止「皮」、「肉」不分,連「毛」也被攪和在一起的。語言是由簡而繁,由籠統而分析的。原始語中,許多相似的事物,都是不分別的。除了「皮」、「肉」、「毛」之外,如「瓜」、「果」,

「開」、「關」，「爸」、「伯」，「紅」、「黃」，「鳥」、「鼠」，「將」、
「相」，「娶」、「贅」，「問」、「聞」，都是不分別的。待講過
「食」字之後，再一一分述。

「食」字原是名詞字，甲骨文寫做 🔺。兒 是盛器，A 是蓋
子，中間的 ㇆ 表示食物。這個字是指食物，漢朝的學者妄讀
「嗣」之音，其實還是讀如「即」tsiah 字。「即」甲骨文寫做 🔺，
左邊是盛器盛滿了食物，右邊像一個人屈膝就食的樣子。這
個字纔是吃的本字，是動詞字。臺語吃叫 tsiah，這是周朝
以前的舊音。「立即」的「即」，臺語叫 tsiah tsiah，寫出來是
「即即」（意思等於方纔），乃是借用的字。《後漢書》寫做
「屬」，〈吳漢傳〉：「光武曰：『屬者恐不與人，今所請又何多
也？』」《三國志》〈魏志〉賈詡傳：「太祖又嘗屏除左右，問詡。
詡嘿然不對。太祖曰：『與卿言而不答，何也？』詡曰：
『屬適有所思，故不即對耳。』」此時「即」字已轉用做「立
即」之意，故「方纔」的意思另用「屬」字來表示。那麼「食」或
「即」爲何發 tsiah 之音呢？這個不難了解。吃東西時，文明
人閉著唇不發聲，以示禮貌教養。古人雖然也很注重吃相，
卻並不禁止到不准發一點點兒聲音。其在太古禮簡（還不曾
有禮貌的觀念）的時代，吃東西出聲大概是被視爲自然的事。
其實文明人除了對客或團體進食，那個人還不願意打開大嘴
痛快地吃？吃的聲音，你說除了 tsiah 之外，還有別的嗎？
故我們說臺語這個「食」字的發音，也和「肉」字的 bah，同是
原始音，是最古的。

　　上文說「瓜」、「果」等語，和「皮」、「肉」一樣，在語言的原始時代是不分的。現在讓我們來考察其事實。

　　太古人類無法分別掛在樹上的果實和披在地上的果實有什麼不同；換句話說，他們沒有今人「瓜」、「果」的分別。其實這種分別實在是多餘的，但是人類總是喜歡分析，以免淆亂。故在文字上，在樹上便寫做𢒁(「果」的本來寫法)，在地上便寫做𤰞(「瓜」的本來寫法)，讀音上慢慢地也有了分別。像官話「果」讀ㄍㄨㄛ，「瓜」讀ㄍㄨㄚ，大有不同。但是臺語還保持同音，只在聲調上予以區別而已。臺語「果」叫kóe(臺北作ké是不對的)，「瓜」叫koe，仍保留原始不分的發音。不過，官話ㄍㄨㄛ的ㄛ，若改成ㄚ，則二字便馬上變成同音字(只差聲調不同)，也可看出原始不分的痕跡。至於「瓜」、「果」一語音的由來，很可能是出於驚訝聲「哇」(ㄨㄚ)，或是當時的人還帶著牙音k，便成為ㄍㄨㄚ音。至於臺語作koe，這是變音，這種變音，普遍見於南音(自吳音以南)，大概起於商朝時代，當時大概已有讀音、語音的分別，koa是讀音，koe是語音。其實不止「瓜」、「果」不分，初時連「花」也被攪和在一起的。如《禮記》〈郊特牲篇〉：「天子樹瓜華。」「華」字實即「果」字。

　　「鳥」和「鼠」古語也是不分的。「鳥」一語的產生很早，「鼠」則晚到農耕時代。「鳥」和「鼠」是農作物最難對付的損害者。故當初「鼠」也叫「鳥」，〈禹貢〉這一篇古代地理志便記有「鳥鼠山」，大概是座多鼠之山。後人不知，解釋為「鳥

鼠同穴」，叫「鳥鼠同穴山」，這是不對的。鼠雖然和鳥一樣損害農作物，雖一時暫用「鳥」一語叫牠，牠終究是走獸而不是飛禽，於是語音便慢慢地有意分別開來。「鳥」和「鼠」的語音關係，可從「偷」字「輸」字看出。「偷」字是人字旁加「俞」聲，「輸」字是車字旁加「俞」聲，二字應該是同音字，可是現在已發展成不同的兩個音，「偷」字近於「鳥」，「輸」字近於「鼠」。「偷」字官音ㄊㄡ，臺語t'au，臺語是古音。「鳥」古音tiáu，和t'au很相近。故臺語叫「鼠」如今還加個「鳥」字，複稱「鳥鼠」，官話訛成「老鼠」。官話的「老」字，若不是尋出了轉變的線索，真教人丈二和尚摸不著頭腦。官話中還有「老虎」一詞，也是看來沒道理的，若尋不出轉變的線索，又是個丈二和尚了。虎是貓科的野獸，當初也只不分別地叫「貓」，後來不知道從那個地方傳來外來語叫「虎」，有的地方便改稱「虎」，有的地方不免新舊合稱，叫「貓虎」，一訛便變成「老虎」了，正好跟「老鼠」一詞，稱兄道弟；大概「老虎」的變音是受了「老鼠」的影響。「貓」臺語叫niau，這是由miau到lâu(老)的過渡音。

今人稱父為爸，稱父之兄為伯，其實爸、伯是一語。爸是古音，父是今音。「父」古音原本讀做「爸」，因語音的轉變到了唐宋以後，漸漸變成今音，官音叫ㄈㄨ，臺音叫hū。「伯」字，古音讀如「霸」，五霸也寫做五伯，可以證明上古時代「爸」、「伯」不分。故商朝時泛稱「諸父」、「諸母」，大概較早時代是群婚制度，長一輩的兄弟，下一輩一概稱父，

謂之諸父；長一輩的姊妹，下一輩一概稱母，謂之諸母。「諸父」就是臺語稱男人爲 tsa po 的正字，「諸母」就是臺語稱女人爲 tsa bó 的正字。到了周朝，因距群婚制時代已遠，覺得「諸父」、「諸母」二詞未免荒唐，遂改做「丈夫」、「丈母」。現在「丈夫」被用來稱夫，「丈母」被用來稱妻之母，語詞的轉變，實在大得驚人。

「將」、「相」是專制時代負責內外國事的大臣；管內國事的謂之相，管外國事的謂之將。當初也是不能分的，寫成文字方纔有分別。在語音上，「將」、「相」二字，現在還是相差無幾，大概是周朝後期纔產生這一個語詞，本字是「相」，故意找個微有分別的「將」字來表示管外的大臣這一音。「將」、「相」兩字，若要找古書證明其字音相等，也並不難。如《詩經》鄭風丰篇第一章：「子之丰兮，俟我乎巷兮，悔予不送兮。」在第二章：「子之昌兮，俟我乎堂兮，悔不將兮。」「將」和「送」字義可以劃等號，字音雖「將」有介音 i，在較早（商朝）時代，可斷其被視與「送」同音，故早有被借做「送」字用的傳統。《莊子》〈應帝王篇〉：「至人之用心，不將不迎。」「不將不迎」也就是「不送不迎」。以上證明「將」＝「送」。《禮記》〈曲禮篇〉：「鄰有喪，舂不相。」鄭玄注：「相謂送杵聲。」古人舂米時，往往唱出聲來用以輸送力氣，故「舂不相」等於「舂不送」，「相」＝「送」。依算式，$a=b$，$b=c$，則 $a=c$。這裏「將」＝「送」，「相」＝「送」，故「將」＝「相」。當然「將」、「相」不會完全同音，猶之「將」與「送」，「相」與「送」之不會完

全同音是一樣的。但是古人對於語言的分別，總不如今人之精細，像 tsiàng（ㄐㄧㄤ）、ts'iàng（ㄑㄧㄤ）、sàng（ㄙㄤ），今人雖認定是三個不可混淆的音，古人卻以為沒多大差別，而可通用。如「市」字，臺語大部分的人說 ts'ī（ㄑㄧ）、，卻有些人說成 sī（ㄙㄧ）；「菜」字，大部分人說 ts'ài（ㄘㄞ），卻有些人說成 sài（ㄙㄞ）；「謝」字，有人說 siā，有人說 tsia。官話也有這一種情形，如「常」、「裳」原本同音，現在「常」讀ㄔㄤ，「裳」ㄕㄤ。因為有一些語音淆亂不清，古人不能分別而就視為同音了。

「娶」和「贅」，現在官音差得很遠，前者為ㄑㄩ，後者為ㄓㄨㄟ。但是古音「娶」是 a 收音，如今臺語 ts'ōa。「贅」是由「貝」和「殺」聲合成字，自漢代已誤寫成「敖」聲；臺語叫 tòa，跟本音可說雖不中亦不遠。據《漢書》〈嚴助傳〉顏師古注：「淮南俗，賣子與人作奴婢，名為贅子。三年不能贖，遂為奴婢。」意思是：向人家借錢，將子女交在債主家當傭工抵利息，滿三年無法償還借款，子女沒為主家奴婢。這是南方之俗。閩南向來多貧戶，子女多出在人家當傭工，不論有無借錢，都說是「贅」tòa。故閩南人問人住何處，說：「你贅底位？」「贅」的含義又兼有「住」的意思。家貧無力娶妻，被人家招贅，不好意思直說，便說是「贅」tòa，好像在人家那裏傭工而已。「娶」的意思，大概也是娶來幫工，一如任傭似的，故發音與「贅」相同，大概不是偶然巧合。

「開」、「關」的語音，應該是出於門軸活動時和門臼磨擦

所發聲音的模仿，依理推應該是如此。而事實上，臺中、臺北說「開」叫 k'ui，「關」叫 kuiⁿ，幾乎還是同音。可見當初「開」「關」在語言上是無法分別的。

「問」、「聞」的語音，不待解釋論證，可以明白，在當初也不能分別的。因為二字發音難分，後世索性拿「聽」去代替「聞」，故現時各方言再不用「聞」字。

「紅」和「黃」說是當初同音同語，不免敎人吃驚。但是若問你原始人可能分別紅色和黃色？你則不免又要猶豫了。原始人不能分別紅色和黃色，那是應該的，即便是新石器時代的晚期，也未必能夠分別。紅色，漢朝以上叫「絳」。右旁的「夅」是「步」的倒字。「步」的原始寫法是ꝭ，像左腳在前右腳在後的樣子；甲骨文寫做ꝭ。「夅」正相反，原始寫法是ꝭ，甲骨文寫做ꝭ，是下降的「降」的本字。戰國時代「洪水」的「洪」字，早先也寫做「洚」。可見「絳」、「紅」也是同一個字一個音的。漢朝的學者說：赤白色為紅，大赤為絳。這種分別是無根據的。而「黃」字呢？古人寫做ꝭ，下面一把火，上面是夅聲。可知「黃」、「絳」原本同一語，也就是說，當初的人，「黃」、「紅」是不分的。《詩經》〈車攻篇〉毛傳：「諸侯赤芾。」〈斯干篇〉毛傳：「諸侯黃朱。」可見「赤」統「黃朱」二色。《淮南子》〈齊俗訓〉：「縑之性黃，染之以丹則赤。」也是「赤」統「黃」。臺語「紅」叫 âŋ，和「黃」同其韻母 aŋ，若補上已失掉的 ho，則恢復成 hoâŋ，正是「黃」音。只是臺語「黃」早已省掉了母音，又省掉聲母，現在只剩下一

個 ŋ 的子音，成爲一個很奇怪的語音，敎人不識其與「紅」的關係。

二、駁蘇東坡的謬論

　　上章末尾提到「紅」字，臺語發做 âŋ 音。這樣的發音，在漢語裔群中是僅見，其他方言，包括官話，不是發做｜hoŋ｜便是發做｜huŋ｜，最多像福州話發做 oeyŋ。「紅」屬東韻，東、冬兩韻原是同一個韻，陸法言硬給分為兩韻。這東、冬兩韻，包括所隸屬的上聲董韻，去聲送、宋二韻，入聲屋、沃二韻，其主要元音，臺語一律是 a，和其他方言普遍作 o 作 u 顯現出極其奇特的姿態。可是直到現在，治漢語聲韻學的人，還沒有正視這個奇特的現象。現在將各韻中，見於臺語音的字列舉出來，附以臺音，來看這全盤的奇異現象：

1. 東韻：東 taŋ，同、童、銅、桐、筒、胴 tâŋ，中 taŋ，蟲 t'âŋ，雄 hiâŋ，空 k'aŋ，公、功、工、蚣 kaŋ，濛、雺 bâŋ，籠、礱 lâŋ，洪、紅 âŋ，叢、藂 tsâŋ，翁 aŋ，葱 ts'aŋ，通 t'aŋ，椶 tsaŋ，蜂 p'aŋ，烘、烘 haŋ。

2. 冬韻：冬 taŋ，儂、膿 lâŋ，鬆 saŋ。

3. 董韻：董 táŋ，桶 t'áŋ，總、縱、捴 tsáŋ，籠、攏 láŋ，

動 tāŋ。

4. 送韻：送 sàn，弄 lāŋ，凍 tàŋ，控 kʻàŋ，糉、粽 tsàn，

　瓮、甕、醤、罋、齈 àŋ，洞、痛 tʻàŋ，夢、癔 bā

　ŋ。

5. 宋韻：(缺)

6. 屋韻：獨、黷 tȧk，速 sak，角 kak，鑿 tsʻȧk，暴、

　曝 pʻȧk，木、目 bȧk，沐 bak，腹 pak，伏、

　覆 pʻak，麴 kʻak，六 lȧk，蓄 hak。

7. 沃韻：沃 ak，篤 tak。

這七個韻當中，見於臺語白話中的，有這麼多的份量。

還有原屬本部的字，被誤分到別的韻目裏去的，也有很多，

如江、講、絳、覺四韻。過去的人總以爲閩南語多有聲無

字，其實是不認得正字，臺語幾乎每一聲都有字。如上舉屋

韻中的「蓄」字，是著者根據古今音變化中一條法則推出來

的，臺語中說「蓄家伙」、「蓄田園」、「蓄身�」都是這一個

「蓄」。若是過去的人，又要說有聲無字了。這樣的字，著者

發現了許多，已把前人有聲無字之說完全推翻。

　　上舉這麼多字，都作 a 元音，當不會是偶然的。既不是

偶然，其中便隱藏著某種事實。但是這個事實不止無人發

掘，且一向被人抹煞，蘇東坡可做爲代表者。

　　岳飛之孫岳珂的《桯史》一書中有一段話記載著蘇東坡的

謬論(也是一般人的謬論)說：「元祐間，黃、秦諸君子在館

觀李龍眠賢己圖。博者六、七人，方據一局投迸，盆中五皆

崍而一猶旋轉，一人俯盆疾呼。東坡曰：『李龍眠天下士，乃效閩人語邪？』衆請其故。坡曰：『四海語音，言「六」皆合口，惟閩音則張口。今盆中皆六，一猶未定，法當得六，而疾呼者乃張口，何也？』龍眠聞之，亦笑而服。」這一段記錄，蘇東坡雖沒有明言排斥閩音，言外之意，很不齒閩音（以「天下士」和「閩人語」對照）。蘇東坡還特別指出：「四海語音，言『六』皆合口。」意思是：全中國各處說「六」字都是作 luk 之音；u 是合口音。又說：「惟閩音則張口。」意思是：只有閩音作 lak 之意；a 是開口音。按閩音有閩北音、閩南音二種。閩北音「六」作 loeyk，不算是顯明的開口音（文中說「而疾呼者乃張口」），只有閩南音「六」作 lak，纔是眞正開口音，故蘇東坡所指的閩音是閩南音。依蘇東坡的意思作合口音 luk 纔是漢語的正音，閩南音可說是背經離道，簡直算不得是漢語音。這是一般人的看法，蘇東坡可算做一個代表者。其實，事實恰恰跟蘇東坡（一般人）的看法相反，閩南音「六」作 lak 纔是漢語的正音，一般作 luk，乃是變音。這話驟聽之下，敎人吃驚，不能相信。但是等我們將漢語音的眞「象」擺了出來，吃驚還是要吃驚，卻不能不相信。

「六」屬於屋韻，和上文提過的「紅」âŋ，是同一個系統的字。我們在上文已舉過，這個系統最少包括七個韻，閩南音主要元音是 a，跟其他方音截然不同。這是古音的僅存，非常可貴。我們所以這麼說，是因爲有許多現象證明以上七韻，古音讀 aŋ，不讀 oŋ 或 uŋ。

第一種現象

第一種現象是：同一個意義，既見於今音讀 uŋ 的字，往往也見於讀 aŋ 的字。試列舉如下：

1. 中——央：「中」、「央」是同義字，「央」字可能是「中」的失聲母字，也極可能原初是有聲母。

2. 盅——盞：「盅」、「盞」是同義字，是小杯子。「盅」字現代官音叫 tʂuŋ（ㄓㄨㄥ），「盞」叫 tʂuaŋ（ㄓㄨㄤ）。二字原本應該是一語一音。

3. 瓮——瓫：「瓮」、「瓫」是同義字，「瓫」也寫成「甕」、「𤮻」、「𤭛」，「瓮」也寫成「盎」。在先秦時代，這些字是「各國書不同文」的各種不同寫法，同是 àŋ 一音的代表字。後來 àŋ 一音漸漸的變成現在官音的 úŋ（ㄨㄥ）。《周禮》「盎齊」鄭玄注：「盎猶翁也。」可見「翁」字漢時還發做 aŋ 音，和現在的臺語音相同。「翁」、「瓮」都是以「公」為聲符的字，更可證「瓮」、「瓫」的同一。臺語「翁」叫 aŋ，「瓮」叫 àŋ，不會是偶然之音。

4. 庸——常：鄭玄注中庸說：「庸，常也。」「庸」今官音 yəŋ（ㄩㄥ），「常」tʂ'aŋ（ㄔㄤ）。古代通行「庸」字，現代通行「常」字。大概「庸」原先有聲母 s，發做 siâŋ。《周禮》眡瞭：「擊頌

磬、笙磬。」鄭玄注：「頌或作庸。」方
言：「庸謂之倯，轉語也。」可見「庸」古音
有 s 聲母，纔能與「頌」、「倯」通用。而
「常」古音讀 siâŋ，也是 s 聲母。「庸」字入
漢以後大概已失聲母，「傭」和「央」便是失
聲母的一對。「傭」「央」都是受雇幫工的意
思，原本是一語。

5. 墉──牆：《詩經》〈行露篇〉：「誰謂鼠無牙，何以穿
我墉？」毛傳：「墉，牆也。」

6. 䵼──嘗：這兩字的情形和上一條一樣。「䵼」，字書
以為是「庸」的古字，自許慎就不認得此
字。這一個字是由「㐺」(亨的古寫)和「自」
(鼻的本字)合成字，「亨」是吃的意思，用
鼻子吃，自然是未吃之前，先用鼻子聞一
聞，也就是「嘗」的意思，故它是古「嘗」
字。

7. 空──康：「康」是「穅」的簡寫字，現在慣寫做「糠」，
是單指穀皮而言，故段玉裁說：「穅之言
空也，空其中以含米也。」這是「康」這個
音和「空」在古代同一的證據。方言：「康，
空也。」又說：「㴌，空也。」段玉裁說：
「㴌者，水之虛；康者，屋之虛；歉者，
餓腹之虛。」可知「空」在古代正讀如臺語

k'aŋ。

8.凶──殃：這兩個字也有同義的關係，其字音應當也有關係。

9.崇──長：這兩個字也有同義的關係，在古代應該是同音字。《周禮》冬官考工記：「輪已崇，則人不能登。」意思是：車輪做得太大，人們要上車就困難了。「崇」這裏當「高」講，但是語源應與「長」同一。

10.癰──瘍：「癰」也寫做「癱」，《周禮》〈瘍醫〉鄭玄注：「瘍，創癰也。」可見古代是同一語的異寫。

11.動──蕩：《左傳》成公十三年：「蕩搖我邊疆。」顯然「動」「蕩」也是古代同一語的異寫。

12.矇──盲：《禮記》〈仲尼燕居篇〉：「昭然若發矇矣。」這個「矇」當然就是「盲」。

13.葱──蒼：《禮記》〈玉藻篇〉：「三命赤韍葱衡。」鄭玄注：「青謂之葱。」《說文解字》：「蒼，草色也。」其實「青」、「蒼」、「葱」是古代一語音的三種寫法。

14.颿──帆：《世說新語》〈排調篇〉：「不給布颿。」這個「颿」字，字書不收，不知道讀何音，據其右旁「風」，大概讀「風」。但是現在此字不通行，一般寫做「帆」字。可知

「風」的主要元音是 a 無誤，是「風」，古代讀 p'am，曾經一度轉成 p'aŋ，後來再轉為 p'oŋ，再轉為現在官音 fuŋ（ㄈㄥ）。「篷」字應該是它的別字。

15. 恐——悾：《禮記》〈禮器篇〉：「年雖大殺，衆不匡懼。」《三國志》魏志〈袁紹傳〉：「馥素悾怯。」顯然「匡」、「悾」是「恐」的古音。

16. 銅——鐐：《爾雅》〈釋器〉：「黃金謂之鐐，白金謂之銀。」按古人以銅為黃金，銀為白金，鐵為烏金。可知「鐐」是「銅」的古音。《呂氏春秋》〈勸勳篇〉：「燕人逐北入國，相與爭金，得（原文作「於」）美唐甚多。」按「唐」即「銅」。

17. 送——相：上章論過「送」古讀如去聲的「相」，即 siàŋ 或 sàŋ。

18. 聳——獎：方言：「自關而西，秦晉之間，相勸曰聳，或曰獎。」可知「獎」tsiáŋ 到了東漢已有一部分變成「聳」ts'ióŋ 的音。

19. 鏦——鎗：「鏦」官音ㄘㄨㄥ，「鎗」（本作「槍」）ㄑㄧㄤ。《說文解字》：「鏦，矛也。」是「鏦」、「槍」是同一字。

20. 洪——洚：孟子說：「洚水者，洪水也。」可知「洚」是「洪」的別寫，因不太通行，故孟子特

加以解釋。

21. 紅——絳：這一條性質同上一條。

22. 匈——降：王莽改「匈奴」爲「降奴」。

23. 鴻——皇：「鴻」、「皇」都當「大」講，是大家所習知的事，古音應該是只有一個音。

24. 兇——慌：《左傳》僖公二十八年：「曹人兇懼。」「兇懼」當即是「慌懼」。方言：「恐悑，戰慄也。」「恐悑」當即是「恐惶」。是「兇」——「慌」，「悑」——「惶」。

25. 甌——榶：「甌」、「榶」同是小口的壺，小者如碗，大者如缸，臺語叫 tâŋ，往往加語尾叫 tâŋ á。《荀子》〈正論篇〉：「魯人以榶，衛人用柯。」柯，臺語 oe，即「鍋」字的先行字。方言：「盌謂之榶，盂謂之柯。」

26. 融——烊：二字同是表固體液化，融 iôŋ 爲中古音，烊爲上古音 iâŋ 之遺。

27. 妐——嫜：妐 tsioŋ 爲中古音，嫜爲上古音，同表舅姑。

28. 溶——揚：《淮南子》〈泰族訓〉：「河不滿溢，海不溶波。」溶即揚。

29. 洪——黃：屈原賦「黃鐘」，張衡賦作「洪鐘」。

以上二十九個例證，已足以形成第一種現象確定其非出偶然。若再加上第二種現象來看，更不容置疑。

第二種現象

所謂第二種現象，也就是諧聲字的遺證，如「工」字，現在官音讀kuŋ(ㄍㄨㄥ)，但是「江」字卻讀tɕiaŋ(ㄐㄧㄤ)，tɕ是k之變，應該是kaŋ(ㄍㄤ)，像臺語那樣的發音。這是本字已由aŋ變成uŋ，而諧聲字還保持原音的一種現象。陸法言編《切韻》一書時，看到這一個現象，故給「江」一類字，另立一個韻，不敢合併到「陽」、「唐」等韻裏去。故這一現象是大家都看得到的現象，現在約舉一些字如下：

1. 工——江：可知「工」古音kaŋ。
2. 農——膿：「膿」讀ㄋㄨㄥ，可知「農」古音nâŋ。
3. 丰——邦：「邦」讀ㄅㄤ，可知「丰」古音paŋ。
4. 童——幢：「幢」讀ㄔㄨㄤ，可知「童」古音t'âŋ或tâŋ。
5. 舂——椿：「椿」讀ㄓㄨㄤ，可知「舂」古音tsaŋ或tsoaŋ。
6. 共——巷：「巷」讀ㄒㄧㄤ，可知「共」古音kâŋ或kiaŋ。

這第二種現象略舉幾個字就好，讀者要詳查，可看韻書「江」「講」「絳」三個韻。

第三種現象

第三種現象是換字，往往有今音uŋ在古時和aŋ相通的，這一現象屬於古人說的「通假」法則。約舉數例如下：

1. 舂——章：《後漢書》〈光武紀〉：「改舂陵鄉爲章陵

縣。」若「春」、「章」不是有同音的關係，
光武改春陵爲章陵是不可理解的。

2. 鍾──章：《漢書》〈廣川王去傳〉：「背尊章。」顏師古
注：「尊章猶言舅姑也。今關中俗婦呼舅
姑爲鍾。鍾者，章聲之轉也。」可知「章」
到唐朝已轉爲「鍾」音。臺語「鍾」、「章」同
音。

3. 懂──黨：《方言》：「黨、曉、哲，知也。楚謂之黨」
按「黨」今已轉爲「懂」。

4. 弄──良：崔杼弑殺齊君，要晏子和他盟誓，晏子不
肯。崔杼想殺了晏子，一想到晏子是賢
人，頗有人望，又不敢殺。《呂氏春秋》
〈知分篇〉寫著：「崔杼曰：『此賢者，不可
殺也。』罷兵去。晏子授綏而乘，其僕將
馳。晏子無良其僕之手曰：『安之，毋失
節！疾不必生，徐不必死。』」按「無良」的
「無」顯然是「撫」的缺筆字，而「良」應該是
「弄」的同音借用字。臺語「弄」叫 lāŋ，和
「浪」的官音相似。

5. 聰──窗：《三國志》魏志〈諸葛誕傳〉注引世語：「是
時當世俊士散騎常侍夏侯玄、尙書諸葛
誕、鄧颺之徒共相顯表，以玄疇（等）四
人爲四聰，誕、備八人爲八達。」〈曹爽

傳〉注引《魏略》:「人白(說)勝(人名)堂
有四窗八達,各有主名。」據上引兩文
「聰」、「窗」同音。

6. 宋——商:《左傳》昭公八年:「自根牟至於商、衛。」
《國語》〈吳語〉:「闕(掘)爲深溝,通於商、
魯之間。」《莊子》〈天運篇〉:「商太宰蕩問
仁於莊子。」《韓非子》〈說林篇〉:「子圉見
孔子於商太宰。」以上諸文中的「商」都是
「宋」。周朝滅商以後,封微子啓以續殷
祀,自然不好再用「商」字爲國號,於是挑
了一個同音字「宋」字,用爲微子啓的國
名。上章已論證過,「宋」原本寫做「𥦬」,
乃「𥦕」的先行字,簡寫做「宋」。「相」可借
做「傷」,「𥦬」自然可代替「商」字(論證看
上章)。

7. 共——姜:《國語》〈周語〉:「堯遭洪水,使禹治之,
共之從孫四岳佐之,至賜姓曰姜。」賈逵
說:「共,共工也。」可知「共」和「姜」同
音。

8. 顒——昂:三國魏人邢顒,字子昂。是名字取「顒」、
「昂」同音。「顒」今官音ㄩㄥ,古音應該和
「昂」同爲 gâŋ 或 ŋâŋ。《三國志》魏志〈文
帝紀〉注引王令:「兆民顒顒。」「顒顒」就

是「昂昂」。《詩經》阿卷：「顒顒卬卬。」
正連用。

這一種現象也呈現著事實的存在，不能加以抹煞。

第四種現象

第四種現象是屬於古人所謂「轉」的問題。下面也約略舉些例來察看：

1. 蒙——毛：毛是蒙在身上的，故「蒙」、「毛」是同一個語源來的字。「蒙」是鼻音收尾的字，即「蒙」是 bâŋ 或 mâŋ，由 ŋ 收尾。這種鼻音收尾的字，古人叫「陽聲字」，反之，像「毛」bâu 或 mâu，不是鼻音收尾的字，古人叫「陰聲字」。由「陽聲」轉爲「陰聲」，或由「陰聲」轉爲「陽聲」，古人叫「陰陽對轉」。陰陽對轉字，除收尾的變化，其他部分的音應該還是保持一致。像「蒙」「毛」陰陽對轉，「毛」的主元音既然是 a，則「蒙」也應該是 a。故可知「蒙」古音是 bâŋ 或 mâŋ。「蒙」、「毛」兩字對轉之時，是「蒙」的收尾 ŋ，轉成了「毛」的收尾 u；或情形倒過來，「毛」的收尾 u，轉成「蒙」的收尾 ŋ。如「昭」tʂau（ㄓㄠ）之於「彰」tʂaŋ（ㄓㄤ），「糟」tsau（ㄗㄠ）之於「髒」tsaŋ（ㄗㄤ），

「高」kau(ㄍㄠ)之於「岡」kaŋ(ㄍㄤ)，「梢」ṣau
(ㄕㄠ)之於「上」ṣáŋ(ㄕㄤ)，「包」pau(ㄅㄠ)之
於「綁」pâŋ(ㄅㄤ)，「擾」zâu(ㄖㄠ)之於「攘」
zâŋ(ㄖㄤ)，都是這一類，只是元音沒有
變，而「蒙」已自 a 變成 u，讀成 mûŋ
(ㄇㄥ)。讀者或許還懷疑「蒙」「毛」的對轉
關係，可查看由「矛」字做聲符成字的「雺」
字，此字正讀「蒙」。

2. 肅——蕭：這一對字，應入上面討論過的第二種現
象，因為「肅」字是入聲字，故歸入第四
種現象來討論。「蕭」siau是平聲，跟「肅」
的讀音關係是 u——k 對轉。可知「肅」古
讀 siak。

3. 恐——嚇：《漢書》〈宣元六王傳〉：「令弟光恐王。」文
中的「恐」字不讀ㄎㄨㄥ，要讀「哄」字，官
音ㄏㄨㄥ，臺語háŋ。「哄」和「嚇」是ŋ——
k 對轉。「嚇」官音çiá(ㄒㄧㄚ)，臺語hiah。
故可知「恐」或「哄」古音是háŋ，而不是像
現代官音發做hûŋ(ㄏㄨㄥ)。

4. 溝——講：此二字同用「冓」做聲符成字。「溝」今官音
kou(ㄍㄡ)，「講」tçiâŋ(ㄐㄧㄤ)，tç(ㄐ)是 k 之
變，故應該是 kiâŋ(ㄍㄧㄤ)，山東省人還
作此音，而臺語「溝」為 kau，「講」為 káŋ，

至今元音還是一致。可知「溝」現在官音主元音雖是 o，本來是作 a 的，應讀 kau，就像「狗」，臺語作 káu，官音作 kôu(《ㄡ)。試仔細聽聽狗吠聲，看是作ㄧkauㄧ，或是作ㄧkouㄧ？就是啞巴的人，受過讀唇訓練，看見狗吠時嘴巴張得那麼大，他都會判斷讀 kôu(《ㄡ)是不對的，因為 o 屬於圓唇音，而 a 纔是真正的開口音。臺語中，凡是官音 ou(ㄡ)音，都作 au 音，這也是古音之遺。

5. 俛──免：「俛」字今音讀如「俯」，使學者們百思不得其解。因為「俛」字明明以「免」字為聲符，怎會由 miên(ㄇㄧㄢ)變成 fû(ㄈㄨ)呢？按「俛」字臺語叫 mà，保持「免」聲符的音理，只省略了收音 n。此字以後再詳談。由上據「免」聲符和臺音，我們知道「俛」字今日雖作 u 元音，昔日原是 a 元音的。

6. 且──將：「且」字是「祖」、「租」、「阻」、「沮」、「狙」、「疽」等字的聲符，了解它的本音，可知諸字之音。「且」、「將」在古書中常通用。現在官音「且」為 tɕiê(ㄑㄧㄝ)，「將」為 tɕiaŋ(ㄐㄧㄤ)。臺語「且」tsʻiáⁿ，「將」tsiaŋ，不止元音相同，「且」字還有半鼻音收尾，可與

「將」的全鼻音相彷彿。愚公移山是一則著
名的寓言故事,《列子》〈湯問篇〉寫這一段
故事,一開頭便交代愚公的歲數,寫著:
「北山愚公者,年且九十。」其中「且」字就
可用「將」字替換,這兩字的字音關係,也
屬於陰陽對轉。「且」字的元音,不止一個
「將」字證明是 a,《春秋》經襄公十年:「會
吳于柤。」《漢書》〈地理志〉「柤」作「鄦」,
也可證明是 a,因為「鄦」讀｜tsan｜(同
「讚」音),元音就是 a。

7. 沽──簡:《禮記》〈檀弓篇〉:「杜橋之母之喪,宮中
無相,以為沽也。」鄭玄注:「沽猶略
也。」按「沽」實在是和「簡」陰陽對轉,故
「沽」讀 ká 不讀｜ku｜。

8. 畜──好:「畜」也寫做「蓄」,其實寫「畜」就夠
了。《孟子》〈梁惠王篇〉:「畜君者,好
君也。」段玉裁以為「畜」和「好」同音通
用,說得很對。「好」háu,u──k 對轉,
「畜」音 hak。《禮記》〈祭統篇〉:「孝者,
畜也。」也是取同音來解釋,即所謂聲
訓。「孝」hàu,u──k 對轉,「畜」也是
音 hak。「畜」屬屋韻,乃「東」韻系統。

9. 曝──暴:「暴」是「曝」的本字,但現在官音慣讀做

pau，u——k 對轉，可知「暴」(曝)讀 pȧk 或 pʻȧk，而臺語正叫 pʻȧk。「暴」也是屋韻，屬「東」的系統。

10. 后——缿：「后」現在官音是 hóu(ㄏㄡˋ)，「缿」《廣韻》卻讀如「項」hāŋ(ㄏㄤˉ)。u——ŋ 對轉，可知「后」古音 hāu 或如「厚」字臺語 kāu。臺語謂兒子為「後生」hāu seⁿ，「後」字一般是省了聲母 h，只發做 āu。《漢書》〈趙廣漢傳〉：「又教吏為缿筩。」缿筩是投書箱或密告箱，臺語現時還是白話中的用詞，叫 hāŋ tāŋ 或 hāŋ tàŋ。「筩」和「筒」是同字。臺語中「缿筩」往往用來指一個人心裏所想的或其所懷鬼胎。如「我知你个缿筩。」

11. 杳——木：「杳」字以「日」字和「木」字為聲符成字，現在官話 miâu(ㄇㄧㄠˊ) 或 iâu(ㄧㄠˊ)，u——k 對轉，可知「木」古音一定是收 ak 韻，臺語叫 bȧk，可以為證。「木」屬屋韻，乃「東」的系統。

第五種現象

第五種現象可看做第四現象的延續，這一現象使得汪榮寶氏寫了一篇轟動學界的論文，即著名的〈歌戈魚虞模古讀

考〉一文。

我們在第四現象中，試著從各個角度來證明東、冬等韻古爲a元音，其中6、7兩個例已引進第五現象的邊界。在第五現象中，我們從可視爲「陰聲的東、冬」的「歌戈魚虞模」五個韻來看東、冬等七韻主元音古爲a。一個很可怪的現象，「歌戈魚虞模」是陰聲韻中今音收u、o、ə(ㄨ、ㄛ、ㄜ)，被汪氏還元爲古音收a(ㄚ)而被大家公認的事實，卻獨於陽聲韻中，無人想到今音爲u、o元音的東、冬等韻，古音會不會也是a元音？因爲「歌戈魚虞模」既可由a變u、變o，東、冬等韻，自然很可能也是循同樣的方式變過來的。

所謂「歌戈魚虞模」是：

①歌韻：歌、多、駝、羅、何等字。
②戈韻：戈、婆、磨、和、科等字。
③魚韻：魚、書、居、餘、如等字。
④虞韻：虞、于、儒、蛛、夫等字。
⑤模韻：模、胡、徒、奴、烏等字。

歌、戈二韻，現代官音不是收ㄜ(ə)音便是收ㄨㄛ(uo)音。魚、虞、模，大部分收ㄨ(u)音——包括ㄩ(y)，只有「模」字等字收ㄛ(o)音。汪氏發現唐宋以上歌、戈二韻的系統收ㄚ(a)，魏晉以上連魚、虞、模三韻的系統也收ㄚ(a)。汪氏將六朝唐朝佛經的音譯名詞與梵文對照，得到前一結論。例如：

①阿伽陀——agada　　陀對da

②阿耨多羅──anuttara　　多對 ta，羅對 ra

③阿彌陀──amita　　陀對 ta

④阿修羅──asura　　羅對 ra

⑤波帝──pati　　波對 pa

⑥多羅──tala　　多對 ta，羅對 la

⑦波羅密多──paramita　　波對 pa，羅對 ra，多對 ta

⑧佛陀──Buddha　　陀對 dha

⑨婆羅門──Brahman　　婆對 b，羅對 ra

⑩娑訶──saha　　娑對 sa，訶對 ha

可知屬歌韻的「陀」、「羅」、「多」、「娑」、「訶」，戈韻的「婆」、「波」，唐以前都讀 a 收音。汪氏的例證很多，這裏不備舉。其實不待與外文對照，中國古籍本身便含有許多材料，足以證明「歌」、「戈」系統的字，古代讀 a 收音。即便不對照外文，不查考古書，單看臺語中有關歌、戈系統的字，收 a 音的字之多，也足以令人警醒，例如：

歌 koa，柯 koa，多 ta，詫 ta，爹 tia，縒 tôa，俄 giâ，鵝 giâ，拖 t'oa，籮 lôa，何 hàⁿ，荷 hâ，磨 bôa，靴 hia，我 góa，可 k'óa，駞 pà，簸 pòa，賀 kōaⁿ，些 sia，播 pòa，破 p'òa，惰 tōaⁿ。

上舉諸字，是就著者所知範圍列出，有著者不識的語音字，當仍有不少。惟上舉諸字，恐怕讀者中也不一定盡識，如：「多」、「詫」ta 是吹牛；「鹹縒」kiâm tôa 是鹽漬物

（可問問老一輩的人）；「俄」giâ 是舉，和「何」、「負」、「儋」、「任」等字在文字上同從人字旁，爲一系列表示舉物的各種姿態的字；「米籮」bí lôa（可問老一輩人），賀 kōaⁿ 是提，見於古書（如《方言》等書）；「駃」pà，馬奔。皆有來歷，不是土音。

　　汪氏拿佛經舊譯、史、漢古史及天然語音，證明魏晉以上，「魚」、「虞」、「模」系統的字也收 a 音。佛經舊譯的例：

　　1.「佛陀」舊譯作「浮屠」——Buddha　　屠對 dha

　　2.「旃陀羅」舊譯作「旃荼羅」——Candala　　荼對 da

　　3.「優婆塞」舊譯作「伊蒲塞」——Upāasaka　　蒲對 pāa

　　4.「摩耶」舊譯作「莫邪」——Maya　　莫對 ma

　　5.「賓度羅」舊譯作「賓頭盧」——Pandura　　盧對 ra

　　以上所舉「屠」、「荼」、「蒲」、「盧」都是模韻字，「莫」是鐸韻。古史的例：

　　1.Sinra——《三國志》〈魏志〉「新羅」譯作「新盧」　　盧對 ra

　　2.《漢書》涿邪山——《史記》作「涿涂山」　　涂對 ya

　　3.《史記》奄蔡——《漢書》作「闔蘇」　　蘇對 sa

　　以上所舉「盧」、「涂」、「蘇」也都是模韻。按汪氏所舉古史例證只有三條，不免貧弱，並且又儘限於模韻，不免偏而不全，這裏補充如下：

　　1.《周禮》甸祝鄭玄注：「玄謂禍讀如伏誅之誅，今俗大

字也。」可知「侏」字漢以上讀如 ta，因「侏大」爲同一語的複詞，「侏」、「大」二字字音即便不完全同音，也要近似。「侏」屬虞韻。

2.《周禮》凌人鄭玄注：「杜子春讀掌冰爲主冰也。」可知漢以上「主」讀「掌」去了收音的 ŋ，即讀爲 tá（其時只作 t 聲母）。「主」屬虞韻系統。

3.《周禮》典瑞鄭玄注：「疏讀爲沙。」「疏」屬模韻。

4.《周禮》巾車鄭玄注：「故書疏爲揟，杜子春讀揟爲沙。」「揟」屬魚韻。

5.《周禮》鬱人鄭玄注：「嘏，受福之嘏，聲之誤也。」可知漢以上「嘏」讀如「假」音。「嘏」屬模韻系統。

6.《儀禮》士冠禮鄭玄注：「胡猶遐也。」可知漢以上「胡」讀如「遐」音。

7.《儀禮》聘禮鄭玄注：「今文訝爲梧。」可知「梧」漢以上讀如「牙」音。「梧」屬模韻。

8.《儀禮》既夕陸德明釋文：「御，劉本作衙。」可知「御」讀「衙」音。「御」屬魚韻系統。

9.《禮記》內則鄭玄注：「膚或爲胖。」可知漢以上「膚」讀如 p'a。「膚」屬虞韻。

10.《禮記》內則：「男唯女俞。」鄭玄注：「俞，然也。」按《尚書》中「俞」字，《史記》一概改寫做「然」，可知「俞」漢以上讀如「然」去掉收音 n。「俞」屬虞韻。

11.《禮記》少儀：「毋拔來，毋報往。」鄭玄注：「報，讀

如赴疾之赴。」可知「赴」漢以上讀 pà 或 p‘à。「赴」屬遇韻，乃虞韻的系統。其實魚、虞是硬分的，本來是同一的。

12.《禮記》表記引詩云：「心乎愛矣，瑕不謂矣。」鄭玄注：「瑕之言胡也。」可知漢以上「胡」讀如「瑕」音。「胡」屬模韻。

13.《禮記》緇衣：「君子寡言而行。」鄭玄注：「寡當爲顧，聲之誤也。」可見「顧」漢以上爲 kà 或 kòa、k‘òa、k‘òaⁿ（看）。「顧」屬暮韻，乃模的系統。

14.《禮記》儒行鄭玄注：「妄之言無也。」可見「無」漢以上讀如「亡」，故「無」也借「亡」字來寫。「無」屬虞韻，和魚韻原本同一。

15.《左傳》宣公十五年：「盟曰：我無爾詐，爾無我虞。」文中「詐」「虞」是押韻的，「虞」讀爲 giâ 或 ŋiâ，一如臺語 giâ k‘aŋ（虞空）一語中的 giâ，乃扯後腿的意思。

其他詩、書、易、諸子等古典不勝枚舉。「魚」「虞」「模」系統的字，臺語白話中也仍存有多量作 a 音的字，如：

居 k‘iā，車 ts‘ia，娶 tsōa，取 ts‘oah，顧 kà（kah、k‘òa、k‘òaⁿ），詛 tsōa，愈 iá，殊 tâⁿ，俱 kâⁿ，胡 hâ，蜈 giâ，虞 giâ，舉 giâ，譽 giā，絮 lā，攄 t‘à，攎 tsāⁿ，注 tah，儒 nōa，稃 p‘àⁿ，輸 sa，嗚 a，呼 hà，徒 tâ，逋 p‘a，咀 tsiā，助 tsā，tash，洳 nōa，務 bā，枯 hoa。

據著者所能認識的有這些字。這種古 a 今 u 的字，也有一些換了面目仍普遍存在於各方言中的，如「父」→

「爸」,「怖」→「怕」,如「命矣夫」→「命矣罷」,都是極常見的語詞。

第六種現象

還有許多種現象,都可以省略,但是最後有一種現象卻是省不得的,還是要再耽擱一點時間列爲第六種現象來討論。「東」、「冬」系統的字,在《詩經》中很嚴格地跟「陽」、「唐」系統的字分開,這一點現象使得歷來研究古音的學者夢都不敢夢想到「東」、「冬」系統會是和「陽」、「唐」的系統一樣收 aŋ 韻。《詩經》三百篇,據吾師李辰冬先生考證,說是盡出於尹吉甫一人。不管這樣的主張對不對,起碼很符合《詩經》用韻的一致性。《詩經》的作者或作者們所以嚴格區分「東」「冬」系統與「陽」「唐」系統(儘管他們都收 aŋ 韻),其理由不難明白:他們是根據介音或次要元音區分的。「東」、「冬」系列是純 aŋ 韻,而「陽」、「唐」系統有介音 i,作 iaŋ 韻;或許「東」、「冬」系統另有次要元音 o,作 oaŋ 韻,而「陽」、「唐」系統沒有 o。不論 i 或 o 的問題有待仔細查考,「東」、「冬」系統與「陽」、「唐」系統同收 aŋ 韻是事實。故三百篇詩雖用韻一致,總不免露出破綻,像周頌〈烈文〉一篇,要怎樣否認也沒用,那是鐵的證據:

列文辟公,錫茲祉福。惠我無疆,子孫保之。無封靡于爾邦,維王其崇之。念茲戎功,繼序其皇之。無競維人,四方其訓之。丕顯維德,百辟其刑之。於乎前王不忘。

篇中凡用三次韻：第一韻「公」(東韻)和「疆」(陽韻)；第二韻「崇」(東韻)和「皇」(唐韻)；第三韻「訓」(問韻)和「刑」(青韻)。第三韻一看覺得韻腳不順，因為問韻和青韻是不通押的。不過「訓」的右旁「川」屬仙韻，而「刑」的諧聲字「鈃」則和「堅」同音，被分在先韻；先、仙本來是同一韻被硬分為兩韻的。因為西周人讀「訓」和「刑」到底何音無法確定，用諧聲的法則打得通即可滿意。或許可以說這一篇詩押韻比較寬，故以「訓」、「刑」的今音說，取其彷彿，則「公」與「疆」、「崇」與「皇」也可說取其彷彿。不過不論如何，「東」、「冬」與「陽」、「唐」確不能像自高本漢以來至董同龢的邪說，以「東」、「冬」元音為 u 或 uo，而「陽」、「唐」為 a 或 ua，這樣劃分得全然掛搭不上。「東」、「冬」系統，《詩經》還有一條線索，更證明其元音是 a。如「中」和「驂」(〈小戎篇〉)，「沖」和「陰」(〈七月篇〉)，「蟲」、「宮」、「宗」、「躬」和「臨」(〈雲漢篇〉)，「終」和「諶」(〈蕩篇〉)押韻，而「風」全和「心」、「林」、「欽」押韻。「驂」、「陰」、「臨」、「諶」、「心」、「林」、「欽」，非想像為 a 元音的 m 收音字(一如現在的廣東音)不足以解釋，由此也可證明「東」「冬」系統是 a 元音。

因為「東」、「冬」系統是 a 元音，與「陽」、「唐」之間除了有介音次元音之異外，實在不能不和「陽」、「唐」押韻，故到了戰國時代便顯然被視為同一個韻來押(春秋時代待考)。《詩經》以後最偉大而且時代最接近的韻文學一向公推《楚辭》一書。《楚辭》中有幾處「東」、「冬」和「陽」、「唐」押

韻：

> 〈九歌〉雲中君：浴蘭湯兮沐芳，華采衣兮若英，靈連
> 蜷兮既留，爛昭昭兮未央，蹇將憺兮
> 壽宮，與日月兮齊光。
>
> 〈九歌〉河伯：魚鱗屋兮龍堂，紫貝闕兮朱宮，靈何為
> 兮水中？
>
> 〈九章〉涉江：哀吾生之無樂兮，幽獨處乎山中。吾不
> 能變心而從俗兮，固將愁苦而終窮。接
> 輿髡首兮，桑扈臝行。
>
> 〈卜　　居〉：夫尺有所短，寸有所長；物有所不足，
> 智有所不明；數有所不逮，神有所不通。

是作者認為「芳」、「英」、「央」、「宮」、「光」、「堂」、
「中」、「窮」、「行」、「長」、「明」、「通」同韻。若用後世今韻
標準來分：「英」「明」「行」現在官音同為ーㄥ韻，陸法言同收
在庚韻；「芳」、「央」、「光」、「堂」、「長」現在官音同為ㄤ
韻，陸法言分收在陽、唐二韻；「宮」、「中」、「窮」、「通」現
在官音同為ㄨㄥ韻，陸法言收在東韻。「英」、「明」、「行」古
音收aŋ韻，故和「東」、「冬」、「陽」、「唐」相押。

《老子》一書喜歡押韻，也有這一類情形，如第十二
章：

> 五色令人目盲，五音令人耳聾，五味令人口爽，馳
> 騁畋獵令人心發狂，難得之貨令人行妨。

是「盲」、「聾」、「爽」、「狂」、「妨」爲韻。第十六章：

　　復命曰常，知常曰明，不知常，妄作凶，知常容，
　　容乃公，公乃王。

是「常」、「明」、「凶」、「容」、「公」、「王」爲韻。第二十
二章：

　　不自見故明，不自是故彰，不自伐故有功，不自矜
　　故長。

是「明」、「彰」、「功」、「長」爲韻。第二十四章：

　　跨者不行，自見者不明，自是者不彰，自伐者無功，
　　自矜者不長，其在道也曰餘食贅行。

是「行」、「明」、「彰」、「功」、「長」、「行」爲韻。第六十
七章：

　　慈故能勇，儉故能廣，不敢爲天下先，故能成器長。

是「勇」、「廣」、「長」爲韻。

　　《呂氏春秋》也有些韻語，有幾條「東」「冬」與「陽」「唐」同押之例：

　　天生人也而使其耳可以聞，不學其聞不若聾；使其
　　目可以見，不學其見不若盲；使其口可以言，不學
　　其言不若爽；使其心可以知，不學其知不若狂。(〈尊
　　師篇〉)。

　　水潦盛昌，命神農將巡功，舉大事則有天殃。(〈六
　　月記〉)

　　天氣上騰，地氣下降，天地不通，閉而成冬，令百
　　官謹蓋藏，命司徒循行。(〈十月記〉)

　　夫私視使目盲，私聽使耳聾，私慮使心狂；三者皆
　　私設精則智無由公，智不公則福日衰災日隆。(〈序
　　意篇〉)

　　以天爲法，以德爲行，以道爲宗；與物變化而無所
　　終窮；精克天地而不竭，神覆宇宙而無望；莫知其
　　始，莫知其終。(〈下賢篇〉)

　　鄴有聖令，時爲史公。決漳水，灌鄴旁。終古斥鹵，
　　生之稻粱。(〈樂成篇〉)

　　變化應來而皆有章，因性任物而莫不宜當，彭祖以
　　壽三代以昌，五帝以昭神農以鴻。(〈執一篇〉)

　　這裏面「東」、「冬」與「陽」、「唐」同韻，還有些例我們未

舉，還和「清」、「靑」通韻。

「東」、「冬」雖與「陽」、「唐」同收 aŋ 韻，因《詩經》時代立下了分韻的風氣，後世雖有通用之例，終究不被視爲正則，故我們搜集漢代至六朝的詩賦，還是分押爲多，通押者少。到了陸法言編定《切韻》的時代，「東」、「冬」在官音早變成 oŋ 或 uŋ，傾向於合口或竟成合口韻，與「陽」、「唐」分道揚鑣。只有極少數方言仍舊保存古音，「東」、「冬」與「陽」、「唐」仍同收 aŋ 韻。所謂極少數方音，當然就是指的閩南音和由閩音衍生的方音——如早在漢武帝時代被遷至安徽廬江一帶流傳至今的閩南音的外徙音。故婺源江永氏在其《古韻標準》一書裏說：「吾徽郡六邑有呼東韻似陽、唐者。」就是閩南音的一支流，也是殷商舊音的一支流。

　　現在可回頭來檢討「六」字的眞正讀音應該是 luk 或是 lak 了。由上文的六種現象，我們得到一個結論：即漢本音從來沒有以 u 爲主要元音的語音或讀音。故「六」讀 luk 顯然是後世之音，儘管如蘇東坡所說「四海言『六』皆合口」，也不能視爲漢語的正音。反之，從上文六種現象看，凡今日 u(x) 主元音，古音悉爲 a。第四種現象中，我們更證明過和「六」同屬屋韻的「曝」「畜」「木」，古本音分別爲 pʻak，hak，bak 或 mak，故閩南音「六」音 lak 是古本音，漢音之正，正當「以一服八」，爲四海語音的準的。

三、東郭牙讀唇洩軍機

　　上章討論過，凡今日收 u(ㄨ)o(ㄛ)ə(ㄜ)音或主元音為 u(ㄨ)o(ㄛ)ə(ㄜ)的字，漢本音原作 a，如「疏」su(ㄙㄨ)，漢本音沒有捲舌的 ㄓ、ㄔ、ㄕ聲母)為 sa(ㄙㄚ)，「東」tuŋ(ㄉㄨㄥ)為 toaŋ 或 taŋ(ㄉㄛㄤ 或 ㄉㄤ)，「屋」u(ㄨ)為 oak 或 ak(ㄛㄚ《或 ㄚ《)；「波」po(ㄅㄛ)為 poa 或 pa(ㄅㄛㄚ 或 ㄅㄚ)，「歌」kə(ㄍㄜ)為 koa 或 ka(ㄍㄛㄚ 或 ㄍㄚ)。《呂氏春秋》記載著因了這個 a 音，洩露了軍機的一則著名故事。〈重言篇〉寫著：

　　有一天，齊桓公和管仲計議要打莒國，計謀還沒有發佈，國都中早已謠傳其事。桓公覺得奇怪，管仲說：「國都裏一定有聖人！」桓公不覺想起當日的情形說：「咦？會不會是那個拿著『蹠痂』的役夫？那一天那個役夫一直往臺上望。」於是下令役夫仍舊這一班當值，暫不換班。不多久，那個役夫果然又來了。管仲說：「一定是他！」於是叫接待員請他來，在另一邊的階上站著。這個人叫東郭牙。管仲說：「謠傳打莒國的，大概是你罷！」東郭牙回說：「是。」管仲說：「我沒有發佈要打莒國，你怎麼說要打莒國？」東郭牙回說：

「前人説：在上的人善於謀事，在下的人善於猜測。我只不過猜測而已。」管仲説：「我沒説打莒國，你憑什麼這樣猜測？」東郭牙回説：「前人説：在上的人有三種表情：春風滿面，必定有喜慶；淒然平靜，必定有凶喪；臉色充滿，手足氣勁，必定有戰事。前日望見君侯在臺上，臉色充滿，手足氣勁，就料定必有戰事要發生。君侯講話時，口開不合，八成是莒國。況且君侯舉臂所指，正是莒國所在的方向。而諸侯中不服我國的，也只有莒國。因此我就跟人這麼説了。」

「莒」字現代官音讀tçŷ(ㄐㄩ)，不止不是「口開不合」，還將上下唇撮了起來。中古音「莒」讀kiu(ㄍㄧㄨ)，雖不像現代官音撮口，卻也是合口的。魏晉以上，便讀得和齊桓公一樣，是開口音kia(ㄍㄧㄚ)；因為「口開不合」，被東郭牙讀唇洩了軍機，就打消了伐莒的事。故莒國沒有亡於齊而滅於楚。

《呂氏春秋》〈淫辭篇〉裏還有一句話也記下了這個a音，〈淫辭篇〉寫著：

> 今舉大木者，前呼輿諤，後亦應之。

這一句話也見於《淮南子》〈道應訓〉中，只是寫法不一樣，〈道應訓〉寫著：

> 今夫舉大木者，前呼邪許，後亦應之。

衆人合力舉重，一定要衆力同時齊出，若有超前落後參差不一的情形，則力量不能合一，就舉不起來了。拔河

比賽中最常見到，出力參差不一的一方一定輸；反之，出力齊一的一定贏。可是幾十個人怎樣纔能夠同時出力，使力量合一呢？在拔河比賽中，通常是啦啦隊喊「一，二」，「一」時出力，「二」時停頓。龍舟競渡中，近時大多採用鼓音，一聲一划。但是古人用的是自然的辦法，既不喊「一、二」，也不用擊鼓催力。現在我們來看《呂氏春秋》是什麼辦法。《呂氏春秋》所記的舉木者分兩組，甲組先喊「輿謣」，「輿」時預備，「謣」時出力；然後乙組接著喊第二道，如此往復循環，直到完成為止。照現時官音「輿」讀 y′(ㄩ)；「謣」過去的字書讀匈于切，音同吁，這個音是錯誤的，因為聲調不對。不管對不對，照這個音讀，官音應是 cy(ㄒㄩ)。現在我們試著用 ㄩ ㄒㄩ 二音來催力，試用力喊喊看，根本喊不出力來。這兩個音全不合出力原理，音也不合，調也不合。ㄩ是撮合音，已將氣撮住，那裏能夠出力？而起聲陽平做預備音固然沒錯，落音竟是陰平，人都浮起來了，那裏能夠出力？可見「輿謣」兩字現代官音實在太離譜。其實「輿」中古音是 iû(ㄧㄨˊ)，魏晉以上是 iâ(ㄧㄚˊ)，故《淮南子》寫成「邪」(耶)字。《呂氏春秋》〈自知篇〉：「可反歟？」高誘注：「歟，耶也。」「邪」字「耶」字，現代官音讀 ie′(ㄧㄝˊ)，古音讀 iâ(ㄧㄚˊ)，正同音。「謣」字字書讀成「吁」音，是陰平，大錯特錯。這字《淮南子》寫成「許」，可知應該讀做「許」。「許」現在官音 ɕy̌(ㄒㄩˇ)，我們已經說過此音無法出力；中古音 hó(ㄏㄛˊ)，魏晉以上 há(ㄏㄚˊ)，無論發音聲調都

合出力原理。現在我們用古音 iâ há（ㄧㄚˊ ㄏㄚˊ）來喊喊看，不是自然得很嗎？不覺看到大木被舉了起來似的。《詩經》上也寫著：「伐木許許。」都是這個音。這裏我們看到了聲調的問題，這個在下章天然的曲調一章中再來討論。

「古」現代官音讀 kû（ㄍㄨˊ），魏晉以上當然不這樣讀，由我們歷來所用的例推，知道讀 ká（ㄍㄚˊ）。這「古」字一向無人認識，人們根據「古」字的造字，以為「十口相傳為古」。其實「古」字上半部的「十」並不是「十」字，那是兩根算籌交叉著的樣子，口裏一邊唸著數目，手裏一邊下著算籌，乃是在計算的意思，和「計」字是同一個字；「計」字一邊是交叉著的算籌「十」，一邊是「言」，「言」和「口」是一樣的。故「古」字依「計」字應讀如「計」，這大概是商朝的語音。而讀音應該讀如「賈寶玉」的「賈」，或乾脆說讀如「價」，「價」字臺語語音猶然唸成「計」，可見其一致性。故「賈」字有兩音，又讀「假」又讀「古」；倒過來，「古」字也應該有兩音，一讀今音「古」，一讀古音「假」。自「古」字被借去當「古今」的「古」，一方面另造了「計」字，又造了「賈」（價）字，另一方面又造了「估」字以承本統。「姑」字是以「古」為聲符而造的字，字音當然離不開｜古｜字，只是聲調不免有變動而已。照「古」的古今音看，「姑」字今音雖讀 ku（ㄍㄨ），古音一定是 ka（ㄍㄚ），一如閩南讀「家」為 ka；而其語音一定是 ke，一如閩南「家」的語音。古人通婚不是姑表便是姨表，故夫之父稱舅，夫之母稱姑，加個「大」字當尊稱，則「公公」稱「大舅」，「婆婆」稱「大姑」。

班昭入宮爲女師，宮中尊爲婆婆級，稱「曹大姑」(其夫姓曹)，因「姑」字太直又不雅，遂改寫做「曹大家」。唐代注家特別叮嚀「家」要讀爲「姑」，因爲「家」字到唐朝字音沒有改變，還是讀 ka，而「姑」字卻早已讀成 ko 了，故須得注明「家」字要跟著「姑」變讀。但是在臺語音中「家」、「姑」至今還保持商朝語音 ke 的一致發音。

「我」、「吾」、「余」、「予」，同是 I 或是 me(英語)，又都是今音 u(ㄨ)的字(ㄩ歸ㄨ)，四個字之間一定有來龍去脈，可找出爲同一語源。「我」現代官音 uô(ㄨㄜ)，「吾」u′(ㄨ)，「余」、「予」同爲 y′(ㄩ)，碰巧都是沒有聲母，其實都是遺失了聲母。上古音「我」是 ŋóa 或 ŋá，「吾」是 ŋâ，「余」、「予」是 â。已可看出其本音應該是 ŋâ，遺失 ŋ 而成 â，因主位、賓位的關係 ŋâ 變爲 ŋá。聲調的變化，《呂氏春秋》〈異寶篇〉有一句話最簡明：「王數封我矣，吾不受也。爲我死，王則封汝。」臺語「我」叫 góa，大概與 ŋóa 同爲更早的語音，可追溯到商朝，後來單成 ŋá，一路變下來，變到現代官音 ㄨㄜ，竟然說明了原本有 o 的次元音。(《詩經》〈葛覃篇〉：「言告師氏。《書經》〈大誥篇〉：「不卬自恤。」漢儒以爲「言」、「卬」都是「我」，實是 ŋoá 或 ŋâ 的衍音，「言」就是客家語 ŋâi)

《禮記》〈檀弓篇〉記曾子臨終的情形，也牽涉到 u——a 的問題，〈檀弓〉這樣敘述著：

曾子躺在牀上，病得很嚴重。弟子樂正子春坐在牀

下，兒子曾元、曾申坐在腳尾；小侍童坐在牀角邊，手裏拿著燭火。小侍童看見燭光照著牀上的竹蓆，閃閃反光，不覺喊起來說：「好漂亮喲，大夫的竹蓆啊！」樂正子春立即加以喝止。可是曾子已經聽見，吃驚地問道：「什麼啊？」（這一句話原文這樣寫著：「曾子聞之，瞿然曰：『呼？』」）小侍童吞吞吐吐地說：「好漂亮喲，大夫的竹蓆啊！」曾子聽了說：「是的，這張蓆子是季孫氏送給我的，是上好的蓆子啊！我一直想換了普通的蓆子，因爲起不來了，一直沒有換掉。元兒，起來換了它！」曾元回答說：「父親的病重了，不好簸動啊！待到天亮了，再換罷！」曾子說：「你的愛我還不如他。君子愛人用合乎道德修養的標準來愛，小人纔會姑息。我能夠正道而死，可以無憾，你還求什麼？」於是眾人一齊將曾子擡起，換了蓆子，還沒鋪好，曾子便斷了氣過世了。

東漢末大儒鄭玄注：「呼，虛憊之聲。」是完全不通的講法，因爲原文明明寫著「瞿然」兩字。「瞿」的造字，下面是一隻鳥，即「隹」，上面兩隻眼睛。一隻鳥瞪著兩隻大眼睛，當然是吃驚的意思。這個字，現代官音讀tɕʻý（ㄑㄩ）或tɕý（ㄐㄩ），魏晉以上依例是讀kiâ（ㄍㄧㄚˊ）或kiā（ㄍㄧㄚˉ），我們很容易聯想到臺語「驚」字的kiaⁿ。這個字加了豎心旁便成「懼」，字義便很重了，其實是同一個語詞，意義還是一樣。那麼根據「瞿然」兩字再來看「呼」字，會只像臨終的人氣力已脫的「虛憊之聲」嗎？當然不會。這裏是驚問的問語，因爲是驚問

的單音，記的人不能記做「何也？」，只能照實聲實寫，故只記一個「呼」字。按「何」字漢時讀 hâ(ㄏㄚˊ)，臺語加半鼻音作 hâⁿ。「呼」漢人讀 ha，發音雖與「何」字相同，聲調卻有上下平之分，故鄭玄格於聲調，不敢貿然將「呼」解爲「何」，於是不顧上文，作單純的發聲解。其實這裏的「呼」也不是讀上平聲 ha，此語大概在北方早已失傳（鄭玄北海人，入關中跟馬融遊學，走偏華北），但是在臺語中卻仍是活詞眼，發做上聲 háⁿ，也帶半鼻音。我發現英語中也有 hâⁿ、háⁿ 的說法，應算是世界共通語。鄭玄雖係一代大儒，注經錯誤的卻是很不少。大概凡鄭玄不識的語詞，都保存在南方語系中。

「呼」當「何」用應算是正字，「何」字乃是借字。這「呼」字，《左傳》文公元年也一見：「江羋怒曰：『呼？役夫！宜君王之欲殺女而立職也！』」這個「呼」讀上聲 háⁿ 或下平聲 hâⁿ 都通。再如《左傳》成公四年：「楚雖大，非吾族也。其肯字（飼）我乎？」這一個「乎」字是「呼」的本字，因爲大家早忘了它也是張開大口的語詞，就覺得它和「呼」字是不同的字。其實「乎」的原本寫法是屰，上部的⺍表示口出聲出氣，下部的丂是丂字，是聲符。這裏也是當「何」講，讀去聲 hàⁿ，也是現行於臺語的活詞眼。

《尚書》據說是現存最古的書，是五經之一，故也稱《書經》。其實像開卷的〈堯典〉、〈舜典〉都是孔子門下寫的，拿現在的眼光來看，不過是最早的短篇歷史小說罷了。〈堯

典〉裏寫堯時洪水氾濫，要派人負責去治水，大家一致推薦
大禹的父親鯀。堯很不以為然，說：「吁？咈哉！方命圮
族。」不肯派鯀去，大家還是一致擁戴鯀，不得已纔任命
鯀。果然鯀的能力不行，治水九年沒有成績。文中堯說的
話是引用原文。「吁」字大概是作者新造的字，左邊一個「口」
字，右邊一個「于」字；「于」字是聲符，當時讀 hâ 或 hân，有
時省了聲母只讀 â 或 ân。故「吁」字是描摹口語中表示疑問的
hâ 或 hân 一音，當「何」講，也正是《左傳》、《禮記》中的「呼」
字。「咈」就是「呸」，人們聞到臭味，或聽見不願意聽的話，
往往用力吐一口口水，發成「呸」p'é（ㄆㄟˋ）或 p'úi 之聲。這裏
寫堯否定鯀的能力。「方」是「負」，「圮」是「敗」。「方命圮族」
即「負命敗族」，意思是鯀能力不行，將來成績不立，要受
到制裁的。

　　堯年紀大了，想找個人接替帝位。大家公推大舜。堯
說：「俞！予聞，如何？」意思是：是的，我也聽說過舜這
個人，只是知道得不詳細。「俞」字在司馬遷寫的〈五帝本
紀〉（《史記》第一篇）裏，一概寫成「然」字。《禮記》〈內則篇〉
也載：「男唯女俞。」鄭玄注：「俞，然也。」按「俞」現在官音
讀 ý（ㄩˊ）。凡現在讀 y（ㄩ）的音，中古音不是讀 u（ㄨ）便是 o
（ㄛ），我們再向上還原，可知「俞」春秋末年之時是收 a 音，
應該還有聲母 dz，讀成 dziâ，而「然」讀 dziân，正好少了一
個鼻收音 n（ㄋ）。鼻收音（學者間稱為陽聲），在吳語中大有
遺失的現象；吳是商朝的後裔之一。而孔子也是商朝的後

裔，學生們跟孔子遊學，縱使不是商裔的人，久而久之，也會濡染到孔子的商音，故「然」字不免遺失鼻收音 n(ㄋ)，寫成「俞」字。

「可」字現代官音讀 kə(ㄎㄜ)，臺語語音有兩音，一為 kʻóa，如「小可」為 siə kʻóa；一為 kóa，如「一可」為 tsit kóa，意思等於「一些」。「可」字現代是屬於收 ㄛ、ㄜ(o、ə) 音的字，上章已提過，和收 ㄨ 音的字一樣，古時都收 a。在漢代以前「可」字很可能有省了聲母 kʻ(ㄎ)或 k(ㄍ)，單發做 a 音的，故一個 a 表示一個音節，再加一個 a 表示第二音節，寫起來便成為「哥」，也就是「歌」的本字。現時「歌」或本字「哥」都又恢復了 k 聲母，讀為 kə，即在較古音的臺語中也叫 koa，一樣有 k 聲母。

上文講堯命鯀治水的經過，起初堯不答應四岳的推薦。四岳(四方的諸侯長)一齊說：「异哉！試可乃已。」按「异」字即「異」字，當「話不是這麼說」講。可是全句講不通，故司馬遷寫《史記》時在「可」字的前面加了一個「不」，寫成「异哉！試不可用而已」。「可」字我們在上文已講過古音 kʻóa 或 kʻá(ㄎㄛㄚ或ㄎㄚ)，這個字這裏不能當「可不可」的「可」來讀，這樣讀當然讀不通，故司馬遷非得加「不」字「用」字不能足成文意。這裏的「可」應該是後世的「看」字。「看」現代官音讀 kʻàn(ㄎㄢ)，臺語音 kʻòaⁿ，和「可」的 kʻóa 幾乎同音，只多一個半鼻音。「試可乃已」，換成今字便是「試看乃止」，就是試試看，不行的時候再免了他的職。因為古代有「看」的語言卻

沒有「看」的文字，借用同音字是不能免的事。《呂氏春秋》
〈貴直篇〉也遇到這「看」的語詞，也用了借字。〈貴直篇〉寫
狐援諫諍齊湣王，要他改變無道的作風，否則齊國的廟鼎、
神社、音樂都保不住尊嚴，會遭亡國之辱。湣王不聽，狐
援就當齊國已經滅亡了的樣子，哭了三天。湣王問執法的
官吏，國家還未亡就當亡國來哭，該當何罪？執法的官吏
回說按律要斬。於是湣王下令要斬狐援。執法吏已經在東
市門準備好了砍頭斧和墊頭砧，卻有意要放狐援走。狐援
聽到湣王要斬他，便一拐一拐地到東市門去受刑，不待差
役來逮捕。最後的一節原文是這樣寫著的：「狐援聞之而蹶
往過之。」這裏面的「過」字就是「看」的借字，「過」現在官音
雖讀 kúo（ㄍㄨㄛˊ）或 kuo（ㄍㄨㄛ），古音卻是 kòa 或 kà。後來人
雖也常用這個「過」字，卻不知道是「看」字。如國中教科書國
文課文便選有李白的〈過故人莊〉一詩、王維的〈與裴迪書〉
（有「故山殊可過」之句）一文。編者連注都沒注。照前人的習
慣這兩處的「過」都讀平聲 kuo（ㄍㄨㄛ），當「訪」講，其實是
「看」的意思，就直接讀成 k'an（ㄎㄢ）或 k'án（ㄎㄢˊ）也無不可。
「看」字已見於許慎的《說文解字》，大概是東漢末的新造字。

　　古書上這一類字可講的故事很多，也不必一一覼述。

四、天然的曲調

　　世界上沒有無語調的語言。語言要是沒有語調，嗓門不免掛在一定的高度上而發僵，而聽者的耳門也將有同樣的病態。若人類的語言是此等性質，則人類憑語言交通心意的時候便很夠受的了。幸而事實上沒有這種現象。即便蟲鳴鳥叫獸吼，甚至風吹籟響，都包含著豐富的聲調變化，形成所謂的天籟，被形容為接近音樂的美音。因此不難想像人類語調的豐富、美妙，說是一種曲調也不為過。

　　通常聽到枝頭上春鳥宛轉，不免被吸引而感動，可是聽人講話時卻很少達到這種美感的程度。這是我們早形成了將語言當表意工具的習慣，往往得魚忘筌，得兔忘蹄，得意而忘言，根本關閉了我們對語音語調的純感性，無怪聽而不聞，還談得上對語音語調的欣賞？若我們能打開我們對語音語調的純感性，那就不一樣了。一個青年男士聽一個嬌聲少女說話，那就不同了。往往為其嬌滴滴的語音和語調所迷惑，竟不知道她在說什麼，而落得很尷尬。無線電臺商品廣播，請聲音過分嬌美的廣播員做廣播，往往收不到效果，也是同一道理。至於電視，若再加上沈魚落雁之色，廣播效果

便等於零了。

語言雖因有語調而形成一種天然的曲調——語曲，但音階是自然的音階，曲調的變化很有限。故一闋人爲（即創作）的歌曲，無法就著歌詞唸成歌唱。可是若限定在自然的音階間作曲，「講話若唱歌」（臺灣很流行的一個諺語），那是可能的。有一個剛從軍中退伍的年輕小伙子，是個樂天派的人，經常愛講輕鬆幽默（詼諧）的話；有一次，唱出了一段語曲，教我這個曾經在軍中呆過的人大吃一驚。現在將他那段語曲譜在下面，讀者看您吃驚不吃驚：

> 未震未動，初三初四，初四初三，八月十五。（用臺語唸）

大概您早已聽出來了，那是軍中起牀號角聲。眞是譜得萬分正確，不差毫釐。家母講話喜歡用韻，又喜歡唱語曲，她有一對語曲很是精彩。家母是桃園縣大溪鎮月眉人，這一對語曲也許是流行於大溪一帶，現在也譜在下面，只是統統用正字寫，讀者不免有不識的字，故隨字注音：

> 褲跨扴𠲹雙𢫦，無風未峭淘；
> k'a lek kah oāⁿ)   ts'iə ts'in
>
> 吃食傷重，苦力不通倩？
> k'o lɔh   ts'iàⁿ

可說是曲調天成。畢業歌是嚴肅隆重的歌曲，可是小孩子們依然不失其天眞，在那中間造語曲。如歌中唱到「晨昏歡笑，奈何離別今朝」，畢業生向例是不由悲從中來，不勝

噓唏。可是小孩子們卻是這樣唱：

　　豬腳滷卵，煙腸米粉大腸。（用臺語唸）
　　　ts'iâŋ　　　　tŷ

　　將謝師宴中的「好吃物」全搬出來了，然而論音階卻是無一不扣。像這一類語曲，在一切語言中應該都有，只是調域寬闊的語言，其語曲的變化較大，而調域窄狹的語言，其語曲的變化較小，如此而已。臺語的調域可說得很寬闊，像畢業歌這一類音階變化不大的曲子，要全曲譜成語曲並不難。

　　漢族早有樂譜，直到宋朝詞很流行，作家們有不少會自己譜曲，甚至妓女們也有不少擅長作曲的。可惜經元朝一代的亡國，樂譜失傳，士大夫們不再會譜曲，妓女們也失去了這一份技藝。可是民間仍有曲譜流傳，所謂禮失而求諸野，雖是悲哀的事，卻也是不幸中的幸事。光復那年，臺灣來了一次「鐵風颱」。那時農村大都還沿襲開拓時代的舊習，房屋大多是茅草蓋的。家父是個拓荒英豪，在村裏起了唯一的石屋。那次鐵風颱，村裏的草屋十之八九被吹倒了，有好幾家人都擠到我們家來。石屋雖是牢固，瓦頂卻被掀了泰半，幸風大雨小，頭頂上蒙了布袋，還過得去。一廳堂中的人，風大了的時候，便聽到婦女在祈禱：「天公伯啊，好心好量！可憐儕（tsai）烏土（tō）蟲子（á），每（bé）透透加（k'a）小咧！」那時我還是小學五年級生，問她們「烏土蟲」是什麼？她們回答我說：「烏土蟲就是人。」風小了的時候，男人們就練起樂譜來了。只聽見他們唸著：「sù à sù siaŋ ts'e, siâŋ ts'e siâŋ

sū hò sū hò, kōŋ liu liu siàŋ tsʻē koŋ tsʻē……」我問他們怎
麼都聽不懂意思。他們說:「愚(goŋ)兒(gîn)子(á),這是樂
譜,又不是歌,怎聽得懂?」於是他們給我講樂譜的事,說
是整本樂譜用漢字寫成,識字的人就唸得出來,就會唱了。
事隔三十多年,那一夜在一起避風的長輩人,如今只有家母
健在,其餘的人都已作古,此時要找那本樂譜來看,已是不
可能的了。可是由此事可看出臺語音調的寬闊度,換用官話
的音調是無法譜出來的。這個問題已經帶我們走到漢語音調
這一座古老而宏偉的大建築物的門前,再跨前一步,便進入
漢語音調探索的艱鉅工事中了。

　　由於固有樂譜的失傳,在近世便輸入了西洋樂譜。西洋
記譜法,通常以包含主音階和半音階的 do re mi fa so la ti
do 所謂八音階來記。有人用漢字讀上舉的各音階,譜寫如
下:

　　　　do　re　mi　fa　so　la　ti
　　　　獨　覽　梅　花　掃　臘　雪(用官音讀)

當然不能很準確,但是發音還可彷彿。這七言絕句的第
三句式,和原名同樣有音階表達無能的毛病。原名 do re mi
fa so la ti 原本只表示音名,不表示音階,第三句式也是如
此。按官話通常分第一聲、第二聲(ˊ)、第三聲(ˇ)、第四
聲(ˋ)。現在用簡譜對譜如下:

　　　　第一聲　第二聲　第三聲　第四聲
　　　　　55　　　35　　　14　　　51

大概是這樣（各人所譜有時不免有些出入）。我們再將原名也譜出，馬上可看出第三句式的無能：

do	re	mi	fa	so	la	ti
11	22	33	44	55	66	77

獨	覽	梅	花	掃	臘	雪
35	14	35	55	14	51	14

可以說牛頭不對馬嘴，混亂不堪。這個自然一方面是作者有意對音無意對調，另一方面實在也是出於官音的調域小。換換臺音可就不一樣了。

臺語通常有七種聲調（有些地方沒有下入聲，只餘六種聲調）。七聲調分別是：上平、上聲、上去、上入、下平、下去、下入。每種調都有變調。但都不出本調範圍之外，故合本調變調仍然是七調，簡譜譜出如下：

上平	上聲	上去	上入	下平	下去	下入	
本變	本變	本變	本變	本變	本變	本變	
55 33	51 55	11 51	32 55	24 33	33 11	55 11	高屏地區
55 33	52 55	21 51	32 53	24 33	33 21	11	台中地區
44 33	53 55	11 51	32 44	24 11	33 11	44 11	台北地區
55 33	51 55	11 51	32 53	14 33	33 11	33 11	宜蘭地區

　　上譜除了高屏地區係著者親自測定之外，其餘錄自丁邦新博士《臺灣語言源流》一書。臺南地區雖係著者本籍所在，因出生長大都在屏東地區，非親回本籍，不敢冒然瞎測。故古都一地之缺如，很是遺憾。但是上譜是嚴格且是靜態的記錄，實際上，即便同一個人，因說話時情緒之起落，音階之升降可相差一階；何況不同的人，在各種情形之下，其變化更是難測，故語曲上所用的語調伸縮性甚大，也因之顯得格外活潑動聽。

　　由上譜可見到臺語在動態升降狀況下，可包有6543217七音階，且還有七個連音升降，可說調性豐富。但是官音雖不及臺音，其實在動態下還有兩個聲調，就是輕聲和前上聲。如講「我的」的「的」便是輕聲，等於臺音上入聲；如講「好吃」的「好」上聲只有前半，其聲調等於臺音上去聲。故官音動態時應算有六聲，只差臺音一聲。一向治漢語音韻學的人，都認官音是漢語裔群中的老么，在討論中上古音，尤其上古音時，幾乎佔不到什麼份量。其實官音的存在，給漢語音本體留下了不可抹煞的事實。這七十年來，整個漢語音韻學一窩蜂地盲目地儘向歪曲的路走，將漢本音描得面目全非，官音的存在，使我們在漢語音聲調聲母韻母各方面獲得廓清妖詞、重整本真的不滅依據。

　　聲調的問題也就是聲母的問題，它們是一體的兩面。且不說聲母的問題，單說聲調。官音有四調，臺語有七調，

閩北語也有七調，吳語也有七調(有一部分六調或八調)，客家語有六調，粵話有九調(甚至十一調)，那麼漢語到底是有幾調呢？這個問題很容易回答，因為回答這一句問話，只須一個結論的答案，但是那論證過程，可說千言萬語，要費許多口舌。若著者這裏說漢語本來有七個聲調，讀者諸君一定不服。這有幾個理由：第一著者是操七聲調的臺語的，賣瓜說瓜甜，不免犯了主觀感情色彩！第二，各地方言聲調不一，如湘北、南京、江都還有五聲的，怎能不顧慮別的方言而獨言獨斷？第三，聲調名稱上分明只有平、上、去、入四種，漢語怎可能是七調？當然讀者諸君不服是「言之有理，持之有故」，可是若著者還是主張漢語本來有七調，且各調調值和著者所測定的高屏音差不遠，則諸君會更加不服。可是著者先要聲明，是好漢敢不敢將本章一字一字讀完？若諸君沒膽量一步一步地將著者擺出來的論證讀完，則著者要對諸君的不服不服！等讀完本章後，若還有人不服，著者願意賠償損失——包括浪費時間、視力、腦力及躭擱正事等情。

漢語聲調的問題連帶著聲母的問題，進入本世紀以來，被現代聲韻學家，一窩蜂地盲目地歪曲了七十年，他們挾著現代語言學的威勢，積非成是，至今幾乎已成定論，將漢語描成一門奇形怪狀的語言，而抹煞一切現存的現象。簡單地說，他們看到漢語有四聲：平、上、去、入之名，遂抹煞現存各方言多調的事實於不顧而獨斷漢語只有四聲；他們看到吳語、湘語中清濁聲母和舊傳三十六母幾全相符，而抹煞其

他許多方言無濁聲母的事實於不顧，獨斷漢語有三十六種清濁聲母甚至有五十一聲母，而據以推斷上古漢語有這樣、那樣的聲母；他們看到《廣韻》分 206 韻，《等韻》分四等，於是應用數學上排列組合的方式，擬定不可能被應用於口語上的韻母，使漢語成爲紙上的語言，而光怪陸離。因爲這是屬於學術性專門的問題，討論起來將用到不少術語，而又分析精微，故行外人驟然一接觸不免墜入五里霧中，頓時陷於迷失。故這裏要向親愛的好漢讀者諸君建議，就將本章當聖母峯，雖然爬起來步步艱難，可是待登到世界最高境，天下便盡收眼底，是何等痛快！

說漢語調只有四聲平、上、去、入的名稱，那是一種假象。漢語音韻書的著作，一向公推三國時代魏朝左校書令李登的《聲類》爲第一本。但李登的《聲類》早已失傳，內容詳細情形不得而知，據唐朝封演的《聞見記》一書說：「魏時有李登者撰《聲類》十卷，凡一萬一千五百二十字，以五聲命字，不立諸部。」則其情形大體上可以明白：「不立諸部」，是說李登不採用許愼《說文解字》建部首依首繫字的辦法，並不是說李登雜亂無章地不分韻部（有人這樣解釋）；其次「以五聲命字」，意思是說李登編輯《聲類》一書，主要是拿聲調來分類的，故書名叫《聲類》，是其始創的特點。這裏我們看到第一次提到漢語調是「五聲」而不是「四聲」，可見漢語縱然不是始於七調，也不會是始於四聲。《魏書》〈江式傳〉：「晉世義陽王典祠令呂忱，表上《字林》六卷。忱弟靜，倣故左校令李

登《聲類》之法，作《韻集》五卷，宮、商、角、徵、羽各爲一卷。」按晉朝呂靜仿李登的《聲類》所編的《韻集》一書，也早已失傳，但是〈江式傳〉留下了「五聲」的名稱，各別是宮、商、角、徵、羽。宮、商、角、徵、羽是樂調上古老的名稱，到了李登時代借用爲語調的名稱，並非新詞。大概學者文士，對於字音聲調的覺醒，這時可見是第一期。日本和尙空海(唐留學生，與韓愈同時)的《文鏡祕府論》引劉善經的《四聲指歸》說：「宋(南朝宋、齊、梁、陳的宋)末以來，始有四聲之目，沈氏(沈約)乃著其譜(四聲譜)論，云起自周顒。」可見四聲是後起的，在五聲通行很久之後，四聲是新說，創始於齊的周顒。周顒著有《四聲切韻》，也早已失傳。沈約和周顒同時，自周顒創爲四聲說，沈約應用在詩文的格律上，大收韻律節奏奇效，時人目爲文學上的新大陸發現。故後人誤以四聲說創於沈約。但是沈約在討論新說四聲的時候，還兼用舊名五聲來說明，他說：「經典史籍，唯有五聲，而無四聲。然則四聲之用，何傷五聲也！」(〈答甄公論〉)我們從沈約這句話可以看出四聲說之起完全是「用」的問題，就是詩文上韻律節奏上的應用問題，並非字音上只有四個聲調，因爲沈約本人也說字音有五個調。那麼四聲和五聲是什麼樣的關係呢？空海又引有元競《詩髓腦》，元氏說：「聲有五聲，角徵宮商羽也。分於文字四聲，平上去入也。宮商爲平聲，徵爲上聲，羽爲去聲，角爲入聲。」讀者或許有疑問，五聲和四聲、三聲分配沒有問題，但是一個平聲怎能包宮

商兩調？這個問題是應該發問的，但是沈約的《四聲譜》卻是
明白寫著：「平聲，分上平、下平。」這裏可看出五聲中宮商
極爲相像，故自較早反語（反切）發明以來，便有上平、下平
混用的情形，這情形便使得周顒覺著上平下平有合併在同一
名稱之下，將五聲改爲四聲的必要。若不是有這樣的自然狀
況，四聲說便不會產生。

　　由上文，可知四聲平上去入是後起的，並非漢語所固
有。但漢語固有的聲調是「五聲」嗎？即是上平、下平、上
聲、去聲、入聲這五種聲調嗎？其實又不然。有許多事實顯
示漢語聲調不止五聲。第一種事實，無如現存各方言多聲調
的現象。如上文所舉，客家語六調，閩北語七調，閩南語七
調，吳語七調（有六調、八調的），粵語九調。這些現象是事
實，不能忽視，不能抹煞。但是現代漢語學家卻有一套妖詞
邪說。在我們已講過五聲、四聲之後，再來看這些妖詞邪
說，已不值一笑。這裏且引王力氏爲代表（包括自民初瑞典
人高本漢至最近在臺逝世的董同龢）。王力氏在其《漢語音韻
學》裏說：「四聲因受清濁（聲母）的影響，大約曾有一度變爲
八聲，後來濁音（濁聲母）消失，但尚保存其系統。」(93頁)
這句話裏的意思是漢語本來只有四聲調，即平上去入，因屬
於濁聲母（如b、d、g等聲母）的字本身受了聲母帶聲（濁）的
影響，產生新的聲調（即陽調），故四聲（陰調）分化爲八聲
（原陰調四加新陽調四）。新漢語學家拿這樣空想的話來搪塞
各方言多聲調的現象。在《漢語音韻》一書裏，王氏說得更明

白：「古代漢語的聲調系統和現代漢語的聲調系統不同：古代漢語有四個聲調，即平聲、上聲、去聲、入聲。」（31頁）王氏至董同龢全不理會李登的「五聲」，更不理會四聲起於周顒的史實，不知道王氏說的「古代」是古到什麼朝代？王氏又於《漢語音韻學》中說：「南北朝隋唐的平聲大約只有一種聲調。」（263頁）又在《漢語音韻》中說：「宋代（趙宋）以前平聲不分陰陽。」（38頁）「從元代以後，平聲已經分化爲陰陽兩類。」（42頁）眞是信口雌黃。他這個論調是現代漢語學家共同的論調，一窩蜂得厲害。《漢語史稿》是王力氏較成熟的著作，他說：「現代普通話平聲分爲陰平和陽平兩種。這是由中古的平聲分化出來的。這種分化在十四世紀以前完成了。」（194頁）但是何以濁聲母在中古以前不會分化，在以後就會分化，同一種語音現象，怎會有兩種情形呢？這一點王力氏後來似乎也想到了。故他解釋著說：「聲調分化爲陰陽的原因，自然是由於未分化以前受聲母影響而產生的聲調上的細微差別。如『通』他紅切，『同』徒紅切，本來是屬於同一聲調的。但是，由於清濁音的影響，『同』的聲調和『通』的聲調實際上並不完全相同，這個細微的差別逐漸顯著起來，最後形成了兩個調類。」（196頁）到這裏王氏不覺自我矛盾起來。既然「通」和「同」本來聲調上便有「細微的差別」，怎能說是同調呢？況且事實上並非是「細微的差別」呢？因在實際語調上「細微的差別」無法保持兩調的界限，王氏這裏是自欺欺人。讀者請記著，王氏代表所有現代漢語學家。

　　讀者諸君或許要抱懷疑，難道本書著者都看得到的資料現代漢語學家都沒看到嗎？回答是肯定的，除了極少數如周祖謨、魏建功幾位。現代漢語學家一般的傾向是一入門便直接研究語音學或語言學，漢學可說是門外漢，先秦古典眞正下過功夫的只有寥寥幾個，具備文字、訓詁、聲韻三門學科的全盤智識的，也只那麼幾位，彼衆我寡，聲勢足以翁死人，故那幾位先生也只好跟著走，不敢倡太大的異議。回想二十七、八年前(1954年)上聲韻學的課，任課老師是許世瑛老師，用的課本是董同龢氏的《中國語音史》，聽到中古音時，覺得十分痛苦，好像受到了很嚴重的傷害一樣(從前陸象山讀有子的話便說「如傷我者」)，總覺得自高本漢到董氏的漢語音韻學，是全盤歪曲了的，漢語音經這樣決定性的誤導，面目全非，這那裏是學問？心裏實在很急。但個人當時的興趣在義理方面，無暇顧及，只是在心裏暗暗發了一個願，將來年紀大些時，這個問題非得著力加以澄清不可。最近因臺灣開發與污染的問題已到威脅生存的關頭，故先寫了《老臺灣》一書，要喚起大家來愛我們的故鄉(對一部分人來說是第二故鄉)，連帶地看到傳播事業中電視節目臺語的比率低過香港方面粵語的比率太多，臺語大有銳衰之勢。心想站在復興中華固有文化的角度上，像臺語這樣在漢語裔群中站在老大哥地位的優秀方言，聽其衰滅，不免可惜，故又寫了本書，要喚醒大家來愛我們的母語(對於一部分人來說是第二母語)。

　　下面我們再拿王力氏處理「濁上」問題的幾個階段的修正為例，來看現代漢語學家治漢語音態度有如兒戲，其結果自然不堪想像。

　　所謂濁上，照他們的說法，是漢語只有四聲平上去入，但是上聲中有一部分字被讀成去聲，如「戶」、「下」、「是」、「士」、「似」、「善」、「象」、「丈」等字據隋唐宋代字書是上聲，而現在讀去聲，可了解的現象是這些字都是全濁聲母，即是 b、d、g、dz、z 等聲母，這種全濁聲母的上聲字，便稱為濁上。全濁上聲字全無例外，現時大部分方言及官話都讀去聲，是為了什麼樣的原因緣由上聲改讀去聲的呢？王力氏沒有說明，當然王力氏還沒有能力來解釋這個問題，再提醒讀者諸君，這裏的王力氏代表一切現代漢語學家，也就是說自羅常培至董同龢都沒有這份能力來解釋濁上讀去聲的現象。王力氏第一次接觸這個問題是在他的《漢語音韻學》113頁：「『杜』字在《廣韻》（宋大中祥符元年，即西曆1008年修成）為上聲，大約至呂坤（呂坤於明萬曆三十一年，即1603年，著成《交泰韻》）的時代已變為去聲。」這是王力氏在《漢語音韻學》的階段對於濁上變去聲年限的擬測。可是在《漢語音韻》裏王力氏似乎看到了張麟之的《韻鏡》和嚴粲的《詩緝》（這兩本書都明確指出濁上要讀去聲），故他改口說：「北方話全濁上聲字在宋代已經變了去聲。」（85頁）年代提早了500年（張麟之出《韻鏡》在南宋紹興年間，嚴粲出《詩緝》晚100年，在淳祐年間）。《漢語史稿》是王力氏的晚作，王力

氏又看到一些較早的現象，故又改口說：「遠在第八世紀以前，這一種音變（全濁上聲變讀去聲）就已經完成了。韓愈〈諱辯〉認爲『杜』、『度』同音。」按「度」在《廣韻》爲去聲，韓愈既認爲「杜」、「度」同音，可見韓愈的時代濁上已變爲去聲。讀者諸君，王力氏算是勇於改正自己的人，纔有這麼多修正。但是此事也可看出今日治漢語音學的人，著書立說，宛如兒戲，若一切事的事實都可隨研究者一時所見那樣，忽後忽前，可一下子定在 1600 年代，又可一下子升到 1100 年代，還可一下子再升到 800 年代或 700 年代（如王力氏所說八世紀），則世間還有事實嗎？現代漢語學的紊亂顛倒，從這裏可看得很明白。其實王力氏若有機會再看到西周時代的現象，我想他只有放棄本世紀以來的所謂漢語音學了。著者這裏且提出兩件西周的現象來。

《尚書》〈盤庚篇〉：「自今至于後日，各恭爾事，齊乃（你）位，度乃口。」〈費誓篇〉：「杜乃擭（捕獸機檻），敜（塞）乃穽。」〈盤庚篇〉照盤庚的年代計算的話，時在商朝中葉之前，最少距今 3400 年（西元前 1400 年），若退一步照近人的說法是西周作品，至少也有 3000 年（西元前 1000 年）。這兩篇文章中的「度」、「杜」在許慎的《說文解字》都當做「斁」字，可見「杜」、「度」同音同調不是王力氏所說韓愈時代「音變」纔「完成」的，人家自一開頭便是同音同調。再看金文（鑄在銅器上的文字），如周成王時代的令彝有「受卿事寮」、「令出同卿事寮」、「令及卿事寮」的話，「卿事」顯即「卿士」。按《廣

韻》「事」在去聲，「士」在上聲，為全濁上。這裏我們又看到所謂濁上，人家本來是去聲。許慎的《說文解字》也說：「士，事也。」可見東漢人讀同音同調。再舉兩個西周時代的例。「頌」字現存文字，最早見於周宣王時代的銅器銘文，如頌壺、頌敦、史頌敦、史頌鬲、史頌盤、史頌匜。許慎的《說文解字》說：「頌、兒（貌）也。」就是說「頌」字即「容貌」的「容」的本字。其實「頌」字即現在常用的「像」字，我們在第二章已證明過，「東」、「冬」系統的字，古音收 aŋ 韻。但是韻書「頌」字在去聲，「像」字在上聲，雖同是全濁字，卻這樣誤分。又如「永」字，原本寫做 $\S$，像兩條河流的合流，合流處自然是洶湧的，故「永」是「湧」（涌）的本字，但世人早已不識。另一個相反的字 Λ，像一條河分流，這字是「派」的本字。《詩經》上有「江之永矣」的話，《韓詩》「永」寫做是「羕」，今人的「漾」字就是「羕」加三點水而成的。但是《韻書》「永」、「涌」、「湧」同在上聲，「羕」、「漾」同在去聲，也同是全濁字，卻也這樣誤分。若上舉「士」、「事」，「杜」、「度」，「像」、「頌」，「湧」、「漾」本來是上聲字，方音縱然將「事」、「度」、「漾」轉讀為陽去，陸法言編的《切韻》也不會收在去聲中，可見「士」、「杜」、「像」、「漾」入上聲是錯誤的。（註一）

人文科學在今日所以不被看重，乃在於不必有根據，不必是事實，可以胡說。像發射有人太空艙，若計算有一丁點兒差錯馬上鬧人命問題，真假立見，且要負法律責任。但是一般人文科學，不但真假不能立見，還不負法律責任。故治

人文科學的人可放心肆意，愛怎麼講便怎麼講，循致造成歪曲整個世紀的大學說，莫奈他何！試設想著者不出來揭開漢語音眞相，漢語音學也就這樣永世被歪曲下去了。但是本章要重新澄淸的問題現在纔開始，並不是到這裏結束，請讀者諸君再繼續耐心地讀下去。

自韻書大集成於隋朝陸法言的《切韻》(西元 601 年)，一入唐朝進士科最爲熱門，專以聲律取士，故種種音韻問題時時見於記載，濁上的問題正式提出的是晚唐時代李涪的《切韻刊誤》。李氏很不滿意陸法言的《切韻》，幾乎全盤加以否定，他說：「至陸法言釆諸家纂述，而爲己有。上聲爲去，去聲爲上。又有字同一聲，分爲兩韻。」關於所謂全濁上聲，他說：「又舅甥之舅，則在上聲；故舊之舊，則在去聲。又皓白之皓，則在上聲；號令之號，則在去聲。」李涪覺得這是莫明其妙的。但是羅常培氏卻說：「陸法言《切韻》成書後未滿三百年即已有人(指李涪)不辨全濁上去。」(《漢語音韻學導論》64 頁)而不知道自西周已如此(應說自始便如此)，自己孤陋寡聞，動不動就指人家「不辨」。

現在我們暫不問韓愈、李涪、張麟之、嚴粲是不是眞的如現代漢語音家所說不辨上聲和去聲，患了聲調混淆症。我們單問：上聲旣是上聲，怎會變成去聲？這如何可能？若果眞有全濁上聲變成去聲的現象，這現象如何解釋？上文已經說過，王力、羅常培等人沒有能力解答這個問題。有一個西洋學者倒是有一番奇妙的解釋，Hobogirin 氏認爲上聲調是

55，去聲調是45，全濁聲母所佔的先頭部分因聲母的帶音作用由5變爲4，故全濁上聲和去聲合併是自然的語音演變。實在講得妙，可是何以知道上聲調是55，去聲調又恰好是45，且濁聲母又何以會將先頭部分由5帶成4呢？若眞如H氏所擬那樣的妙，平聲碰到全濁也應引起變調，去、入二種聲調當然也不能逃出變調的命運。這樣說，凡全濁字都要從本調變到別調去。可是依H氏（代表現代漢語音家）主張漢語只有四聲，而四聲只有上聲纔有變調的現象，平、去、入都沒有，這就更難令人信服他上聲全濁變去聲的說法了，因爲H氏既設了全濁變調的定律，就不能只限於上聲一調。可知這裏面確有問題，不是「變調」的說法所能解釋。既然變調不能解釋，惟一可以理解的，只有承認這些字本來是去聲（陽去）字。但是這裏馬上又發生一個新的問題，爲什麼原本是去聲的字，韻書中會被編在上聲之部呢？這個問題若純是韻書的問題，還好解釋。只爲陸法言當初編《切韻》的時候，過分謹愼，立意要包籠南北古今的讀音，故他搜集已有的韻書，自分韻至分調都採取從分不從合的原則，也就是說，即令有五家韻書都認爲同音的字，有一家認爲不同音，法言就當做不同音予以分立；聲調上，法言的分配原則，大概也是這樣的。法言的根據，自然是反切，他把反切分類歸納，參照各家的分合，分韻和分調的工作，就這樣決定了。在衆多前人的韻書中，就像現存衆多方言，都不會有陽上這一聲，但是根據吳音編出的韻書，這一聲是存在的，其反切下字和

陰上混合爲一，就像上古五聲官話的反切中陰、陽混合的情形一樣。這便是陽去編入上聲的原由。

在現存部分吳語和粵語中平上去入各分陰陽，上聲有陰上和陽上兩個，上文討論了那麼多的濁上，在部分吳語及粵語中確是自成一調，既不讀陰上也不讀陽去，大概陸法言一半是根據這項方言事實，將陽去的一部分劃入上聲中，成爲後來中原人士無法接受的所謂濁上。故李涪罵陸法言的《切韻》是吳音，說：「吳民之言，如病瘖風而噤，每啓其口，則語戾喎吶，隨筆作聲，下筆竟不自悟。」宋朝大書法家米元章也罵著：「陸法言傳其祖說，因其吳音，以聾後學。」其實陸法言據說還是鮮卑族後裔，屬於北方人，只是《切韻》多取吳音罷了。漢語原只有七調，吳音竟有八調，冒出個陽上聲（即濁上調）來，這怎麼解釋？要解釋吳音中濁上調的產生並不難。粵語中入聲有三種，上入、下入、中入。上入唸起來和臺語下入一樣，下入和臺語上入一樣，中入是臺語下去收入聲尾；這個中入是從上入分化出來的。上入弱讀便成中入。又如汕頭音，陽去分化爲兩調，故去聲一共有三種調，和粵語中的入聲分三種調一樣的沒道理。同理，吳語、粵語中的濁上調是從下去聲中分化出來的，我們把吳、粵語中陰上、陰去、陽上、陽去四個聲調的調值列出來，可以一目了然。

吳語 {
黃巖(城內)　陰上 $4^{\#}24$　陰去 5　陽上 $2^{\#}1^{\#}2^{\#}$　陽去 $1^{\#}5$

永嘉(城內)　　　53^{b}　　　$4\overset{\frown}{1}$　　　241　　　$2^{b}13^{b}$

（據趙元任氏《現代吳語的研究》——採自李榮《切韻音系》）

粵語（廣州）陰上 35：陰去 33：陽上 23：陽去 22：（據李榮氏《切韻音系》）

據上表，無論吳音、粵音，陽上（濁上）總是跟陽去（濁去）接近，而和陰上（清上）離得遠。

也許讀者要問，怎麼能肯定吳音、粵音中陽上是由陽去分化而來？粵語中的中入是由上入分化而出，汕頭陽去分為二，有反語及其他方言可為根據加以推斷。至於陽上聲，除了其他方言之外，得不到反語的根據，著者何據而作此斷言？是的，這樣發問是應該有的。但是我們在前文已證明過自西周時代就沒有所謂的濁上聲之存在，並且當我們看到《切韻》一書的最重要編者顏之推在其《家訓》〈音辭篇〉中寫的幾句話時，我們也只好這樣下斷言。顏之推說：「冠冕君子，南方為優；閭里小人，北方為愈。」那就是說北方的百姓和南方的士大夫操的是道地的漢語正音，而北方的士大夫（五胡族）和南方的百姓（吳人），操的各有所偏，未得漢音之正。

這句話的意思是：漢語的正音，存在於純粹漢人之間。北方自五胡亂華以後，士大夫多胡人，漢語的正音存於民間，而當日衣冠南渡，吳人操的是吳語，純粹漢語只存在於

自中原來的士族。可見吳語音不是漢語音之正。故吳語中的陽上(下去調或濁上)以及其濁聲母，自然不是漢語所固有(粵語中的陽上自然屬於吳語的系統)。這樣看來，王力氏一流現代漢語音家所意想由四聲分化爲八聲的說法，自然由於缺了陽上聲的一聲而落空，不止四聲說不能成立，八聲說也不能成立。

吳語在整個漢語系統中，是一個獨立的區域，包括湘語和粵語中的濁上系統。除了這個吳語的系統，西北起自關中，東南至於兩閩，大體上是同一系統。由這個現象更見吳語是獨立的區域。吳語的形成依地域看，當起於周代的楚國。春秋時代吳公子季札訪魯，孔子盛稱其賢；孔子弟子子貢曾經使吳越，都不聞有語音上的隔閡或差異。而楚語，孟子曾批評過，說是語音很難聽，有如伯勞聒噪。大概就是那些濁聲母，中原人聽起來覺得重濁不堪的緣故。吳國後來滅於越，越又滅於楚。吳越同姓，都是商朝的後裔，《呂氏春秋》上曾經特地提過，說吳和越語言是相同的。而越就是現在的閩浙，故推知吳語本來不異閩語。但是到了戰國末期楚國疆土日促，強秦步步東逼，楚國人也就步步東遷。一方面自楚滅吳時，吳人即紛紛南竄，逃過浙江(今富春江)以南。此時楚人被強秦所逼，漸漸遷至吳地。故《呂氏春秋》說吳語與齊魯不同，大概根據當時(秦時)的實情說的。料想秦滅楚時，楚人又從吳地渡浙江南竄；有一小部分由湖南本部南竄廣東。故富春江以南，如臺州、溫州都是吳語道地的地區，

而粵語中有陽上聲。但是楚國本部的湘語，可看出它是母語，楚語是由此東傳而為吳語的，卻不能反過來說是吳語西傳，因為沒有政治因素可以這樣解釋。吳語的來龍去脈大概是如此，不會錯。

為了增加我們所得漢語本音沒有濁上這一聲的確證，我們把漢語本裔和外裔都擺出來，做個平面的觀察：

①北京話，沒有全濁上聲，凡陸法言歸入上聲的所謂全濁上，全讀去聲。

②漢口話，也沒有全濁上聲，一律讀成去聲。

③南京話，也沒有全濁上聲，一律讀成去聲。

④江都話，也沒有全濁上聲，一律讀成去聲。

⑤吳語中大部分也沒有全濁上聲，一律讀成去聲。

⑥客家語，也沒有全濁上聲，大部分讀成去聲，小部分讀陰平或陰上聲。

⑦福州話，也沒有全濁上聲，一律讀成去聲。

⑧廈門話，也沒有全濁上聲，一律讀成去聲。

⑨汕頭話，也沒有全濁上聲，一律讀成去聲。

⑩安南漢音，也沒有全濁上聲，一律讀成去聲。（外裔）

⑪廣州話，全濁上聲，大部分讀成去聲，只有少部分另成陽上一調。

⑫上海話，有全濁上聲（陽上）。

⑬溫州話，有全濁上聲（陽上）。

以上是高本漢所做的調查。

⑭自洛陽西至長安、東至開封，唐宋以來的記錄沒有全濁上聲，一律讀去聲。

⑮龍州僮語漢音，沒有全濁上聲，一律讀去聲。（外裔）

⑯廣西徭語漢音，沒有全濁上聲，一律讀去聲。（外裔）

以上採自周祖謨、李榮。

可知陽上聲是吳音的特產，而其產生的年代與方式有關。在漢語七聲調之中，陰平（上平）和陽平（下平）相似；上聲（陰上）和陽去（下去）相似，而陽去又和陰去（上平）相似；入聲是另一種顯明不同的聲調，陰入（上入）、陽入（下入）不用說是相似。故早在《詩經》時代，陰平、陽平相押韻；上聲（陰上）、陽去相押韻，陽去、陰去相押韻；陰入、陽入相押韻。另有去聲和入聲相押韻的情形，即是由於去、入調值相似的緣故。由上面的情勢看，在詩韻上聲調總是成對地出現，這裏可看出陽去有被派成上聲對的先天命運，故在《詩經》中常常被用來和上聲（陰上）押韻的陽去，只要有某些充足的條件出現，便無可避免地會被攔進上聲中去。所謂充足條件，第一個可能想得到的，應該是當漢語傳進非漢語的語族中去的時候，由於陌生語族的陌生感，稍微一忽，便可造成和上聲（陰上）時常押韻的陽去這一部分字轉成一種新的聲調。第二個可能想得到的，應該是陰陽調合併運動中的強勢，促使和上聲押韻的陽去那一部分字脫離陽去的調位，因這一脫離，使這一部分字造就新調更加輕易。這個問題要追溯到春秋時代，其時國際交往頻繁，勢非就既有各國方言自

然形成一種世界語，以爲世界共通語言不可。故自春秋時代以來，可以想像出在長期的國際交流中，漢語由各種多聲調的方言交匯成一種少聲調，亦即陰陽調合併的新國際語。這種新國際語，依今日的名稱說，可稱是上古官話，也就是前文提到的五聲漢語，只包含上平、下平、上、去、入五種聲調，去、入陰陽合併，連帶地被攔進上聲中的陽去也跟上聲合併，這部分字遂成爲眞正的上聲字。《周禮》〈疾醫〉：「以五氣、五聲、五色，視其死生。」鄭玄注：「五聲、言語宮、商、角、徵、羽。《周禮》一書有人懷疑是王莽托古改制叫劉歆編的僞書。即非王莽僞托，也不會早過騶衍的時代。因爲「五」是五行說以後纔成爲重要數字的，這裏連用三個「五」字，不會是沒有理由的。故上古五聲官話的定型，應該在騶衍（西元前240年）之後王莽之前（西元8年），從中折算，可歸在漢武帝時代（西元前140年至87年）。由第一條件，可知部分陽去於春秋時代在楚語中形成爲陽上；由第二條件，可知部分陽去在上古官話中（即在韻書出現之前）與陰上合併。前一事實是吳語有陽上一聲的來由；後一事實是陸法言以來韻書上聲中攔入部分陽去的來由。

五聲雖是上古時代國際共通語，定型於西漢武帝時代，但國際共通語總歸是國際共通語，各地方言依然是各地的方言，師師相傳的還是七調的老漢語（在吳、湘二地是八調，現在的湘語已減至六調或七調）。故東漢末新產生的反切，一直保持著七調或八調，陰陽還是沒有合併。只是著成書公

諸世的時候，不得不採取官話的形式，以示統一，避免紛歧。故李登著《聲類》一書，便創立「以五聲命字」的法則，直到四聲說起而代之之前，一直是通乎四海唯一可行的法則。正爲方音七調，官音五調，四聲初興時，困惑了許多的人。

若漢語只有四聲，提出四聲說自不會有人感到困惑。若漢語有八聲，雖然可分爲陰陽兩組，各爲四聲，提出四聲說當初，不免也有困惑，不過經人解釋，容易了解。若漢語有七聲，同時官話有五聲，則提出四聲說時，不難想像人們有多困惑，就是一再叫人解釋，一時總難明白，因爲七和五都是奇數，而四是偶數，找不到數學上的關係。四聲說發生於梁武帝的時代，風靡一時。梁武帝本人文學素養也是很深的人，還時常詠詩作文，四聲說的興起與風靡，既然正當他登極的時代，自然不能說對他沒有發生衝擊作用，可是七、五和四之間到底不單是加減式能演算得出來的，故梁武帝對於四聲說困惑到了極點。他先後請教過兩個人，就不肯直接請教沈約，這是尊嚴問題。第一次請教中領軍朱异，問他：「什麼叫四聲？」朱异回答：「『天子萬福』四個字，正好是四聲。」梁武帝一時不解，改口道：「說成『天子壽考』行不行？」當然是不行，因爲「考」字是上聲字，這樣一來便成了「平上去上」，少了個入聲。也不知道他在肚子裏又悶了多久，後來他又請教四聲說創始者周顒的兒子周捨，梁武問道：「什麼叫四聲？」周捨回答：「『天子聖哲』四字，正好是四聲。」這一次梁武帝不敢冒失，再來個「天子壽考」。可是

梁武帝還是搞不懂，聽說後來他一直不曾弄明白四聲這個新玩藝兒，終於被侯景的叛變，圍困在臺城中，至於餓死。

從梁武帝的故事，可以明白漢語聲調原本有多少，當然不會是四，可以是五，可以是七，也不會是八。(註二)

日本和尚安然(九世紀人，相當於晚唐時代)所著《悉曇藏》(作於西曆八八〇年，唐僖宗廣明元年)記錄有八世紀、九世紀時代四個人的漢音聲調，他寫著：「我日本國元傳二音：表則平聲直低，有輕有重，上聲直昂，有輕無重，去聲稍引，無輕無重，入聲徑止，無內無外。」這是第一個人，叫「表」，有人說是表信公；有人說是袁晉卿，「表」是「袁」的誤寫。表信公何時人不確知，應該比袁晉卿早，袁晉卿是西曆735年(十八、九歲)到日本的。現在我們不問「表」是誰，這個人的漢音只有五個聲調，平聲分陰陽，上聲只有一種陰上，去聲入聲陰陽已經合併，成為一種非陰非陽的調子。平聲兩種調性是「直低」，是平降調。上聲「直昂」，是平升調。去聲「稍引」是平長調。入聲「徑止」，「無內無外」，表示音既不高也不低，乃是促音。安然接著進一步寫「表」聲調的重要特徵說：「平中怒聲與重無別，上中重音與去不分。」這一部分的記載非常有價值，這說明了「表」沒有濁聲母(怒聲)，又說明了「表」凡陽上都讀為去聲。

下面安然接著寫另一個人：「金則聲勢低昂與表不殊。但以上聲之重稍似相合。平聲輕重，始重終輕，呼之為異，唇舌之間，亦有差升。」「金」一般認為是韓國人金禮信，年

代大概在七世紀以前。金禮信傳吳音於現在的長崎縣的對馬一帶(稱爲對馬音)，後來由一個尼姑將對馬音傳到本島。金禮信的調性和「表」差不多，但是他有陽上聲，很接近陰上聲。他的平聲不論陰平陽平都有較輕的尾音，或翹起或下降，安然沒有說明。

再下面安然又寫另一個人：「承和之末(西元847年)，正法師來。初習洛陽，中聽太原，終學長安，聲勢大奇。」正法師是惟正法師，從安然敍說其學習路徑，可知他是南方人，大概是吳人。安然又寫著：「四聲之中，各有輕重。平有輕重，輕亦輕重，輕之重者，金怒聲也。上有輕重，輕似相合金聲平輕，上輕始平終上呼之，重似金聲上重，不突呼之。去有輕重，重長輕短。入有輕重，重低輕昂。」可知惟正法師有陰陽八調，但他平聲大概還另有一調，即輕中之重，合於金禮信的陽平，總計有九調，故「聲勢大奇」。他的陰上聲和金禮信陰平相同，因他的陰上一開始很像平聲調，到末尾纔表現出上聲調的本色。他的陽上和金禮信陽上相同，只差起調平坦些(不突呼之)。他的陰去短，陽去長，陰入高，陽入低。

最後安然寫第四個人：「元慶之初(西曆877年)，聰法師來，久住長安，委搜進士，亦遊南北，熟知風音。四聲皆有輕重。著力平入輕重同正和上。上聲之輕似正和上上聲之重，上聲之重似正和上平輕之重。平輕之重，金怒聲也，但呼著力爲今別也。去之輕重，似自上重；但以角引爲去聲

也。音響之終，妙有輕重，直止爲輕，稍昂爲重。此中著力，亦怒聲也。」聰法師就是智聰。文中的「正和上」就是「正和尙」，即惟正法師。大體上說智聰和惟正差不多，他是那裏人，文中沒有跡象可稽，但既是八調的口音，自然不是中原人，大概吳人的成分要居多。

多旅行，可以廣見聞，多看些資料，可避免討論問題時自陷於無知、狹窄。現在可以回頭將我們走過來的路，做個概觀的簡述：自西周時代便沒有陽上聲這樣的聲調，自周顒、沈約創四聲說時，沈約便聲明平聲分上平、下平，由安然《悉曇藏》的記述，可知自陸法言時代，已有明證，漢語有多至八聲，不像王力氏等現代漢語音家所說，八聲是唐以後由濁聲母導出來的分化，或是宋以後的分化，或更是元以後的分化那樣瞎猜的。倒是濁聲母反而出於陽調的導引而產生的。最重要的結論是：漢語原本是七聲的，由這七聲而衍出八聲，衍出九聲、十聲、十一聲，而反過來由七聲合併爲五聲、爲四聲，像今日的官話是由中上古官話五聲失了入聲而形成，她的平聲還留著古平聲分陰陽的本態（河北省南部某縣和江蘇省丹陽縣的說話音，平聲陰陽已經合併爲一聲）。

剩下的問題是漢語聲調調值的問題。有關漢語調值的記載，最早的，當然就是周顒、沈約創四聲說時起的調名「平」、「上」、「去」、「入」四字。這四個字除了它們各個是它自己所規定的聲調而外，應該還有含義；比方說，「平」字

除了它本身是平聲調之外，應該還有表示調性是平坦的意思；「上」字除了它本身是上聲調（由陽去攔入陽上然後又攔入陰上）之外，應該還有表示調性是往高處升起的意思；「去」字除了它本身是去聲調之外，應該還有往遠處走去，顯得調尾長而沈的意思；「入」字除了它本身是入聲調之外，應該還有沒收閉結的意思；並且「平」、「上」、「去」、「入」四字中間，應該是連續的表現，好像一個人先是自平地上出發，繼而往高處爬登，然後緩坡走向遠處的天邊，終於沒進蒼茫的遠景中。當然所描述的調性，就是周顒、沈約輩口頭上的語調，不一定可放之四海而皆準的。這樣的調性，或許還存在於現時南京一帶，上文安然所描述「表」的聲調就是這一套聲調。沈約在〈答甄公論〉的書信中，曾經給「平」、「上」、「去」、「入」四字做過較具體的說明，他說：「春為陽中，德澤不偏，即平聲之象；夏草木茂盛，炎熾如火，即上聲之象；秋霜露木落，去根離本，即去聲之象；冬天地閉藏，萬物盡收，即入聲之象。」大體上過去作詩法所謂「起」、「承」、「轉」、「合」，可用來解釋「平」、「上」、「去」、「入」的調性。

　　稍後唐朝和尚神珙在其〈四聲五音九弄反紐圖〉（附在《玉篇》書尾）中引述陽審公與處忠和尚合撰的《元和韻譜》（元和是唐憲宗年號，當西元806年至820年），是歷史上第一次給四聲下定義，《韻譜》說：「平聲者，哀而安。上聲者，屬而舉。去聲者，清而遠。入聲者，直而促。」則與周

顒、沈約的調性有些出入，所謂有出入，是指上聲一聲。
說平聲「哀而安」，除了調性平坦外，且不宜太高，因為「哀」
的情感不屬高昂的形態。上聲「厲而舉」，「厲」是猛烈的意
思，「舉」是提起。這一聲和周、沈的純粹升調，是有些不
同。不過，很可能我們在上文誤解了周、沈二人。也許
「平」、「上」、「去」、「入」四字純粹是以本身的字調代表調名
而沒有任何含義。而沈約的春、夏、秋、冬比平、上、去、
入，夏應解釋為夏天的陽光猛厲而不應該解釋為草木向上
怒長，因為沈約雖說「夏草木茂盛」，可解釋為生機猛厲，
下面正拿夏天的陽光「炎熾如火」來足意。若是這樣的話，
則《元和韻譜》和周、沈就沒有出入了，不過這樣的話，我
們須得將周、沈來就《韻譜》。其實，周、沈對於四聲調性，
並不曾明白表示過，我們所做的只是猜測而已，而《元和
韻譜》則有明白的界說，不用猜測。故若須在二者之間取
捨，應捨周、沈而取《韻譜》，這是合理的做法。況且《韻
譜》所標示的調性，在相隔八百年後明朝和尚真空的〈玉鑰
匙歌訣〉（萬曆年間，西曆 1600 年左右），還有實際聲調可印
證，〈歌訣〉唱道：「平聲平道莫低昂，上聲高呼猛烈強，去
聲分明哀道遠，入聲短促急收藏。」真空所標示的調性跟
《元和韻譜》完全一樣，沒有一點點兒出入。而這一套聲調，
像著者現在操說的高屏閩南音，也完全脗合，沒一絲差
失。這裏面要特地提出來再說明的還是那個上聲，《韻譜》
說是「厲而舉」，是先猛烈強呼，調尾稍微舉起，這個調性

在閩南音，正是上聲調，在現代官話就是第四聲（去聲）。
為明白起見，將日本學者香坂順一所著《廣東語之研究》一
書中精譜的北京語調抄錄如下，讀者可加以細察：

「厲而舉」正是官話的第四聲（去聲），看樂譜上不是四聲
中唯一高呼而有翹起的調尾的嗎？這個調既合於「厲」又合
於「舉」。臺語的上聲和官話的第四聲完全相同，可借以表
示其調值。這個調值也就是真空的調值，《元和韻譜》的調
值。至於「哀而安」的平，「清而遠」的去，「直而促」的入，臺
語也無一不與之相符。

　　日本和尚了尊的《悉曇論略圖抄》（元世祖至元二十四
年，西曆1287年）記有一套截然不同的聲調系統，了尊寫
道：「私頌云：平聲重，初後俱低；平聲輕，初昂後低；上
聲重，初低後昂；上聲輕，初後俱昂；去聲重，初低後
偃；去聲輕，初昂後偃；入聲重，初後俱低；入聲輕，初
後俱昂。」所描述的是吳音八聲，但不知道是今日吳語中那
一支的調性。

　　據上文看來，聲調這樣分歧，漢音中究有無標準聲調
呢？當然是有！我們在上文中，從周顒、沈約而《元和韻

譜》而眞空而臺音，依稀看到一條主脈。若我們能夠更向上古求出各聲調值，則漢語標準聲調是很可以定出來的。首先入聲是不用尋求的，不論調性調值是怎樣，即或如臺語與粵語互相顚倒，也不必計較。有人至今還不能確定古入聲是收–k，–p，–t，或收ᵁk，ᵁp，ᵁt。這是庸人自擾。我們從《詩經》至沈約之前，去入押韻，便可毫無疑問地認明古代入聲是收ᵁk，ᵁp，ᵁt，一如現代閩、粵、客家方言所收的那樣。其次，上聲是天然聲調中最常見的，這一種聲調自然很好確定其調值，而且又因爲它只有一種聲調，沒有陰陽之分，就更容易辦了。

上一章中我們提過，古人合力舉重時，口裏喊著「邪許」的助力聲，做爲用力的節奏。這種用力聲在四聲中挑，只有上聲「厲而舉」、「高呼猛烈強」符合，而「許」字正是上聲字（讀者諸君應該還記得，「邪」的古音值｜ia｜，「許」的古音值｜ha｜）。由此可知上聲字（上聲只有陰上一聲）的調值是高降強猛調，即臺語中的上聲，官音的第四聲。《詩經》描寫這一類高降強猛調的句子很多，如上章提過的「伐木許許」，自然只能用上聲字「許」來描述伐木者的助力聲，而許愼的《說文解字》寫做「伐木所所」，「所」也是上聲字，古音和「許」同音。再如「坎坎伐檀」、「坎坎伐輻」、「坎坎伐輪」、「坎其擊鼓」、「坎其擊缶」、「坎坎鼓我」的「坎」或「坎坎」，是強勁的碰擊聲，而「坎」也是上聲字。又如「簡兮簡兮，方將萬舞」、「奏鼓簡簡」之中的「簡」或「簡簡」是描寫節制舞步的

鼓聲，故那是短鼓聲，不是長鼓聲。短鼓聲，自然屬於高降調，而「簡」也是上聲字。《詩經》描寫鼓聲，自然也有用別的聲調的字的，如「伐鼓淵淵」、「鼉鼓逢逢」、「鼓咽咽」、「鞉鼓淵淵」。「淵淵」、「咽咽」是小鼓聲，「逢逢」是低音長鼓聲，這兩種情形既不是高降強猛調，自然不用上聲字了。至於《孟子》有「塡然鼓之」的「塡」是長鼓聲，大概讀陽去。陽去和上聲很相近似，而調性稍長。臺語形容耳門受風寒轟轟作聲，有時說「耳子 hóŋ hóŋ 叫」，有時說「耳子 hōŋ hōŋ 叫」，hóŋ 應寫做「況」，hōŋ 應寫做「轟」（陽去）。又在火爐邊，氣溫過高，滿身大汗，有時說「熱 hóŋ hóŋ」，有時說「熱 hōŋ hōŋ」，hóŋ 或 hōŋ，應該同是「烘」字。「烘」《廣韻》有 hōŋ 音，但沒有 hóŋ 音。大抵說，上聲用以形容其急，陽去用以形容其緩，自有寬狹之分。《孟子》的「塡」字所描述的聲音，也就是「電」字的聲音。故我們說「塡」讀陽去，讀陽去就是讀「電」字的字音。打雷聲雖猛，因爲是長聲，故「電」不讀上聲，而讀陽去（下去）。至於「雷」是不見閃光，只在雲中作聲，有點像在滾動似的，故讀爲「雷」。

　　前些時在電視上看到瑞典影片〈移民血淚史〉，大概讀者中也有不少人看了這部片子。這部片子分上下集，在上集中有個鏡頭，是嫂子和小叔在撐起什麼東西，此時已經忘記，讀者大概還記得。只見撐東西時嫂子口裏輕輕喊 úi 的一聲，東西撐起來人也站直了。當時很覺驚訝，因爲臺語中助立聲就喊 úi，凡是須用力站起或撐起東西，習慣上

總要輕輕喊一聲 úi。早在東漢人劉熙的《釋名》一書裏也看到寫著「偉，立也」的話，可知「偉」字除了 úi，不能讀其他聲音，而「偉」正是上聲字。「偉」是晚起的字，大概起於秦漢間，早先的人沒有這個字，多借用「有」字，如有虞、有夏，就像後來的大漢、大唐。「有」字臺語作陽去，發做 ū，這裏又見到陽去和純上聲（陰上）的關係。

《呂氏春秋》〈自知篇〉有一段故事寫著：「范氏之亡也，百姓有得鐘者。欲負而走，則鐘大不可負；以椎毀之，鐘況然有音，恐人聞之而奪己也，遽掩其耳。」范氏是晉六卿之一，在政治權力鬥爭中失敗了，去家而逃。百姓爭著趕到范家撿家私，有個貪心漢撿到一個低音階的鐘。音階越高鐘越小，小的被人拿走了，剩個最大的被解下來放在地上，大概是搬不動纔有這個貪心漢的份。這個貪心漢可是遇到了難題了：想背著走，鐘太大不好背動；想拿鐵椎敲成一塊，縮小體積，鐘又會發聲，又怕被人聽到來奪了去。最後想出了一個辦法，塞了自己的耳朵，大力地敲了起來。這個人當然是自欺欺人。文中寫「鐘況然有聲」，這個鐘早已被解下來放在地面上，捶起來那「況」的聲音自然是短音而不是長音。這裏「況」字正好又是上聲字（自《韻書》都讀陰去聲，臺語讀上聲，這裏可以定是非），可知「況」讀 k'oáŋ 或 k'áŋ，也就是高降強猛短調。

人們做了一件不甘心的事，譬如做一筆生意，像炒地皮之類；一坪地五百元買進來，五千元賣了出去，淨賺四

千五百元，歡喜得不得了；那知只隔一兩年工夫，人家卻一坏賣了五萬元，於是此人不僅不再歡喜，還很懊惱，直拍大腿，口裏連連 hái hái 的喊，竟把大腿拍腫了，非得貼膏藥不能消炎。當然人心不足蛇吞象，精益求精，多多益善。但是太貪心，一輩子總會生活在後悔中，你說是不是？道德上的後悔是好事，欲望上的後悔就不是好事了。諸君既生爲人，縱然沒有欲望上的後悔，道德上的後悔總是有的。人非聖賢，誰能無過？有時實在很厭惡自己過去的某些部分，覺得若能再投胎一次，重新來，那多乾淨！「悔」字的讀音就是從後悔中喊出來的，它就是 hái（ㄏㄞ），而「悔」字又正好是上聲字，自然不是巧合。現在「悔」，官話讀成ㄏㄨㄟ，不說音值不對，聲調就太差了。臺語讀 hóe（ㄏㄛㄝ），音值也不對，只是聲調還不差。「悔」字的諧聲字（即同聲符字）「海」（同樣用「每」字做聲符成字），官話現在讀ㄏㄞ，聲調不對；臺語讀 hái，完全正確！故論字音，「悔」字應該恢復它的本音，讀成 hái 纔是。

　　玉篇：「嗙，大聲也。」一聲巨響，其音值作｜paŋ｜也好、作｜poŋ｜也好，您認爲那樣的調性合於眞實？ㄅㄛㄥ或ㄅㄤ，ㄅㄛㄥˊ或ㄅㄤˊ，ㄅㄛㄥˇ或ㄅㄤˇ，ㄅㄛㄥˋ或ㄅㄤˋ？自然是ㄅㄛㄥˋ或ㄅㄤˋ了；換句話說，其聲調非採取官話第四聲不可，而這第四聲也就是臺語的上聲，《元和韻譜》、〈玉鑰匙歌訣〉的上聲，亦即漢語固有的上聲。「嗙」字，《玉篇》正作「方孔切」（《詩》〈生民〉釋文作「布孔反」）的純上聲調；又作「薄孔切」，

即所謂全濁上聲，實即陽去聲，乃上聲的長調。到這裏漢語上聲調是怎樣的調值調性，已十分明白確定，實在不必再辭費，不過，多舉些例證，有益無害，故我們再舉一些罷。

人們聽見不願意聽的話或看見不願意見的人或聞見不好聞的臭味的時候，往往不由得要吐一口口水，發出 pʻúi 或如官話 ㄆㄟˋ 的聲音，這便是否定詞字音的來源，古時寫做「否」(《書經》裏或寫做「咈」)，近代官話寫做「呸」。「否」正是上聲，而「呸」官話讀第四聲，就是這個音。

古人父母有命，「唯」而起。《禮記》上還特意注明只能回答「唯」，不能回答「諾」(等於今語「好」)。「唯」字這裏讀上聲，和「偉」同音，大概是起立時發出「偉」的聲音，寫成「唯」，好具備口語的字形。

肯定詞「好」、「可」、「許」，都是上聲字，實際上這一類詞的語氣也非得是高降強猛短調不可。

「猛」、「勇」、「敢」、「虎」和「赳赳武夫」的「武」、「赳赳」，這些強猛字眼，那一個不是上聲字？「強」字有平聲、上聲兩調，本調應是上聲。

狗聲是道地的高降強猛短調，故「狗」字「犬」字都讀上聲。

英語的 walk，古人叫「行」；英語的 run，古人叫「走」。「走」是「行」的急動作，故讀上聲。

「止」和「停」可從字調辨出字義。「停」是在那裏不動的，

「止」是從動中停下來。故「止」字非要讀上聲，作高降強猛短調不可。古書上「止」字往往也用「已」字表示，「已」字也是上聲字。

　　讀者諸君都是聰明人，由這幾個例，可舉一反三，自己引證，這裏不再多舉。最後舉舉武則天時代義淨的〈南海寄歸內法傳〉（大約武則天天授元年至如意元年，當西曆690年至692年，存錄在安然的《悉曇藏》）裏的一段話：「腳、佉、伽、噓、我、者、捭、社、縒、喏、吒、詫、茶、綻、拏、哆、他、抲、但、娜、跛、叵、婆、嗗、麼，右『腳』等二十五字並下八字（按即野、囉、攞、婆、捨、灑、娑、訶），總共有三十三字，名初章；皆須上聲讀之，不可看其字而為平、去、入也。」這一段話有一大堆不曾見過的怪字，它們當年是被選出來或造出來當聲母代字用的。漢字不是拼音字，從來沒有拼音字母，遇到要講漢語有哪些聲母、韻母的時候很難表達。當年佛經譯成漢語，有不少字是音譯的，於是便發生對音的問題。若梵語的聲母、韻母幅度和漢語完全相同，自然沒有困難，而事實是梵語幅度比漢語大，故譯經遇到音譯時困難就大了。單說聲母，現代官話有ㄅ、ㄆ、ㄇ、ㄈ、ㄉ、ㄊ、ㄋ、ㄌ、ㄍ、ㄎ、ㄏ、ㄐ、ㄑ、ㄒ、ㄓ、ㄔ、ㄕ、ㄖ、ㄗ、ㄘ、ㄙ，共二十一個聲母，而梵語有三十五個聲母，不計出入，已少十四個聲母。而自南北朝至唐朝譯經時代漢語是多少聲母呢？當然當時的人很明白，可是生在一千多年下的我們，要弄明白可就不容易了，

這個問題留在下章討論。現在單講義淨的話，義淨所列出的梵語聲母漢字代字有三十三個，裏面屬於平聲字的有：佉、伽、嘘、荼、搏、拏、他、托、婆、娑、訶，共十一字（一些怪字到底讀那一聲可不必考究）；屬於上聲字的有：我、者、娜、跛、叵、麼、野、捨、灑，共九字；屬於去聲字的有：社（《韻書》是上聲）、吒、詫、綻，共四字；屬於入聲字的有：腳，計一字。故義淨所舉三十三梵語聲母代字，平、上、去、入四聲都有，但是義淨特別聲明：「皆須上聲讀之，不可看其字而爲平、去、入也。」意思是不管本字讀什麼聲調，這裏一概當上聲發音。按梵漢對音，以漢字上聲對梵語短音，這是公認的事實。那麼義淨的上聲是什麼樣的調值調性呢？起碼我們已知道是短調，而在四聲中只有上聲（陰上）是短調，這是第一層。第二層，我們一般學英語的人都知道英文字母二十六字無論哪一母，都是一律作高降短調唸的，雖然德文、西文都作平聲唸，起碼我們有一個活的例證。據上述兩層，我們知道唐朝通行的聲調，上聲是高降短調沒有錯，還是原始以來的調性。

　　現在我們可以正式宣稱前文提到 Hobogirin 氏私擬上聲55，是沒有根據的瞽辭。他的上聲55既然是西洋鏡，他的濁上變濁去45之說，便也只是西洋魔術罷了。

　　在現存各方音中，陰上聲仍舊保持古調作高降短調的，據我們所知有：

①廈門音	53	
②漳州音	53	
③臺北音	53	
④桃園音	52	
⑤臺中音	52	閩南音
⑥宜蘭音	51	
⑦高屏音	51	
⑧臺南音	51	
⑨梅縣音	31	
⑩桃園音	31	客家音
⑪美濃音	42	
⑫杭州音	51	
⑬黃巖音	42	吳音
⑭永嘉音	41	
⑮廣西徭	53	

　　其他方音如北平、廣東、安南、龍州僅及吳音中的丹陽、武進、寶山，客家的海陸都反而是低升調，福州是中平調33，泉州是高平55，都非漢語的正調。

　　上文探求上聲(陰上)調值的當兒，無意中也探到了陽去的調性。據上文陽去常伴著陰上連聲而出看，它是陰上的長調。因它是長調，自然不可能是高降調。但它既和陰上互為短長，自然不會太低。大概調首是3可以確定，而調

尾可以是3，維持爲中平調；或是2，成爲中降調。不論33
或32，都能配合陰上高降的調性，而成爲它的長調。但若
陽去是夠長的長調，則應該是33。不論是33或32，我們都
看到陽去和陰上的密切關係。這個關係說明了陽去聲字所
以會有一部分被編進上聲的緣由。

　　去聲中還有陰去一調，依陽去的調性推，陰去應該是
低平調，不是閩南音大部分如此，我們纔附會起來一定要
這麼說。因爲第一，陰去不可能再高出陽去，理由是沒有
這樣的空位留著給它，故陰去只有比陽去更低調。第二、
陰去業已爲低調，若再成爲低降調，未免過分地低了，故
陰去不會是低降調。第三，若假定陰去是低升調，則又與
陽去在調性上不能平行。故陰去可斷爲11(22嫌太高，會和
陽去相混)。

　　人們說話無法永遠用強猛高降的上聲，這是特殊情形
下用的。若是平淡無奇的情狀，用中低以下的去聲最相宜。
故去聲字的總量應該比上聲字的總量多得多。但是《廣韻》
一書中，上聲字佔102頁，去聲字纔有105頁(澤存堂本)，
差不多相等，這就不合說話的實際了。這是因爲上聲字中
包含了一半的陽去字，無端增加了上聲一倍字數，無怪有
這樣不合理的現象。這一點也可用來了解所謂全濁上聲何
以李涪、張麟之、嚴粲三位聲學家要加以否定而實際讀音
各地大部分都讀陽去的理由。故經過重新調整，去聲和上
聲的比例是3：1。這纔是合理的比率。

　　但是人們說話時的情緒既非刻刻強烈得非要全盤用上聲調不能表達，也不是都沈悶得非儘用去聲不能配合的。通常人們的情緒十分總有八分愉快的，帶輕高調性的，故輕高調字，應佔總字數中的泰半。這種輕高調，也就是平聲字罷！就輕高調的要求看，平聲調應以55或44和33、34或25、24最合適；至於如廣州話陰平53，陽平21，成為降調，就太離譜了。55或44就是陰平，35、34或25、24就是陽平，大概是這樣的罷！《廣韻》中平聲字有210頁，其份量確與實際相符。陰平之為高平調，等於是自明的公理，不待再作考究，不是5，便是4，不能再高，也不能再低。至於陽平，前文早提過，不止臺語「何」為 hâ^n（25或24），英語也如此，乃是世界共通語，其語調又如此一致，故也可說是自明的。這裏舉一對字眼不妨當做笑話來談談。我們要人家過來時說：「來！」聲調自然要輕揚，亦即非35、34即25、24，不能作55或44的高平調，也不能作53或42等高降的上聲調，這樣的話人們不會過來的。因為你的語氣愉快且帶懇請的升調，人家過來了，你達到目的了，於是你又要人家走，這時你改口說：「去！」、「去」是去聲字11（陰去），正表示事畢再沒有什麼稽留人家。若此時「去」字發成官話的高降調51，則人家去得很不愉快，這種調是命令的聲調；若還是用35、34或25、24的輕揚調，則那人準不走，因為你聲調上明明還要他（她）。

　　入聲是截尾的，本來可以不再考究，但是若仔細研究

起來，調性上可包括平上去五種調值，故這部分無法用純發聲原理來推，一定得依據漢語實際形跡來衡量。

顧炎武下過這樣的結論：在周顒、沈約倡四聲說運用在詩文上成為聲律準則之前，詩人往往將去聲和入聲用來互相押韻。自周、沈以後，去聲和入聲不再通押，其間好像有嚴格的聲調界限。故一向聲學家以為入聲的調值和去聲相同，差別只在入聲尾音戛然截止這一點上。安南的漢音，至今陰去和陰入，陽去和陽入，調值是相同的。故從表面看，入聲的調值似乎馬上可以宣稱就是去聲的調值。但是問題似乎不這樣簡單，最早的《詩經》去入通押，和入聲押韻的去聲字，沒有一個字不是可以讀成入聲的；和去聲押韻的入聲字，情形也相仿，都可以讀成去聲。真正值得深考的，舉個例像在周、沈剛提出四聲說的時代，老風氣已到了尾聲，梁武帝在清暑殿效漢武帝柏梁詩君臣聯句，梁武吟道：「居中負扆寄纓紱。」眾大臣依次連句，江葺輪到最後，吟道：「鼎味參和臣多匱。」江葺用去聲字「匱」和武帝的入聲字「紱」押韻，這個「匱」卻絕對不能用入聲讀。按「匱」是入聲字「缺」的去聲化，用臺語唸馬上可看出其音讀關係，「缺」k'oeh，「匱」k'òe。但是「紱」字和「拔」同音，臺語「拔」唸做poèh，臺中、臺北卻早已轉成去聲唸pōe，正和匱k'òe押得很好。可是這是假象，全詩的韻腳不容我們這樣取巧。全詩的韻腳是：紱、術、弼、物、密、汩、秩、實、質、匹、一、匱。除了「匱」，都是收 t 的字。那麼這個

現象怎樣解釋？高本漢氏便曾經爲了解釋這種現象（包括《詩經》及諧聲字），將漢語中的陰聲字（即收 a、e、i、o、u 的字），除了收 a 字之外，一概綴上 b、d、g、r 的音尾，如「內」爲 nuəb、「蓋」爲 kab、「去」爲 k'iab、「例」爲 liad、「謂」爲 g'iwəd、「話」爲 g'wad、「高」爲 kag、「逃」爲 d'og、「來」爲 lag、「開」爲 k'ər、「洗」爲 siər、「火」爲 huər。他拿這個方法來打通上面的問題。依他的注音法，「匱」讀 g'iwəd，就因爲收 d 纏得和其他收 t 的字押韻。高氏的說法很妙，但是那是紙上談兵，他主張–b、–d、–g、–r，限在上古時代，可是我們的例子卻發生在中古時代，高氏不免觸了礁。即使江茸是上古幽靈附身，高氏這種荒謬的巧思，無異將漢語全盤入聲化——後來陸志韋氏就將這個說法推到了這個境地。並且我們要問：爲什麼–k、–p、–t（用高氏的注音，如「白」pak 是收 k，「挾」kap 是收 p，「達」d'at 是收 t）並不很容易丟失，像現代閩南音、客家音、粵音還一直保有–k、–p、–t 的入聲字，而他所指的–b、–d、–g 何以在漢朝以後很快便一齊丟失了（r 收音講得太滑稽，其實那是ï），全都成爲母音呢？例如：「內」爲 nei、「例」爲 li、「高」爲 kau、「開」爲 k'ai。江茸的「匱」字，惟一合理的解釋是，他本人原本是用「缺」koet 字爲韻，傳抄者嫌字義不如「匱」字，於是有意無意之間，就兌換成「匱」字。這種情形在古書上很常見，不能說不可能。但是萬一江茸原本是眞用「匱」字呢？因爲有許多例子，明明是純去聲字與入聲字押韻的，如晉朝成公綏的〈正旦大會行禮

歌〉，「泄」、「傑」、「裔」、「哲」、「烈」、「世」押韻，是不可
能找別的理由來解釋的。故根據一種普遍存在的現象，只有
如下的解釋：因爲梁武帝所限定的韻脚是 t 音，古人自本有
例，以同調值的去聲收 i 音的字爲冒充韻脚，故江茸很自然
地可旁探「匱」字來足韻交差，因爲當時「匱」或許讀 k'oèi。
但我們馬上可以舉出其他的例來否定上面解釋中最關鍵的規
定。這部分規定出於顧炎武。現代說「洗澡」，古人說「澡
洗」，「洗」字且寫成「雪」字，如《莊子》〈知北游篇〉老子教
人：「澡雪而（你的）精神」。顯然「洗」和「雪」有讀音關係，這
裏「洗」的尾音雖收 i，卻是上聲，若依顧炎武的結論，去入
通押，上聲是沒有份的，也就是說上聲調值與入聲不同。可
是這裏冒出對去入同調不利的實例。再如《詩經》上有「神之
格思，不可度思」的話，「格」字在古書中往往寫成「假」字。
寫成「格」成「假」都是借用的字，本字是「徦」，臺語音 kàu，
去聲。可是「假」是上聲字，「格」是入聲字。這一個例也否定
了去入關係。上面兩種關係（即去與入，上與入）若各是惟一
關係，則它們之間是不兩存的，承認去入關係，就不能同時
再承認上入關係；反之亦然。故這裏，我們不得不超越所謂
調值的假設，單從音值上來解釋。可是我們馬上又要觸礁，
因爲若上、去與入聲的關係純是音值關係，則平聲是不能被
排除的，但平聲卻絕不與入聲押韻，只在諧聲上相通，如
「肅」是入聲，「蕭」是平聲，不過字例很少，似乎不足以構成
平入關係。

　　由上面的觀察，初步可得到一個非正式的結論：單從調性上看，入聲的調值，至少可斷定其幅度在上聲與去聲的調域之間。但是若我們再旁搜其他反證，又要馬上觸礁，因爲自《詩經》至六朝詩賦，平、上、去的界限也不是絕對分明而不通韻的，上與去可通韻，平與去也可通韻，而上與平之間也常有通韻。如此看，要從通韻或諧聲上求入聲調值，似乎是沒有意義的事。惟一可確定入聲調性調值的，是古入聲有不少在中古時變成去聲，甚至過去的學者竟主張去聲是全由入聲變來的。說去聲全由入聲變來的，不免過分，但今日去聲中一部分是由入聲變來，卻是事實。這份事實再加上入聲在平、上、去之間獨與去聲通韻最多的現象，足可確定入聲調值似去聲。但是入聲有陰入、陽入兩調，是陰入、陽入像安南漢音那樣各別與陰去、陽去同調呢？還是只有陰入或陽入與去聲中的某一聲同調呢？入聲轉變成去聲時，是陰入直接轉成陰去，陽入直接轉爲陽去呢？還是陽入先轉爲陰入，或陰入先轉爲陽入，然後纔轉成陰去或陽去呢？這些問題若不顧到，還是無法確定入聲的眞正調值。還有，在上面我們講過，去聲「匱」要冒充入聲與 t 韻的字押韻，它先得具備 i 收尾纔行；換句話說，凡收 t 尾的入聲字，轉變成去聲字，必定是 t 消失之後補上 i。那麼，收 k、p 的入聲字轉成去聲呢？當然也不是單單 k、p 消失就能成爲去聲的。由實際觀察，–p 一定要先變成–k，而–k 一定要先變成–ʔ(–h)，然後輕易地消失了–ʔ(–h)，便成去聲；若不由–k 變爲–ʔ，而

直接變去聲，則用–u 來冒充–k。故入聲–k 的字多，而–p 的字少，這是–p 的字有不少老早就變成了–k 的緣故。入變去的方式，也就是入去諧聲的方式，若其間不假設入與去調值的相近乃至相同的關係，實在無法了解。但是要分別陰陽入的調值爲即陰陽去的調值，又苦無確證。拿「卒」字爲例，「卒」是陽入，它的諧聲字「萃」、「悴」、「瘁」都是陽去，可是「翠」、「碎」、「醉」又都是陰去。若說漢語眞是只有四種聲調，入聲只有一種，去聲也只有一種，則這種現象倒不成問題，一對一，很容易確定。但是漢語不止四聲，平、去、入都有兩調，故這裏就很感棘手。絕大多數情形，陰入諧陰去，陽入諧陽去，並不紊亂。故初步推定陰入調值似陰去，陽入似陽去，大概是可被允許的。只是不免令人懷疑，入聲調果眞都是低調性而不能是高調性嗎？如廣州陰入 55，臺灣陽入 55，廈門陽入 44，福州陰入 44，杭州陰入 55，黃巖陰入 44。依理推，入聲中一定有一聲低調，一聲高調，纔是合情理，因爲絕對沒有理由，兩聲都低或都高的。如「食」，臺北讀音入聲 44，語音已變爲去聲 22，屬於陽去降一度（即低陽去調）。若這一個實例可當證例，則入聲變去聲，並不一定要假設原本爲同調值，即去入關係並非那麼疊合平行。故入聲調值的確定還是很困難。這個問題也許要牽涉到變調及反語形式的問題上纔能解決。我們下章再談。

註一：在韻書上被當做上聲的所謂濁字，韻書本身便留著證據證明它們
　　　原本是去聲，再略舉數例：
　　　（韻書以爲是上聲）武、限、善、洞、右、負。
　　　　　　　　　　　　‖　‖　‖　‖　‖　‖
　　　（韻書以爲是去聲）步、岸、擅、動、又、背。
　　　「武」是「步」的花體字，詳後章。「限」、「岸」是一個意思，古代也
　　　同音。「善」就是「擅長」。《禮記》〈祭義〉：「洞洞乎屬屬乎。」釋
　　　文：「洞音動。」、「左右」的「右」，本字就是「又」。「負」古音讀
　　　「背」是大家所知的。

註二：梁武帝問人家四聲的故事，還有一則。這一則故事是這樣的：有一
　　　天沙門重法師去見梁武帝。梁武帝問道：「俗學中有四聲，不知道
　　　什麼是四聲？」重法師回答道：「『天保寺刹』四字，正好是四聲。」
　　　重法師出宮後告訴劉孝綽，孝綽說：「倒不如舉『天子萬福』四字要
　　　更合宜。」按重法師大概是慧重。慧重於齊武帝永明五年圓寂，那
　　　時梁武帝還未篡位，劉孝綽纔七歲。慧重是唱導大師，且四聲起於
　　　永明，蕭衍（梁武帝）爲永明八友，請敎慧重是極可能的事。但劉孝
　　　綽這後半截故事就不可能了，大概是後人誤傳朱异答問的事。

五、破音與反切的由來

　　學現代漢語，最感困難的事，無如單位名稱。例如「人」只能算「個」，不能算「隻」。「一個人」若誤說成「一隻人」，意義就不大一樣了。著者曾經寫過一篇論文，題名便叫做〈一個人與一隻人〉，單看題目，就知道是篇有內容的文字了。聽說西洋人初學漢語，就因單位名稱弄錯，鬧出許多笑話。實在說，就連道地的漢人，有時也不免感到單位名的困惑。一張桌子、一條長櫈，一床被、一副枕頭，一片雲、一閃電光。尋常的名詞，倒也不難。可是很尋常的一雙賊眼、一張血盆大口，然後呢？輪到說「朝天鼻」，就不知道該用什麼單位名了。老實說，到現在為止，著者還不曉得官話怎麼算「鼻子」的？臺語一般叫枝（支），說成「一枝鼻」。現代漢語這一大套單位名，大概是世界獨一無二的了。但是古漢語並沒有這一套單位名，在古漢語裏，和世界一般語言一樣，乾淨俐落，一就說一，二就說二，《漢文讀本》上有「一人二手，二手十指」的話，多乾脆！可是現代漢語所以發展出這一套單位名的名堂來，是有理由的。單位名發生於官話。官音原本就是音素較單薄的一套語言。一開頭，上古官話便由老漢

語中簡化出來，往後愈來愈簡化，現代官話的音素據高本漢的統計只有420個，香坂順一說是只有409個，故高本漢竟至說：「北京的國語是一種最可憐的方言。」很為她的單薄感到遺憾。因為音素貧乏，自然非另想辦法濟其窮不可，這便產生了單位名。其他方言，據香坂順一所作的平均數：廣東語音素716個，閩語系844個，客家語650個，上海語660個；其他方言還有待專家學者的調查統計。可推想而知，古漢語音素自然相當豐富，不曾達到產生單位名的程度。但是豐富到怎樣的幅度呢？據閩語系844的高數字看，至多也不會超過1000，說不定就在八、九百之間。這是很有價值的問題，從這裏可以窺見古漢語的聲韻實況。不過要多少音素再加上多少聲調，就可不必藉單位名或複詞之助，應用無礙，倒是還有待作成專題研究。然而古漢語雖沒有單位名的困惑，卻另有其他方面的困惑。眾所周知，學古漢語最大的困難，無如破音的問題，這個問題不僅使多少學生們頭痛過，就連專家碩學，有時也不免栽倒。

破音起初是師師口授相傳，到了東漢注書風氣興起，如鄭玄、何休、服虔、高誘、韋昭，都是著名的大注釋家，有了這些注釋家，向來師師口授相傳的訓詁音讀，纔打破了時間空間的限制。其後六朝注書之業尤盛，音義更加詳密，於是我們便擁有了一大堆古漢語的破音，其中自然大部分是自然形成的，但有一少部分，似乎是注釋家刻意造作的。

打開一篇古漢語的文章，到處是破音。許多流行在口語

上的書句，也充滿了破音，往往一開口，不免因破音正讀而受人譏笑。廣播、廣告以及正式的演講，往往因「錯音」（即該破而不知破）連篇，爲識者所不齒。因此大部分的人索性痛罵破音是作孽，不予理會。實在說，時至今日，除非有助於語音的分別，這些所謂破音，早已在一般方言和官話中僵死了，沒有理由一定要在說話中搬用這一類語詞的「木乃伊」。不過在少數方言中，破音依然健在，自然另當別論。

書句中最常見的，如論語中的「智者樂水，仁者樂山」，人們口頭上時常引說。但是就是在大學裏講課的教授們，或是面對全國作電視演講的達官，也常聽見他們泰然地將句中的「樂」字讀成ㄌㄜˋ，而識者聞到這個「樂」可就眞樂了，因爲他們又可從不齒的情感中獲得自我滿足。其實要怪，應怪注釋家，若他們曉得「樂」字在這裏實是「愛好」的「好」的同音字，而加以注明，人們讀過一次，就永遠不會誤讀成ㄌㄜˋ了。

但是破音是怎樣來的呢？像上面的「樂」，原本讀ㄩㄝˋ，被借做快樂的「樂」就讀ㄌㄜˋ，這是借字，不算是破音；從快樂轉個意思，於是字音也跟著轉，這便是破音。嚴格說，「樂水」、「樂山」的「樂」並非從快樂的「樂」轉出來的，應該說是「愛好」的「好」的同音借字，「愛好」的「好」是「好壞」的「好」的破音，讀ㄏㄠˋ。這個破音，進一步急讀時聲母部分發生音變，由ㄏ(h)變成ㄫ(ŋ)或ㄪ(g)。而「樂」字在古代當時是ㄫ或ㄪ(ŋ或g)聲母，於是順手牽羊牽過來借用。現在官

話「樂水」、「樂山」的「樂」讀ㄧㄠˋ，臺語讀ŋāu。

破音的由來，即破音發生的道理，向來無人追究，似乎也無法追究。因爲沒有原理上的或法則上的了解，破音遂成爲沒道理的死記智識，人們所以感到困難，永遠無法克服，原因就在此。其實萬有無一不可了解，無一不可解釋，凡是旣已發生出來的，必有發生的道理或根據。破音自然不能例外。破音是詞性變換的產物，這是公認的事實。但是詞性變換何以會連帶引發語音或字音的變換呢？這一點不止從來無人解答過，即連提出都未提出過。大概本文是頭一回提出問題，且提出解答的。且先舉個例，《春秋公羊傳》在莊公二十八年有如下一句不通的話：

春秋伐者爲客，伐者爲主。

《春秋》是指孔子修的魯史，「伐者爲客，伐者爲主」，很顯明的不通。試用算式擺出來：今以 a 代表「伐者」，b 代表客，c 代表主。可得如下二式：

$$a = b$$

$$a = c$$

根據上二式，可得答案：

$$b = c$$

今給還元，b 是客，c 是主，故：

$$客 = 主$$

自然是矛盾的。但《公羊傳》不至這麼糟，一定是其中有「故」。那麼其「故」何在呢？何休給這兩句分別作如下的注

解：

　　　　伐者爲客：伐人者爲客，讀伐長言之，齊人語也。

　　　　伐者爲主：見伐者爲主，讀伐短言之，齊人語也。

　　原來這是齊國人的話，單看文字沒有分別，讀起來纔有分別。其實這裏應該還有更原始的道理，齊國人所以同一個「伐」字有兩種讀法，一定還有什麼實際的緣由。我們以爲那兩句的原本句子，亦即完全句子，應該是：

　　　　伐人者爲客，見伐者爲主。

　　「伐」字是兩個句子中共同有的主要動詞，各與別的詞結合成片語而爲該句的主詞。「爲」字雖係最重要的繫詞，實際上並不突出。故我們站在突出點上，說「伐」是主要動詞。在前句中「伐」字是及物動詞。後句中的「伐」字是不及物動詞（在英語中屬於過去分詞），也就是純粹動詞，詞性和名詞無異。前句因爲「伐」是及物動詞，故緊接著一個受詞「人」。後句「伐」既係與名詞無異的純粹動詞，自然不緊接受詞。及物動詞因其及物，聲調上須表示與緊接著的受詞的連及關係，故雖極短促的入聲字「伐」，也勢非拖長聲調不可，這是齊語「伐人」讀伐「長言之」的理由。反之，在不及物動詞固非延及或連及關係，它是什麼調就讀什麼調的。換句話說，凡有延及關係或連及關係則須變調讀之，雖入聲字也不能例外。故只要在聲調上明確表出，一個及物動詞即或省掉受詞，也無大礙；其他延及性或連及性詞可類推。故《公羊傳》纔出現看似不通的語句。到這裏，我們已接觸

到變調與破音的關係。「伐」字自何休之外，似無其他注家標明「破音」的。但是這裏它確是破音，即長言之。這種詞性變換連帶發生的變調，大概是古漢語的普遍現象，不止齊國纔有。《公羊傳》是齊國人公羊高所傳，故多用齊語。省掉受詞單以聲調表示的語句，大概也只見於齊國，故何休纔特別注明是齊人語。何休是魯人，與齊國雖隔鄰，與中原地區的交接密，上古官話到何休的時代，魯國地區雖很普遍通行於士大夫之間，或許多少程度上也及於民間。但在齊國，方言的特色還十分濃厚，故相對於中原地區而言，齊國算得是一個特殊方言區。我們說詞性變換引發變調是古漢語的普遍現象，除了上面對於何休注語的合理推論之外，在現存方言中也有有力證據。據著者所知這一類變調，吳語、閩語、粵語都有。吳語、閩北語、粵語的變調是怎樣的意義，因未曾實際探究，不便下斷言。至於閩南語，則意義十分重大。如上引《公羊》的例，也原原本本，見於二十世紀的閩南語中。在閩南語「伐人」的「伐」要變讀長調，雖還是入聲收音；而「見伐」的「伐」則全不變調，讀本調的純粹促音。「伐人」的「伐」，拿著者的讀音，讀 hòa 加入聲尾 t，即讀陰去聲「化」，只在結尾時收 t 而已；很可以說「伐」字在及物地位上變成了陰去聲。讀者應該還記得前章討論入聲調性的問題時，我們一再強調入聲和去聲的關係。故我們在前章曾經對入聲與去聲本調相當的關係表示懷疑，便是爲的此一緣故。著者對於變調，有個簡單的講法。著

者用「行位」、「止位」來區分變調本調，凡「行位」必然變調，凡「止位」不變。如「伐人」的「伐」是行位，故變調；「見伐」是止位，故不變。

變調不限於入聲字，平、上、去都有。只是入聲變調在調性上較爲奇特，更惹人注目。在沒有進一步探討變調在古漢語中的眞相之前，像齊國人一個字本調變調可以並行，即變調和本調一樣可以絕對的存在，並不限於套在延連關係中成爲相對的存在，可以解釋破音的形成，也可以解釋入聲變去聲的來路。可惜古注家們留下來的記錄不多，像《公羊》何休注，可確知陽入(伐是陽入)變調爲去聲(不能確知是陰去或是陽去)，很可加強我們對入與去的關係之重要之確認。又陰入的變調是否也是去聲，則因直接的資料，注家沒有留下來，可以說不可知。若據臺語，陰入的變調是上聲(完整陰入的變調是陽入)，這一點，與「雪」之通「洗」，「格」之通「假」正合。但我們在前章提過，無論平、上、去、入，其假借諧聲，陰陽總是一致的，在破音也如此，如「交易」的「易」陽入，「容易」的「易」陽去；「莫須有」的「莫」陽入，「歲聿云莫」的「莫」陽去；「忖度」的「度」陽入，「度量衡」的「度」陽去；「內交」的「內」陽入，「內外」的「內」陽去；「一暴十寒」的「暴」陽入，「自暴自棄」的「暴」陽去；「起伏」的「伏」陽入，「伏卵」的「伏」陽去。難得找出例外。「尉遲恭」的「尉」陰入，「太尉」的「尉」陰去；「龜契」的「契」陰入，「契約」的「契」陰去；「墐塞」的「塞」陰入，「塞外」

的「塞」陰去;「覺迷」的「覺」陰入,「醒覺」的「覺」陰去;「急
趣」的「趣」陰入,「興趣」的「趣」陰去。也難得找出例外。故
陰入變上聲,雖不背陰調的一致,而陽入的變陰去就違背
這個法則。前章提過,「食」(陽入)字,在臺語自中部至北
部已變陽去,與古入去通韻、入去諧聲、入去破音相一
致;大概其他陽入字已變爲陽去的必定相當的多,這一現
象可做爲古代陽入變陽去的活證,而不必要先假定陽入的
本調和陽去的本調一致。但是據丁邦新博士《臺灣語言源
流》一書,只有桃園一地陽入變陽去,其他地方,包括廈
門、漳、泉,無不陽入變陰去。至於陰入,既有「雪」變爲
上聲「洗」,「格」變爲上聲「假」的例,就不能規定只變陰去。
陽入據變調實例,其本調似可據閩南音假定,而事實還是
不容易,如廈門陽入44、泉州35、漳州13,臺北44、宜蘭
33、高屏55,都一律變11(陰去)。陰入既可變上聲,又可
變陰去,自然也不好定其本調調值。我們對於漢語入聲的
原始調值之追尋,到此也只好宣稱罷休,因爲那是不可能
的事。

　　變調是漢語的一大特徵大概不會錯。小時候聽到鄰村
的平埔族講話,覺得好奇怪。他們也是操閩南語的,只是
腔調刻板得厲害。比方「無路用」,正規的說法是 bə lò ēŋ,
可是他們是按本調一字一字接著說,他們說 bê lō ēŋ,聽起
來耳朵好像被提起在半空中一般的難受。後來光復了,初
回聽到北京語便聯想起平埔族的閩南語,因爲北京語也是

一字一字照本調唸的。於是悟出了如下的事實：①漢語的
特徵在於變調。②外族學漢語因不明變調的法則，只能作
本調的連綴，故北至黃河之北，南至臺灣南端，不期然而
有相同的結果。

上聲的變調是陰平不會錯。因爲第一，在文字上可以
發現不少上聲與陰平孿生的字，如：

孔——空　此——茲　指——肢　股——肱
啓——開　反——翻　果——瓜　版——方
寫——書(古音 sia)　倚——依　朽——休
(古人木葬，死後置屍體於樹上，任烏鵲鳶鷲啄
食。故舊小說有「吾命休矣」的話，而臺語死叫 k‘
iau，即此「休」字。「休」字正由「人」、「木」合成字，
原本寫做𣏹，像陳屍樹上。)

認眞地找，可以找到許多，都證明上聲變調是陰平。
第二、閩南音自廈門、臺北、桃園、臺中、宜蘭、高屛，
上聲變調也正是陰平55。上聲字的破音很少，大部分都是
陽去被攔入的，還是讀陽去。有一部分不能確定是否由上
聲變陰去，如「多少」的「少」，變「老少」的「少」；「飲食」的
「飲」，及物變陰去。總之破音方面上聲的去向很不分明，如
「扁」字，「扁舟」的「扁」讀陰平，不知是陰平爲主，或上聲爲
主。「愛好」的「好」，是由上聲變去聲。

陰去變調是上聲可以確定。如「處所」的「處」，轉爲動詞
則變爲上聲；「宿舍」的「舍」轉爲動詞則變爲上聲；「離去」的

「去」轉為及物動詞「除去」則變爲上聲;「嘔吐」轉爲「吐舌」則
變爲上聲;「倒反」轉爲「傾倒」則變爲上聲。以上都是習見的
破音,非常一致,並且閩南語陰去各地也一致變上聲,故
可以確定古漢語情形相同。

陽去很少破音,約略查考,看不出變調何屬。依照陰陽
的界限,陽去的變調應該是陽平。變陽平的,如「雁」→「鵝」、
「夢」又讀如蒙、「治」的名詞讀如池,只有這三例。倒是變陰去
的例反而多些,如「箸」→「著」、「大」→「太」、「殿」→「殿」
(鎮)、「射」(iā)→「射」(ià)。按閩南語陽去都變陰去。我們
無法確定古漢語陽去變何調,只能依理推,斷其變陽平爲
正宗。

平聲變去聲見於注家一致的見解。依陰陽分界,陰平
變陰去,陽平變陽去。先看陰平變陰去的例:

衣→衣　冠→冠　妻→妻　看→看　咽→咽
當→當　空→空　中→中　烘→烘　縱→縱
知→智　思→思　差→差　觀→觀　先→先

再看陽平變陽去的例:

重→重　從→從　爲→爲　騎→騎　遲→遲
泥→泥　傳→傳　行→行

也有陰平變陽去的例,如「分」→「分」(份),但是不多。
另有陽平變陰去的例,如「傳」→「傳」(郵傳),也是不多。但
是閩南音大體上不論陰平、陽平都變陽去,只有泉州、臺
北、部分廈門音陽平變陰去。古漢音看來應該是陰平變陰

去，陽平變陽去纔是；但有許多跡象顯示，陰平似是惟一不變調的。

變調既是漢語的一大特色，自然不容忽視。在古漢語時代，變調是周知的事實。蒯通勸韓信跟劉邦、項羽鼎足而三，據齊地中立。韓信不肯，韓信感念那泗水流氓劉邦「解衣衣我，推食食我」，韓信這句話見於司馬遷的《史記》，在當時讀起來自然會在第二個「食」和「衣」字發生變調，可是等上古官話成立，變調的事實消失，後世注家就不得不注明「下衣音於記反，下食讀曰飼也」（《漢書》〈韓信傳〉顏師古注）。但是這一類破音，在閩南語中還活在變調中，像韓信的話用閩南音唸，第二字自然會變讀去聲，用不到看注家的注。但是近時在臺灣變調有點紊亂，原因出於這一代的少年輩已不太懂得母語（母親講的話，在臺灣人來說是臺語），遑論精微的變調。最嚴重的莫過於電視，由那些不很懂臺語的後輩人來主持，如「院長」的「院」應由陽去變為陰去，電視劇中卻說成 ín̄tiú，由陽去變為陰上，成為兩個強烈的上聲調連續，很難聽。又如藥品廣告「阿桐伯」的什麼藥，「桐」應由陽平變為陽去，卻變作陰去，也許是臺北腔。再如搭車「客滿」，一些鄉下人喜歡將「客」字當行位字加以變調，唸成 kéh boán，那是不對的，「客」是名詞，若不是轉作形容詞，不論在句中居於何種地位，都不能變調。

若不是有變調的事實，就不能解釋破音發生的理由。若不是有變調的事實，則更無法了解反語的切音。前人還沒有

人能夠從變調上去理解反語，故反語的發生與切音一直是個謎。且因此而導致漢語音學家對於漢語聲母（即反切上字）的誤解，對於陰陽分界的全然無知，乃至加以抹煞；尤其是現代漢語音家，更是因之而顛頂到了極點。變調的事實所關連的問題既深且大，且待慢慢道來。

漢字是表意字，不是拼音字，遇到有生字要注出讀音很不便。第一先要有同音字纔有可能注，如「仁」字，有「人」字和它同音，就可用如下的方式：「仁音人」，來達到注音的目的。但是若同音字太生，注了等於沒有注，如「衰」，同音字有是有，但並不比本字更常見，如注作「衰音抔」或「衰音餔」，大概沒有一點兒用處。至於遇到沒有同音字的時候，便束手無策了。像許慎《說文解字》注「脉讀若休止」，算是權變的辦法。「脉」沒有同音字，找個音值相同而聲調相近的常字「休」字來注，說是「讀若」。「休」是陰平，「脉」自然是陽平。「休」讀 hiu，「脉」的讀音可以知道是 hîu。雖是麻煩一點兒，要讀者自己去推測，總比沒有注好。當時若有陰平、陽平的名稱，許慎注起來就方便多了。現時臺語「裒」正讀 hîu，可證許慎要表明的「脉」既是「讀若休」，它的讀音是 hîu 絕對沒有錯（讀者請記住這個字音，這證明沈約所說「平聲分上平下平」，自古已然。現代漢語音家說古代漢語平聲只有一種，可不攻而破）。再如高誘注《呂氏春秋》〈慎行篇〉「鬨，讀近鴻，緩氣言之」的「鬨」，也是沒有同音字，而用了這樣不得不的方法來表達的；意思是「鬨」和「鴻」同音值，只須將「鴻」

改用「緩氣」的調子讀，就是「閷」。「緩氣」，自然是中下長調，是陽去一點兒也不錯。然而凡事窮則變，變則通，注意命定要產生一種便利的方法，這方法便是反切。

早在漢代學者摸索著注音方法的時候，就有一種拼音式的合併音在暗中自然地形成著。比如「什麼」是兩個字音的複合詞，讀快了就自然地合併成「啥」(siá^{n}ㄕㄚ)的一個單音，這是近代話有的；再如官話「不用」合成「甭」，是周知的事。下面將反切發明以前(即漢代以上)，自然形成的合併音，用「某某為某」的式子，列舉四十條，以見趨勢：

1. 蓬累為負	15. 僻倪為陴	28. 蠪蝓為蛛
2. 朱婁為鄒	16. 奈何為那	29. 卒便為倩
3. 蒺藜為薺	17. 胡盧為壺	30. 令丁為鈴
4. 丁寧為鉦	18. 鞠窮為芎	31. 族累為瘲
5. 不來為貍	19. 和同為降	32. 蔽膝為韠
6. 不可為叵	20. 句瀆為穀	33. 側理為紙
7. 不用為莫	21. 明旌為銘	34. 扶淇為濰
8. 縲絏為隸	22. 終葵為錐	35. 狻猊為獅
9. 茅蒐為韎	23. 大祭為禘	36. 訾婁為叢
10. 鶻鵃為鳩	24. 不律為筆	37. 壽夢為乘
11. 而已為耳	25. 蘱蕪為須	38. 地衣為苔
12. 如是為爾	26. 子居為朱	39. 突欒為團
13. 之乎為諸	27. 窗籠為聰	40. 窟籠為孔
14. 何不為盍		

　　便是現代化學用語「離子氫」也合併成「氫」，讀做玲。合音可以說是一種自然的規律。雖是自然的規律，其切音的眞相卻不容易認明，如「離子氫」是取「離氫」兩字的音合成「氫」且造成字的，這新的字「氫」讀ㄌㄧㄥˊ，其聲母ㄌ是從「離」取得，而韻母ㄧㄥ是從「氫」取得沒有問題，可是它的陽平調，是那裏取得的呢？當然讀者諸君很容易指出是從「離」取得，可是現代漢語音家卻不認爲如此，他們會告訴您，上字決定聲母，下字決定韻母和聲調；換句話說，「離」只能決定「氫」讀ㄌ聲母，不能決定他讀那一聲調，「氫」只能決定「氫」的韻母ㄧㄥ和它是陰平。當然照他們的意思，漢語只有四聲，平聲沒有陽平，可是事實是上字兼決定了被切字聲調的陰陽，但是他們要顢頇地否認。他們的意思，古漢語只有ㄌㄧㄥ，沒有ㄌㄧㄥˊ。這是完全違反事實的，因爲事實是，漢音自本就有陽平，自古到現在，一直如此。並且反切上下字也並不是那樣粗略地上字單純取個聲母，下字單純取個帶聲調的韻母就切成一個字音的。要記得：漢語是變調的，不是像胡化了的漢語─北京語或馬來化了的漢語臺灣平埔族閩南語那樣刻板沒有變調的。正如反切發明前那些合併語，合音經過是自然精密到不能想像的程度。那裏面根本沒有所謂陰陽屬上字，或聲調屬下字這樣粗疏的事，那是一種自然的密合。爲了說明此中眞象，請讀者記著臺語各聲本調和變調的調值，這一份調值可供作參考之用。

　　打開《切韻》，第一個字就是「東」字，注音是「德紅反」。「東」我們知道是陰平，「紅」我們知道是「陽平」，陽平怎能切陰平呢？並且「德」是陰入，入聲插在平聲之間，不會發生干擾影響的作用嗎？這「東，德紅反」的「東」、「紅」、「德」三字若不明就裏，它們各各都是不協和的，不協和就不可能切出協和音來。但是反切家居然這樣切音，可見事實上一絲兒也沒有不協和。若我們記得變調的事，這一切就都迎刃而解。「東」是陰平55；古漢音大概不會錯，也是55，最低44。「紅」是陽平，臺語一般是24，古漢音若也是24，則陰平必是44；若「東」是55，則陽平一定是35，不會是24。「德」是陰入，臺語32，古漢音不可確知。以上是本調。輪到變調，這一句反語裏，只用著上字「德」字，變調臺語是55、53或44。現在我們可以不問平上去入，而進行自然精密的切音了。因為反切時代的人還不知平上去入的分別，他們雖有五聲，卻是官話，全不合用。「德紅」合音切「東」。「德」字是先行字，要變調，切音時取其變調的起調，起調在55、53是5，在44是4。「紅」是止位字。不變調，取其本調的調尾，其本調或是35或是24，調尾是5或4。合起來不是55，便是44，故合音是陰平。

　　再看《切韻》第二組字的字頭「同」字，是「徒紅反」。「同」是下平，臺語24，古漢音可能是35。「徒」要變調，因它在行位上。「徒」是陽平，本調古漢音應該是35，臺語24；其變調是陽去33或22。現在取「徒」的變調起頭的3或2，合

「紅」本調末尾的 5 或 4，則切出的音，聲調是 35 或 24，正是陽平。

可以舉更多的例來做做，爲了省點筆墨，想交給讀者諸君當練習題，多試試看。

大概讀者早已悟出，陰平、陽平所以同稱爲平，端在其聲尾同爲 5 或同爲 4；去、入可類推。而陰平、陰上、陰去、陰入，所以同屬陰調，乃在它們的變調都是較高調，如臺語陰平變調 33（古漢語大概不變，保持 55）、陰上 55、陰去 51、陰入 55 或 53 或 44。而陽調之所以同爲陽調，乃在其變調同爲較低調，如臺語陽平 33、陽去 11、陽入 11。陽平變調 33 嫌高了點兒，著者測高屏音時，總覺得應比陰平低一度，是 22，陽去本調也應該是 22，因不敢太確定，還是跟著標 33。現在已知陰陽所以分爲陰陽乃在其變調，不在本調，這一點當然跟反切大有關係。下面舉個極爲奇特的例，以見其神。

「不」字臺語讀音 put，而語音爲 m̄。前面列出 40 條前反語（即反語發明前的自然反語，我們稱爲前反語），有四條上字是「不」字的，計有「不來爲貍」、「不可爲叵」、「不用爲莫」、「不律爲筆」。有一條下字爲「不」字的，是「何不爲盍」。我們來切切看。

上字四條中，由所合成的「貍」、「叵」、「莫」、「筆」四字，知道「不來爲貍」、「不用爲莫」兩條中的「不」字讀 m̄（陽去），因爲「貍」、「莫」都是 m 聲母的字；又知道「不可爲

叵」、「不律爲筆」兩條中的「不」字讀 put。而下字中「何不爲盍」的「不」，由「盍」字可知讀 m̄。下面分條來切音：

①不來爲貍：《史記》〈封禪書〉：「貍首(詩篇名)者，諸侯之不來也。」《儀禮》〈大射〉貍首鄭玄注：「貍之言不來也。」徐廣說：「貍，一名不來。」按「貍」、「貍」同字，是「貓」的古字。讀如埋。「不」m̄ 陽去，要變調，變調古漢音應該是 35 或 24(即陽平)。「來」陽平 35 或 24，不變調。合成音是 35 或 24，「貍」是陽平不差。

②不可爲叵：「叵」字本來便是「可」字的反寫，用以表示「不可」，字音就是「不可」的合音。「不」put 陰入，變調 55 或 53。「可」陰上，本調 51 或 53。合成音 51 或 53，「叵」是陰上不錯。

③不用爲莫：「不」m̄，陽去，要變調，變調爲陽平 35 或 24。「用」陽去，33 或 22。合成音 33 或 22，「莫」是陽去不差。「莫」這裏是讀如「暮」。

④不律爲筆：《爾雅》：「不律謂之筆。」據說吳、蜀都這麼說，秦地急氣說成「筆」。「不」put，陰入，變調陰上 55、53 或 44。「律」臺語陽入 55、44、33，古漢語是怎樣的調值不可知。漳州是 13，很奇特。因爲下字調值不能確定，無法合成。按「筆」是陰入，古漢音本調也不可確知，故不能據結果以推求原因，即不能由陰入求出陽入本調。本條雖不能確實求出陰入本調調值，但其起調是高調 5 或 4，或更是中調 3，沒有問題，大概是 5 的可能大。據此臺語陰入

本調32，並不合古漢音，猜想陰入和陰上，無論本調變調都應相同，即本調51、52或53，變調55或44。

⑤何不爲盍：「何」陽平，變調陽去33或22。「不」m̄，陽去，不變調。合成音爲33或22，是陽去，不是入聲。這一點可以糾正韻書將「盍」讀爲入聲的錯誤。按臺語音「盍」發做陰上 hm̄，如「何不去」說成「hm̄ 去」，「何不食」說成「hm̄ 食」，hm̄ 因爲是行位變調變成陰平。

上五例，「不」字分陰陽兩組讀音，畛域儼然，有條不紊。可見變調是反切的靈魂，千眞萬確。

前人沒有一個知道變調的祕密的，故對於反切茫然無所知其蘊奧，而本世紀以來新漢語音家更是懵懵懂懂，只會說些囈語。因他們已造成大勢力，壟斷一切，非全盤給揭開其底細，不能挽救語音學，故我們只好耐著性子，一一加以批駁。

現代漢語音家既盲目地認爲漢語只有四聲，更不知有變調，故對反切自然不能有眞切的了解，所切的音自然是錯誤的。如「東，德紅反」，他們以「紅」代表陰平和uŋ韻母，「德」代表t聲母，合起來便是tuŋ，就這麼簡單。再如「通，他紅反」，他們以爲「紅」代表陰平和uŋ韻母，「他」代表t'聲母，合起來是t'uŋ。又如「同，徒紅反」，他們以爲「紅」代表陰平和uŋ韻母，「徒」代表d或d'聲母，合起來是duŋ或d'uŋ。「東」、「通」、「同」都是一樣的平聲調(平聲只有一調，即只有陰平，沒有陽平)，三字的不同全在聲母。我們早有很

多證據證明過，漢語平聲有兩種調，他們硬說一種調，已違背事實，可見他們的切音法問題大了。現在我們來分析他們是怎樣的顢頇？他們因爲不曉得四聲有陰陽之分，碰到「通」和「同」兩字就發生了問題（或者應該說碰到「東」和「同」兩字就發生了問題）。因爲既然平聲只有一種，「通」字既已讀ㄊㄨㄥ，「同」字勢就不能再讀ㄊㄨㄥ，否則「通」、「同」便成了同音字，而《切韻》是分成兩個不同音的字來注反切的。於是他們只好顢頇（本文一直用「顢頇」來形容現代漢語音家是出於不得已）地大膽地說「同」的聲母是另一種，有的人主張和「東」的聲母t(ㄉ)對當說是d，有的人主張和「通」的聲母tʻ(ㄊ)對當說是dʻ，這樣關起門來解決了問題。他們對當上的分歧，是根據方言上t、tʻ的分歧而來。早在南宋時代t、tʻ分歧便有明確的記錄。張麟之在《韻鏡》卷首的歸字例便特別注明過他所接觸的人調四聲，陰調作「東董涷督」，陽調作「同董洞毒」，上聲共用「董」字；陰調作「刀禱到沰，陽調作「陶禱導鐸」，上聲共用「禱」字。這一方面表示張麟之所接觸的人沒有所謂陽上聲，另一方面表示他們「同」讀爲「東」的陽調「陶」讀爲「刀」的陽調，都一樣是t(ㄉ)聲母。而同爲南宋時代的嚴粲在他的《詩緝》卷首清濁音圖卻有相反的記載，他說：「今人調四聲者，誤云：同、桶、痛、禿。」可知嚴粲所接觸的人，「同」讀爲「通」的陽調，和「通」一樣是tʻ(ㄊ)聲母。張麟之的例，至少現時還見於閩南閩北音中，閩南音「東」讀toŋ，而「同」讀tôŋ；閩北音「東」讀tuŋ，而

「同」讀túŋ，都只有陰平、陽平的分別，音值是一樣的，聲母同爲t(ㄉ)。嚴粲的例，還見於現時的客家音及官話，「通」、「同」都是t'uŋ，只是前者讀陰平，後者讀陽平而已。現在我們可以明白現代漢語音家的d或d'，根本不是那一回事兒。但是他們振振有詞，說吳音湘音，「東」、「通」、「同」聲母分別得很清楚，乃是古漢音的遺留。以溫州音爲例，「東」讀tuŋ，「通」讀t'uŋ，「同」讀dûŋ(連續)或d'ûŋ(單唸)。這是他們的依據之一端；他們以偏概全。再者他們又拿佛經音譯和梵文對照爲證，證明「同」一類陽平字，聲母不同於陰平字，他們儘揀一些有利的例列出來唬人，不利的例聯手不提；他們一手遮天。現在將對他們有利不利的例一起列出來，讀者賢明，自有公論：

①陰調字：多、他、託、兜(他們以爲是t，t'聲母的字)

②陽調字：陀、提、曇、茶(他們以爲是d，d'聲母的字)

梵　　文	漢　　譯
Yasodhara	耶輸多羅、耶輸陀羅
gāthā	偈他、伽陀
icchantika	一闡提
bodhi	菩提
Potalaka	補陀落迦
amitābhā	阿彌陀

tathagata	多陀阿伽陀
Tusita	兜率陀、都史多
boddha	浮屠、浮圖、佛陀、部多
sʻūdra	首陀羅
sʻidham	悉曇
Gāutama	瞿曇
sumati	須摩提
Ksudrapanthaka	周梨槃陀迦、朱荼半託迦

由上面的例看來，他們以佛經對譯證明「同」這一類字，聲母是 d 或 dʻ，是世間大騙局。下面我們再來看看唐代以前西域名的對譯，這裏也是發掘眞相的好所在：

①陰調字：敦、鐵、多、呾、旦、咄、波、單(他們以爲 t、tʻ聲母)

②陽調字：達、突、同、闐、疊、大、鐸、茶、度(他們以爲 d 或 dʻ聲母)

西　域　文	漢　　譯
Turcs	突厥
Turgach	突騎施
Darel	達麗羅
Arslan targan	阿悉爛達干
Kul tardou chad	闕達度設
Baga tarkan	莫賀達干
Tongra	同羅

Tazi	大食
Tabaristan	陀拔斯單
Candrapida	眞陀羅祕利
Utakhanda	烏鐸迦漢茶
Gandhara	健馱邏
Tölös	鐵勒
Khotan	于闐
Khotta	骨咄
Katoun	可敦
Telangout	多覽葛
Muktapida	木多筆
Suvarnadeva	蘇伐疊
Talas	呾羅私
Qotaiba	屈底波
Khotana	豁旦

由上面的例看，也一樣看不出「同」一類陽調字聲母是 d
或 d'(dh)的確據。

看清楚了現代漢語音家的顢頇態度之後，可進一步看
出他們所推定的中、上古漢語聲母完全是閉門造車，無中
生有。自從有佛經及西名漢譯以後，譯家開始注意到漢語
聲母的問題，慢慢地便產生了所謂字母(代表某聲母的字)。
字母產生運動起於唐，定於宋。大概到了北宋時代，已有
定型而完備的字母系統，我們稱爲三十六母。三十六母雖

名為字母，並非純是聲母的全範疇，而是包含聲調在內的。三十六母是聲調與聲母同在的一套語音系統。而現代漢語音家則完全無視這一事實，將三十六母當純聲母範疇來看，於是便產生了虛構的一套擬音。現在將三十六母和現代漢語音家虛構的擬音排列如下：

牙音	見 k	溪 k'	群 g, g'	疑 ŋ	
舌頭音	端 t	透 t'	定 d, d'	泥 n	
舌上音	知 ȶ	徹 ȶ'	澄 ȡ, ȡ'	娘 ɳ	
重唇音	邦 p	滂 p'	並 b, b'	明 m	
輕唇音	非 f	敷 f'	奉 v	微 ɱ	
齒頭音	精 ts	清 ts'	從 dz, dz'	心 s	邪 z
正齒音	照 tɕ, tʃ	穿 tɕ', tʃ'	牀 dz, dz', dʒ, dʒ'	審 ɕ, ʃ	禪 ʑ
喉音	影 O, ʔ	喻 j, O	曉 x	匣 ɣ	
半舌音	來 l				
半齒音	日 ɳʑ				

現代漢語音家虛擬的聲母，看起來很整齊很對稱很完美，可是事實不是那麼一回事兒。我們上面討論過的「東」、「通」、「同」，在這個字母表上一看便知道屬於「端」、「透」、「定」三母的系統。「東」是端母，「通」是透母，「同」是定母。定母的真正標音應該是 t 或 t'；因為 d, d'，我們在佛經和西名對譯上找不到根據。可知定母完全是調母，是端母或透母的陽調。而被現代漢語音家標成濁聲母的「群」、「澄」、「並」、「奉」、「從」、「邪」、「牀」、「禪」、「喻」、「匣」諸母也

可推知通通是調母。這些調母，因各地送氣不送氣不一致，勢無法分立兩母，以與前面的兩母對應。如前文提過，「同」字有的地方讀做「東」的陽調，有的地方讀做「通」的陽調，字母家也就無法可施。日本假名也有這一類的困難，如他們的カ、キ、ク、ケ、コ、タ、チ、ツ、テ、卜、パ、ピ、プ、ペ、ポ、都是送氣不送氣不分的，就是事實上無法分立，情形跟三十六母中這一類調母一樣，都有苦衷。現代漢語音家既顢頇地堅持四聲，堅持三十六母都是聲母，對於所有方言的多調及少聲母，便只有一口咬定，說是出於這些濁聲母的消失以及當初受濁聲母的影響而產生了陽調。講得是很妙，一條解答，打通兩個問題。可是他們觀前卻不顧後，前門關了，卻忘了後門還是開著。故現在我們由後門進去把他們揪出來見見天光，不讓他們老在他們黑暗的碉堡裏顛倒黑白。第一，他們說漢語只有四聲，這個我們在前章已批駁無餘，他們這第一個立腳點已抽空，故他們的整個學說，此時都在空懸狀態中。第二，他們說陽調是濁聲母變出來的，雖然他們不敢明確說是以陽調頂替濁聲母，其立意正是如此。現在我們依他們這個說法分兩層批駁：第一層，果真濁聲母會逼出陽調，陽調的產生應該放在那個年代？總不能說，自有漢語以來濁聲母一向都安安穩穩沒逼出陽調來，一直穩定幾千年，甚至幾萬年，然後忽然間在宋朝以後不穩定了，遂逼出陽調。據這一條道理，濁聲母果真會逼出陽調，必定不可避免地要在原始時代有語言之初便逼出來了，這麼說漢語自本

就應該有陽調的。第二層，陽調果如所說是濁聲母的形態蛻
變，吳、湘語既然有濁聲母，就沒理由也具備陽調，因為
吳、湘語中的濁聲母顯然沒有蛻變，就好像蠟燭或柴薪既然
原原本本還好好地在那裏，卻說已蛻變成了火，那是無理
的。但是吳、湘語的陽調是如實存在，這個還有道理分辨
嗎？第三，若三十六母中，那些字母果真都是實聲母，則
「影」、「喻」這一對字母，必定「影」是清聲母，「喻」是濁聲
母。可是在吳、湘語中，無論「影」、「喻」都是空母，和其他
清濁成對的情形不同，這分明說明了三十六字母中「群」、
「定」、「澄」、「並」、「奉」、「從」、「邪」、「牀」、「禪」、「喻」、
「匣」十一母實是為了聲調而設，並非真正的聲母。下面我們
好好地來討論一下「影」、「喻」二母就可知道他們在自欺欺
人。先說明「影」、「喻」二母是什麼：

　　①影母（沒有聲母的聲母）：衣 i、威 ui、腰 iau、迂 u
　　　（這些字都沒有聲母，直接母音發聲）

　　②喻母（表示影母的陽調）：移 î、為 ûi、遙 iâu、于 û
　　　（這些字都是上面的字的陽調）

　　「影」、「喻」兩母便是這種母，換句話說兩母都是空母。
現代漢語音家既誤認三十六母母母實母，到這裏就碰到了難
題。第一、吳、湘語兩母皆空，現代漢語音家馬上覺得面紅
耳赤，熱辣辣的，很不好受。第二、他們總不肯認錯，要將
錯就錯，於是就要出了遮天手法。先是西洋人馬伯樂、高本
漢領先鋒在「影」、「喻」二母這個陣頭上栽了一個觔斗，跌得

很不輕，待爬起來定睛一看，果然沒有立腳地，於是他們兩人就揮了西洋魔棒在「影」母上給自己化了一個墊腳石，這塊墊腳石，名叫「ʔ」。這樣總算走了過去。於是「影」母被定做「ʔ」聲母，而「喻」母被安排爲「O」(空母)，即母音發聲。「ʔ」在德語中是常見的聲母，但漢語中根本不存在。這個「ʔ」叫喉塞音。以ㄚ爲例，官話有五種調可發，依次是ㄚ、ㄚˊ、ㄚˇ、ㄚˋ、˙ㄚ；最後的˙ㄚ是輕聲，這一音正好是臺語的「鴨」。這一音的特徵是a的末尾在喉裏被塞死了，這一塞音便是「ʔ」。德語在起音時也有這個「ʔ」，故起音很重。但是漢語母音發聲字，起音並不重，都是尋常發出，根本沒有「ʔ」。馬伯樂、高本漢因無法脫身，施了妖術。後來我們土著的漢語音家遇到「影」、「喻」這裏，還是像馬、高當年一樣，有如走進孔明的八陣圖中，個個跌得目腫嘴歪。後來他們合力將「喻」母給肢解了，還原爲上古音的兩部分，成爲有聲聲母，總算闖過了「影」、「喻」一關。於是陸志韋氏顯得心頭上落了一塊大石般地說：「喻三喻四旣然都是輔音(子音)，跟影母就不衝突；所以影母的音符不必從馬伯樂、高本漢訂爲喉塞的『ʔ』。」於是陸氏便很輕鬆地將影母定爲空母。從此事，我們又看到一次兒戲般的學說。一個字母，怎可以任意安上一個聲母，又任意取下來呢？況且喻母在三十六母，早已不是上古時代的有聲母(《切韻指掌圖》明明說：「上古釋音多具載，當今篇韻少相逢。」)它明明是空母，又怎能單獨隔離爲上古系統而又列在中古系統中呢？影喻二母，到現在，各家還都

不統一，公標公的音，婆標婆的音。陸志韋以影爲空母，喻爲ɣ、j；李榮以喻爲空母，影爲ʔ；王力以影爲ʔ，喻爲ɣ、j；周法高以影爲ʔ，喻爲j、O（空母）；董同龢和周法高相同；周祖謨以影爲ʔ，喻爲j。全不顧事實，甚者不認漢語有空母。他們自己互相矛盾抵觸，可以說根本在胡鬧。爲什麼這些現代漢語音家會如此自相矛盾抵觸呢？正爲他們違反事實，憑空捏造，故一直不能得到一致的結論。

　　由上可知三十六母不是純聲母的範疇，除了「群」、「定」等母是純爲陽調而立之外，如「見」、「溪」、「端」、「透」等母還有一半的意義是在於表示陰調的。現代漢語音家憑其空想將表陽調字母當表陰調字母的濁聲，那是無稽之談。眞正濁聲母是有的，卻並不是他們所指的純表陽調那幾母。讓我們再回頭看看三十六母表：

　　　　見　溪　群　疑

　　是一組。我們即以這一組爲例來看眞正的濁母。「見」一組的眞正濁母是「疑」，而不是「群」。下面對舉一些例字，可以概見：

　　1. 闕（溪）——月（疑）：《說文解字》：「月，闕也。」按「闕」同「缺」。釋名：「月，缺也。」

　　2. 寄（見）——寓（疑）：《儀禮》〈喪服〉：「寄公爲所寓（服喪）。傳曰：『寄公者何也？失地之君也。』」《禮記》〈郊特牲〉：

「諸侯不臣寓公，故古者寓公不
繼世。」按「寄公」即「寓公」。

3. 歌(見)——哦(疑)：《說文解字》：「歌，詠也。」說文
新坿：「哦，吟也。」

4. 堅(見)——凝(疑)：《說文解字》：「凝，水堅也。」

5. 看(溪)——眼(疑)

6. 膏(見)——熬(疑)

7. 夾(見)——訝(疑)：《周禮》〈考工記〉：「牙也者，以
為固抱也。」鄭司農說：「牙，
讀如跛者訝跛者之訝。」直到現
在，臺語「夾」還是作疑母，說
成 ŋeʔ(ŋeh)，不作見母。「訝」
鄭衆的語音和吳音、閩音相同，
作 ŋē(陽去)。「跛者訝跛者」，
意思是跛腳的人，獨自不好行
走，身軀會傾向跛腳那一面，
若兩個跛腳的，如甲跛右腳，
乙跛左腳，兩人相夾，可得平
衡。因古漢語陽入行位變陽去，
故鄭司農用陽去的「訝」來表 ŋē
一音。在臺語是變陰去，「跛者
ŋè 跛者」，「夾」字一定要變去
聲。當以古漢語變陽去為正則。

8. 靳(見)──恨(疑)：「恨」一般是「匣」母，但臺語作疑
母，語音 gīn，作疑母為是，如
「銀」、「垠」都是疑母，「限」(匣)
字應同「岸」(疑)，也該是疑母。
《左傳》莊公十一年：「乘丘之役，
公以金僕姑射南宮長萬，公右
歂孫生搏之。宋人請之，宋公
靳之。」南宮萬乘丘一役，被魯
國俘去。宋國人向魯國贖回南
宮萬，宋閔公恨南宮萬以宋國
著名的大力士被俘，給宋國丟
臉，當面罵他，宣言不再敬重
他。後來閔公去蒙澤打獵，和
南宮萬下圍棋。因爭鋒，又揭
南宮萬的瘡疤。南宮萬一氣，
拿起百斤重的棋局，砸破了閔
公的腦袋，輦了母親，窮半天
的腳力，逃到陳國去。

9. 圻(群)──垠(疑)：《說文解字》：「垠，一曰岸也。
垠或从斤。」意思是「垠」有人說
就是「岸」字。「垠」又寫做「圻」。
現在流行的讀音，「圻」讀如祈，
「垠」讀如銀。臺語謂邊為 kîⁿ，

即這個「圻」字，俗字寫作「垷」，
乃是不識「圻」字而造的。

10. 決(見)──齧(疑)：《禮記》〈曲禮〉：「濡肉齒決。」
「決」就是「齧」。

11. 矜(見)──嚴(疑)：《呂氏春秋》〈重言篇〉：「艴然充
盈，手足矜者，兵革之色也。」
高誘注：「矜，嚴也。」按「矜」
字，一般都讀做 keŋ，閩南語
還保持古 m 收音，作 kim。

12. 輅(見)──迓(疑)：《左傳》僖公十五年：「虢射為
右，輅秦伯。」服虔說：「輅，
迎也。」按「輅」古音 kak，行
位變調為 kà，這裏當「迓」ŋā。

13. 格(見)──鄂(疑)：《國語》〈魯語〉：「設穽鄂。」韋
昭注：「鄂，柞格也。」《周禮》
〈雍氏〉：「秋，令塞阱杜擭。」
鄭玄注：「擭，柞鄂也。」可見
「格」即「鄂」，而「柞」即「柵」。
「鄂」正字是「樗」。

14. 䳘(見)──鵝(疑)：「䳘」音歌。《說文解字》：「䳘，
鵝也。」方言：「雁，自關而
東，謂之䳘、鵝。」

15. 駕(見)──御(疑)：孔子教學生，有六藝之科：禮、

樂、射、御、書、數。御，是
駕車。當時雖不發給駕駛執照，
也沒有取締，孔子還是要求學
生要練成駕駛車輛的技術和禮
節。

16. 系(群)——羿(疑)：「系」一般當匣母讀，讀成 hē，
其實古音是讀 kē 的。《顏氏家
訓》〈音辭篇〉：「李登《聲類》以
系音羿。」

17. 迦(見)——牙(疑)：《說文解字》：「迦，迦牙，令不
得行也。」、「迦」音加。

18. 猴(群)——禺(疑)：「猴」現在一般讀匣母，作 hâu，
古音作群母，讀 kâu，臺語還
如此。《說文解字》：「禺，母
猴屬。」其實「猴」、「禺」是同
一語。「禺」古音 gâŋ 或 ŋâŋ，
與「猴」kâu，成為尾音 u-ŋ 對
轉。

以上這些例足以看出，「疑」母是「見」、「溪」、「群」的濁
聲。清、濁本來就沒有必然性，口齒輕點兒，發聲便清；
口齒重點兒，發聲便濁。在上面我們看到「疑」母和前三母
的對當關係，可是我們卻找不到「群」母和「見」、「溪」的對當
關係。肯定一件事，一定得有根據，沒有根據，只憑成見

瞎說，自然不能令人信服。

　　不知道讀者諸君興盡未？若未盡，著者想再講講「精」、「清」、「從」和「日」的清濁關係，「邦」、「滂」、「並」和「明」的清濁關係。尤其是「精」、「清」、「從」和「日」原本在三十六母中沒有關係，我們若擺出事實，證明「日」是「精」、「清」、「從」之濁，現代漢語音家也許把持不住要昏倒，因為那樣的話「從」為「精」、「清」之濁的詿語馬上被識破，識破的程度非常地慘。先講「邦」系：

　　1. 步(並)──武(明)：「武」字中古屬微母，上古屬明母。我們舉的例證，都是上古資料，三十六母不能函蓋，如前節匣母也要歸群母纔能合上古音，故這裏「武」字歸明母。「步」的原本寫法是 𣥂，像左腳在前，右腳在後，成一個步。後來簡化為 𣥂，再簡化便成「步」。「武」字是「步」字的花體，原寫做 𢓥，加了「戈」字，大概是衛兵巡營要來回踱步，纔產生這個花體字。《禮記》〈曲禮〉：「堂上接武，堂下布武。」意思是在堂上要一步接一步，在堂下就不必這樣，可以散行。

這「武」就是「步」。《詩經》〈生民篇〉周人捏造他們的建國始祖后稷降生的神話，說是高辛娶姜嫄，久久不孕，於是禱告神明，設醮以祛除不祥。後來姜嫄在原野上踩了一個巨人的足跡，一時感動，遂孕了后稷。周人以為那個巨人足跡是上帝有意要感孕姜嫄留在那兒的。原文這樣寫著：「厥初生民，時維姜嫄。生民如何？克禋克祀，以弗（祓）無子。履帝武敏歆，攸介攸止。載震載夙，載生載育，時維后稷。」「步」現時也叫「碼」，是「武」的古音。

2. 俯（邦）──俛（明）：「俯」三十六母屬「非」母，上古音屬「邦」母。「俛」古音讀如勉，現時「俛」和「俯」沒有分別。但「俛」臺語為 mà，「俯」為 pà，還保持清濁對當。另有「浼」臺語也叫 mà，如「烏浼浼」。

3. 逋（邦）──亡（明）：「亡」，三十六母為「微」母，上古為「明」母。「逋」、「亡」都是逃的

意思。「亡」和「無」古籍中常通中，大概讀 bâ 或 mâ。

4. 拊(滂)──撫(明)：「拊」、「撫」現時無分別，都讀ㄈㄨ。但臺語還保有分別，「拊」讀 hú，「撫」讀 bú。「撫」字以「無」為注音，聲母不是 b 也要是 m，不能是 p 或 f。

5. 沸(滂)──沫(明)：「沸」臺語 pʻoeh，「沫」boeh，同義音對當。

6. 卑(邦)──微(明)

7. 婦(邦)──母(明)：韓信無縛雞之力，未得志之時，在街頭巷尾，受地痞流氓袴下之辱；在溪邊水畔，受漂母給食之憐。漂母就是浣紗婦，「母」就是「婦」。

8. 分(邦)──門(明)：「分」和「門」是同義語。

9. 百(邦)──貉(明)：《周禮》〈甸祝〉：「掌四時之田，表貉之祝號。」鄭玄注：「杜子春讀貉為百爾所思之百。書亦或為禡。」陸德明釋文「貉」音「禡」。《禮記》〈王制〉「禡於所征之地」。釋文：「禡又音百。」是「百」、「貉」、「禡」在「邦」、

「明」二母之間打轉。

10. 包(邦)──毛(明)

11. 封(邦)──蒙(明)

12. 表(邦)──貌(明)

13. 疤(邦)──癥(明)：《詩經》〈巧言篇〉：「既微且尰。」「微」是「癥」的借字，臺語 ba 同「疤」；又 p'ā，如烏癥、白癥，即此詩的「微」字。再如「黶」字臺語叫 bā，是同一系的字。「尰」同「腫」，因爲在腳脛上，故作者寫成「尰」。

14. 不(邦)──無(明)：陶淵明詩：「未知從今去，當復如此不？」白居易詩：「晚來天欲雪，能飲一杯無？」

15. 菶(並)──茂(明)：《詩經》〈斯干篇〉：「如竹苞矣，如松茂矣。」按「苞」臺語音 p'ə。「苞」（陽去）也寫做「菶」。《易經》〈豐卦〉：「豐其菶矣。」、「苞」、「菶」與「茂」清濁對當。

16. 襞(邦)──襛(明)：「襞」字原本以「辟」爲聲符，但是讀音是「覓」，和「襛」字通用。

由這些例已足夠看出「邦」系以「明」母爲濁，並非「邦」、「滂」以「並」爲濁。下面再來看「精」系和「日」母的關係：

1. 子(精)——兒(日)

2. 齊(從)——兒(日)：自春秋至漢初，有不少人取「嬰兒」或「嬰齊」爲名，如公孫嬰齊、璐子嬰兒。嬰齊即嬰兒。

3. 子(精)——爾(日)：「子」、「爾」都當「你」講。「汝」、「若」也當「你」講，也都是「日」母的字。

4. 子(精)——孺(日)：「子」、「孺」同義，其讀音關係，有如「子」與「汝」。按「子」前上古音爲 kiá 或 kiáⁿ，上古音 k 變爲 ts，遂轉成 tsiá 或 tsiáⁿ；而「汝」爲 dziá，「孺」爲 dziā，正是清濁對當。「子」的前上古音存於閩語中(閩北、閩南都有)；在文字上存於「孨」字，《說文解字》：「孨，謹也。」其上古音 tsiáⁿ，即存於臺語「悾孨」nɡ́ tsiáⁿ 一語中。三國時魏人孟康說：「冀州人謂悾弱爲孨。」正與臺語同。

5. 滋(精)——潤(日)

6. 侏(精)——儒(日)：「侏」，三十六母爲照母，上古歸精母。「侏儒」是清濁複合詞。

7. 苶(精)──薾(日):「薾」上古音同「儒」。「苶薾」也是
　　　　　清濁複合詞。

8. 瓵(精)──瓵(日):《方言》:「瓵,陳、魏、宋、楚之
　　　　　間曰瓵,或曰瓵。」按「瓵」上古音
　　　　　爲「儒」。「瓵」、「瓵」是清濁對當。

9. 煎(精)──燃(日)

10. 沾(精)──染(日):「沾」三十六母爲「照」母,上古
　　　　　音歸「精」母。

11. 增(精)──仍(日):《漢書》〈王莽傳〉:「吉瑞累仍。」
　　　　　「仍」和「增」是同義的。

12. 就(從)──繞(日):《周禮》〈御史〉:「錫樊纓,十有
　　　　　再就。」〈弁師〉:「諸侯之繅斿
　　　　　九就。」〈巾車〉:「樊纓七就。」
　　　　　又:「條纓五就。」《禮記》〈禮
　　　　　器〉:「大路繁纓一就,次路繁
　　　　　纓七就。」按「樊」、「繁」讀爲
　　　　　「蟠繞」的「蟠」,「就」是「繞」的
　　　　　借字。

13. 證(精)──認(日):「證」三十六母爲「照」母,上古
　　　　　音歸「精」母。

14. 暑(精)──溽(日):「暑」三十六母爲「審」母,上古
　　　　　音歸「精」母。「暑」上古音爲
　　　　　tsóa,「溽」臺語 dzoȧh。

15. 者(精)——若(日)：「這個」，早期白話寫做「者箇」，
也寫做「若箇」。古時「這」、「那」
不分，清為「者」，濁為「若」，
後來由「者」發展為「這」(本音讀
彥)，由「若」發展為「那」。又
「這麼大」，早期白話寫做「者
大」，又寫做「偌大」。

16. 瞻(精)——聏(日)：「瞻」三十六母為「照」母，上古
音歸「精母」。「聏」三十六母為
「泥」母，上古音歸「日」母。《左
傳》桓公五年：「祝聏射中王
肩。」《史記》「聏」作「瞻」。

17. 儋(精)——任(日)：「儋」是「擔」的本字，三十六母
屬「端」母，上古音歸「精」母。
「任」是「擔」的古字。

18. 焦(精)——柔(日)：《戰國策》〈魏策〉：「魏王欲攻邯
鄲，季梁聞之，中道而反，衣
焦不申，頭塵不去，往見王。」
按文中的「反」是「返」的本
字，「申」是「伸」的借字。而
「焦」字一向無人曉，連雅堂氏
第一個在《臺灣語典》讀出正音，
纔弄明白。「焦」臺語dziâu，是

「皺」的意思，《戰國策》的作者
口音也是 dziâu，找不到正字，
故借了「焦」字 tsiau 代用。
dziâu 一音，眞正考究起來，和
「剛柔」的「柔」是同語，物柔纏
會皺，剛物必折不皺。「柔」古
音在臺語中有二：一爲 dziâu，
一爲 liâu(niau 之變音)，「溫
柔」是 un liâu。「皺」臺語爲
kiù。

我們從《戰國策》作者取「精」母字代用作「日」母字，更覺
清濁對當問題不是現代漢語音家所妄測那樣，是「精」、「清」
對「從」，「邦」、「滂」對「並」，「見」、「溪」對「群」，那是十分
的無稽之談。

19. 插(清)──入(日)：「插」三十六母爲「穿」母，上古
　　　　　　　　　　　音歸「清」母。

20. 實(從)──日(日)：「實」三十六母爲「禪」母，上古
　　　　　　　　　　　音應歸「精」系「從」母。《說文
　　　　　　　　　　　解字》：「日，實也。」

現在我們可以總結地討論一下，「疑」母在三十六母時代
的官音中，雖是 ŋ，但是從上古諸例中，知道它和「見」、
「溪」、「群」清濁對當。「見」系清母爲 k(多數是見母)，則
「疑」母在上古音中應該是不帶鼻音的 g，中古的 ŋ 可視爲上

古 g 之鼻化結果。同理，「明」母，中古官音雖爲 m，就其與「邦」p（多數是邦母）對當來看，上古時代也應該是不帶鼻音的 b。而「日」母，在中古官音雖是帶鼻音的 nz，就其與「精」ts（多數是精母）對當看，其上古音也應是不帶鼻音的 dz。「明」之由 b 變 m，「日」母之由 dz 變爲 nz，都和「疑」同理，也是鼻化的結果。所謂鼻化，無非是五胡民族對漢音所產生的胡化，大概五胡族沒有 b、g、dz 的濁聲母，他們以相近似的鼻濁音來代替這些聲母。但是漢語中原本也應該有 m、ŋ 一類聲母的，這些聲母，可能就是 b、g 胡化爲 m、ŋ 的誘導因。ba^n＝ma、ga^n＝ŋa、la^n＝na、da^n＝na，語音變化原是有條理的。

　　「定」母不是 d 或 d‘，前面已由佛經及西名翻譯證實，「並」母不是 b 或 b‘，「群」母不是 g 或 g‘，「從」母不是 dz 或 dz‘，也一樣可從佛經和西名翻譯中加以證實。由於在佛經及西名翻譯中找不到實證，我們纔發現現代漢語音學家的荒謬；再經上古音例，探知眞正的 b 母實是「明」母，眞正的 dz 母實是「日」母，眞正的 g 母實是「疑」母，更加強了我們對現代漢語音家荒謬的確認。剩下來唯一一個重要濁母應是 d 母，這個 d 母照三十六母的排列位置，在上古音中應該指著「泥」母這一母。太陽系最後發現的幾個遠距離行星，都是先據理推算而後證實的。這個「泥」母，在我們追尋過程中，情形完全相同，現在只待證實。按日本所傳唐代漢音，很奇怪的，凡是「泥」母字，一概讀 d 聲母，如「奴」讀

do、「年」讀 den、「能」讀 dou、「泥」讀 dei、「農」讀 dou、「內」讀 dai、「南」讀 dan、「難」讀 dan、「奈」讀 dai。只有吳音「泥」母纔讀 n 聲母，如「奴」讀 nu、「年」讀 nen、「能」讀 nou、「泥」讀 nai、「農」讀 nou、「內」讀 nai、「南」讀 nan、「難」讀 nan、「奈」讀 nai。從這些事實看，漢音濁母，自本似乎是一套純粹口音的濁聲母，經外族化（北爲胡化，南爲楚化）而全套成了鼻音的濁聲母，纔看起來令人覺得十分的變相。按世界語音公例，b、d、g、……等口音濁母是通有的聲母，可是依現代漢語音家的說法，除了吳、湘音，大多數方言是不存在的，這是違反常情的。現在我們將這些濁聲母，由「群」、「定」、「從」、「並」等母調查到「疑」、「泥」、「日」、「明」等母來，就可以解釋絕大多數方言，所以沒有 b、d、g、……的現象，因爲絕大多數方言早經過中古濁聲鼻化的階段，故要直接在各方言中見到這些濁聲母，自然是見不到的。至於吳、湘音中「群」爲 g 或 g‘，「定」爲 d 或 d‘，「從」爲 dz 或 dz‘，「並」爲 b 或 b‘，「疑」爲 ŋ，「泥」爲 n，「日」爲 z、z 或 n、n，並不相悖。大概古漢音「群」爲陽 k，「定」爲陽 t，「從」爲陽 ts‘，「並」爲陽 p‘，在楚語中因陽調之誘導而轉爲 g‘、d‘、dz‘、b‘，而「疑」等母則由 g、d、dz、b 轉爲 ŋ、n、nz、m，因爲鼻音是不送氣的，這一點跟後來「疑」等母的胡化而變爲鼻音濁母是同一條路子上的事。

三十六母是完備的一套字母，因爲是完備的字母，故

並不是始創的字母。據今所知始創字母，似乎是見於敦煌
遺卷中的三十母。敦煌三十母已發現者有二，一是巴黎國
家圖書館所藏 p2012 號守溫《韻學》殘卷，一是大英博物館所
藏 S512 號〈歸三十母例〉。兩卷字母名稱數目雖同，仔細考
究起來，〈歸三十母例〉要比殘卷早。現在將歸三十母例抄
錄於下，可以看出一些奇異的消息：

端	透	定	泥	審	穿	禪	日	心	邪	照	精	清	從	喩
丁	汀	亭	寧	昇	稱	乘	仍	修	囚	周	煎	千	前	延
當	湯	唐	囊	傷	昌	常	穰	相	詳	章	將	槍	墻	羊
顚	天	田	年	申	嗔	神	仁	星	錫	征	尖	僉	醤	鹽
故	添	甜	拈	深	顠	諶	任	宣	旋	專	津	親	秦	寅
見	磎	群	疑	曉	匣	影	知	徹	澄	來	不	芳	並	明
今	欽	琴	吟	馨	形	纓	張	倀	長	良	邊	偏	便	綿
京	卿	擎	迎	呼	胡	烏	衷	仲	蟲	隆	逋	鋪	蒲	模
捷	褰	寒	言	歡	桓	剜	貞	檉	呈	冷	賓	繽	頻	民
居	袪	渠	敔	祅	賢	煙	珍	繽	陳	鄰	夫	敷	符	無

現在我們分成兩部來看。先單看字母，不看字例。這三十
母字母組合順序和三十六母大有出入，這裏是較原始的模樣，
三十六母是再經過調整的。一開頭「端、透、定、泥」為一組，
組合和三十六母沒有分別。第二組「審、穿、禪、日」，和三十
六母出入很大，三十六字母是「照、穿、牀、審、禪」，「日」母
獨立在字母末位，這裏「日」母配「審、穿、禪」，這是一個特色。
「審、穿、禪、日」的配合，除了「日」母外，我們看出作者以為

「穿」是「審」的送氣，這是老看法，不能說不對。最重要的一點，我們從「審、穿、禪、日」的組合，可看出作者將「日」母當「審」、「穿」、「禪」的濁母，正合我們上面「疑」與「見」、「溪」、「群」對當，「泥」與「端」、「透」、「定」對當，「明」與「邦」、「滂」、「並」對當的一系列事實。這裏若給標出音來，「審」是 ɕ，「穿」是 ɕʻ，「禪」是陽 ɕ，而「日」為 z，「日」母在這裏否定了現代漢語音家將「禪」當 z 的荒謬推測。第三組是「心邪照」，「心邪」是自己一個陰陽系統，即「心」是 s，「邪」是陽 s。「照」母因為沒有陽調，無所屬，被附在「心邪」之後，做個附寄。當然「照」是 tɕ 這是它被附在「心邪」之後」的發音關係。第四組「精、清、從、喻」，顯然的，「喻」母是「精」系的濁母，即「精」是 ts，「清」是 tsʻ，「從」是陽 ts，而「喻」是 dz。這個對當又加強了我們上古清濁對當的事實，此例現時仍見於閩南音中，如「俞」、「喻」、「踰」、「裕」，閩南音仍作 dz 母。而《尚書》的「俞」，《史記》、鄭玄都釋為「然」；「優」（三十六母為喻母），即是「饒」（三十六母為日母）；「䍃」（三十六母為喻母），為从缶肉聲（三十六母為日母）；「榮」、「容」，三十六母為空母的喻母，今官話讀為「日」母；「茱萸」，即「侏儒」的同語；「裕」，即是「饒」；《春秋》經「紀裂繻」，《公羊》、《穀梁》二傳「繻」作「繪」（「繻」、「繪」字書大部分主張同讀「輸」音，實應如《集韻》讀「儒」音）。這三十母中的「喻」就是上面我們追尋出來的上古「日」母。現在再往下看，發現「影」母，沒有陽調，乍看之下，現代漢語音家又要振振有詞，說是空母只有影母。其實當我們轉向字例看，我們馬上就看到「影」母的陽

調在「喻」母下。這裏又可看出一點兒消息，即三十母也不是創始的字母，分明「影」母之後本來還有一個表陽調的空母，因後人誤以「喻」母為空母，以為重複，就被刪掉了。故在字母次序上「喻」母雖仍舊隸屬「精」系，而字例則隸屬「影」系。好在這個刪改者保留了原來的次序，而又加了字例，不然現代漢語音家可有話說了。故三十母其實是三十一母。三十一母的創設，大概在中唐以後，晚唐以前，向來都說三十六母創於守溫，而殘卷只有三十母，這裏我們又推出三十一母，到底三十一母是守溫所創，或守溫只是三十一母的刪改人，此時不可得而知。再往下看，又可看到一個奇異的現象，即「知徹澄來」的一組。在三十六母中「來」母獨立在末尾第二位，這裏被排在「知」系裏。這可看出，「知」、「徹」、「澄」的發音部位和「來」相似，即拿發「來」l的舌勢舌位發「知」、「徹」、「澄」是三十一母時代的「知」系之音。現代各家所擬的發音，比較起來不免重了一些。大部分現代漢語音家認為三十六母「知徹澄娘」為一組，「娘」是裝飾上去的，根本沒有這樣的聲母，看了這裏，可證大家的看法是不錯的。

　　字母對當關係大概可以確定，剩下的是重新認識字母所涵陰陽調性的事實。依等韻圖的習慣，陰調叫清，陽調叫濁；陰陽兩調相對的，在陰調另稱全清，在陽調另稱全濁；沒有陰陽相對的，在陰調另稱次清，在陽調另稱次濁，表示陰陽不全備。現在將三十一母，依清濁排列於下：

全清	端	審	心	精	見	曉	影	知	不
全濁	定	禪	邪	從	群	匣	○	澄	並
次清	透	穿	照	清	溪			徹	芳
次濁	泥	日		喻	疑			來	明

這樣分配停當，然後來對一對四聲(即七聲)：

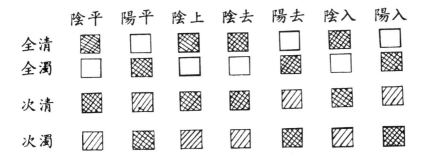

我們發現全清全濁沒有問題，它們互相補足，合成全七調，沒有齟齬的現象。這是因爲全清全濁是由全七調分割歸類的，自然不會有任何問題。但是次清、次濁則並不單守其被指定的陰清或陽濁類域，它們各跨有全七調，涵蓋全陰陽清濁。這種現象如何解釋？先說次清。本來《韻圖》分調類，認爲陰調雖有不送氣聲母與送氣聲母之分，陽調則只有不送氣聲母，故不送氣聲母纔有全七調，送氣的清聲母次清與不送氣的濁聲母次濁則各只有陰調或陽調，這樣的分配法，自然是根據作《韻圖》的人的讀音而定的，看來有點兒像張麟之的讀音；這倒令人懷疑《韻鏡》會不會是張麟之托古之製？但

是各方音與官音並不全合於這樣的分配。如閩南音，讀音全
濁固然與全清相配，而語音則與次清相配；官音下平與次清
相配，上聲、去聲則與全清相配；客家音全濁不論讀音語音
都只與次清相配。故我們說，製字母當初，陽調母早已顧慮
到方音不一這一層，不分送氣不送氣，只用同一母來表示。
可是一到《韻圖》，要求分配，自然魚與熊掌不能兩兼，故有
次清的問題。至於次濁的問題，就語音來說，次濁沒有理由
只限制爲陽三調，因旣沒有清濁的劃分，依語音的自然發
展，次濁應包括全七調，故論理它本身也應分全清全濁兩部
分；但就讀音而言，《韻圖》旣名它爲濁，自應屬於陽調，也
就是說，它只有下平、下去、下入三種聲調，而沒有陰調的
上平、上聲、上去、上入，這一點和語音的實況不合。故次
濁「暝」讀音爲下平 miên，語音爲上平 mi，「貓」讀音爲下平
miâu，語音爲上平 miau（變音 niau），不一致。但是《韻圖》
是根據韻書，次濁在讀音上爲陽調系統，乃是自來如此，不
是出於《韻圖》的強制。這種不合理的現象，頗不可解，若用
現代漢語音家之說，將陽調歸於濁聲母的獨特發展，倒是很
省事，可是語音的全七調馬上可以駁倒這樣的邪說。試想想
「泥」母 n，爲什麼合了 i，不能發做 ni，而一定要獨特發展爲
nî 呢？這是講不通的。惟一可以講得通的，是這些眞正濁聲
母的次濁（全濁都還是清聲母），因其爲濁聲母，其語詞量自
來不及清聲母之廣泛繁多，足夠發展到陰陽調量相抗衡的程
度；換句話說，其自然發展自始便有趨向一邊多的形勢，其

一邊多的形勢，便是我們所看到的陽調，再經反切應用之後，讀音遂有全陽調的不合理現象。而語音雖不受反切之影響，保持其全七調，據今詳加考察，也是陽多陰少，足可證明此一來路。但讀音中被定爲上聲的次濁字，在語音中大部分仍作陽去，這一現象與全濁上讀陽去同理，乃是被誤攔入上聲的明證，舉幾個例（讀音注上行，語音注下行）：

卵	loán	五	ŋó	蟻	gí	耳	ní	老	ló	瓦	(g)òa
	nŋ̄		gō		hiā		hǐⁿ		lāu		hiā

網	bóŋ	領	niá	朗	lóŋ	兩	lióŋ	泔	bién	蟻	lé
	bāŋ		niā		lāŋ		nŋ̄		bǐ		lē

故照實地說，次濁是涵蓋陰陽全七調的。

六、漢語那有失態音？

　　漢族是一支偉大的種族，屹立亞東，建立雄偉的獨特文明。像這樣的種族，可以說是完美的種族，不論從那一個角度去了解他，都不能離開完美兩字。他有完美的體魄，有完美的精神，有完美的技藝，有完美的智慧；他的語言語音之完美，也是不待言的。故我們在古漢語音中，找不出失態音，不協和音，不合理音。但是漢語音在進入中古以後，慢慢的就因爲胡化而被歪曲，遂產生出一些失態音、不協和音、不合理音。漢末以後，五胡入塞，漢語音進入中古音的醞釀期，直到南北朝的分裂結束於隋朝的統一，中古音的醞釀期也跟著結束。唐、宋兩代是中古音的成熟期，這時漢語音就明顯地有了失態音，不協和音，不合理音。最顯明的，如現代官話聲母中的ㄈ、ㄓ、ㄔ、ㄕ、ㄖ和韻母ㄩ，都是極其醜陋的語音，不是漢語所固有。下面來看中古音中的失態音有那些？它們在上古漢語中都是那些音？

　　清代乾隆年間學者錢大昕(1728～1804)是認識古漢語聲母的開路大學者，他第一次指出上古漢語沒有f、v、ɱ(即非、微)一類輕唇音。輕唇音是相對於p、p'、m(即邦、滂、

明)一種重唇音而命名的。又指出上古漢語沒有屬於捲舌音知、徹(在今日官話包括照、穿、審)一類的聲母。錢氏分別寫了兩篇專文,一是〈古無輕唇音〉,一是〈舌音類隔之說不可信〉,來證實他所發現上古漢語聲母這方面的真相。現在不僅他的發現早成了定論,後人還順著他的路子還原出上古漢音的本真,益發看出漢語本音的自然、合理與完美。下面就根據錢氏的例證,分題來討論。

一、漢語原本只有 p、p'、b、m 的重唇音,而沒有 f、f'、 v、m 的輕唇音

根據現代漢語音家的擬測,三十六母中「非」是 f、「敷」是 f'、「奉」是 v、「微」是 m。這四個聲母的特色是發音時,上齒要咬住下唇,如「微」m,是上齒咬住下唇,照著發 m (重唇)的心意將音發出去,發出的音自然不是 m,故改寫做 m。這裏我們是談發音,不談字母。其實「非、敷、奉、微」中實母只有「非、微」;「敷」母一般學者並不以為是實有的聲母,乃是被裝飾上去,好湊成四母的整齊形式的,一如上章談到的「知、徹、澄、娘」中的「娘」;而「奉」母是「非」母的陽母,只表陽調,那裏是另一聲母?不過正如「明」母實含 b、m 二母,「微」母也含有 v、m 二母。在近代官話中 m 母早已悉數為 v 母所吞併,到了現代官話連 v 母也被 u 母所吞併,於是整個「微」母已成了歷史的陳跡。但也有部分逆流,如華視女廣播員李艷秋小姐及陳明華女士,以及中視蓬萊仙島節目主持人李季準先生,不止「微」母字讀 v 母,連一切 u 母字

也都讀 v 母，如「晚」ㄨㄢ，讀 vân（此字原係「微母」，無可厚
非）；「外」ㄨㄞ，讀 vái（此字原係「疑」母，近代官話變成空
母）；「為」ㄨㄟ，讀 véi（此字原係空母的 u 母）。三位小姐、
女士、先生，音質都很美，可惜有此逆流的氾濫，聽來令人
很不快。

交代過這些小問題之後，我們來看看錢氏的話：

1. 凡輕唇之音，古讀皆為重唇（冠學按：意思是今官話
   f、v，古漢語讀 p、pʻ、b、m）。

2. 古音負如背，亦如倍。

3. 古讀附如部。

4. 古讀佛如弼，亦如勃。

5. 古讀文如門。

6. 古讀弗如不。

7. 古讀汾如盆。

8. 古讀紛如豳。

9. 古讀甫如圃。

10. 古讀敷如布，敷亦讀如鋪。

11. 古讀方如旁。

12. 古音逢如蓬。

13. 古讀封如邦。

14. 古讀副如劈。

15. 古讀罰如軷。

16. 古讀非如頒（冠學按：應云古讀非如彼，是非即此

彼)。

17. 古讀匪如彼。

18. 古文妃與配同。

19. 娓即美字(冠學按：《周禮》美皆寫做嫩)。

20. 古讀微如眉。

21. 古讀無如模。

22. 鳳即朋字(冠學按：朋，即鵬本字)。

23. 古讀反如變。

24. 古讀馮如憑。

25. 古讀房如旁。

26. 古讀望如茫。

27. 古讀務如牟。

28. 古讀發如撥。

錢氏的例舉得很多，論證很詳細，這裏只舉這二十八
條結論。在廣大漢語裔群各方言中，直到現代還保持漢語
本色，沒有這種咬牙切齒的失態音輕唇音的，只有閩音；
閩北音沒有，閩南音更沒有。生爲閩音系統的人，這一點
頗值得驕傲。且以閩南音爲例，用我們的活語音來爲錢氏
作見證罷：

三十六母		現代官音	臺音
1. 飯	奉	ㄈㄢˋ	pn̄g
2. 反	非	ㄈㄢˇ	péng
3. 方	非	ㄈㄤ	png、pang

4. 紡	敷	ㄈㄤˇ	p'áŋ
5. 房	奉	ㄈㄤˊ	pâŋ
6. 放	非	ㄈㄤˋ	pàŋ
7. 芳	敷	ㄈㄤ	p'aŋ
8. 分	非	ㄈㄣ	pun
9. 糞	非	ㄈㄣˋ	pùn
10. 蜂	敷	ㄈㄥ	p'aŋ
11. 縫	奉	ㄈㄥˊ	p'āŋ
12. 縫	奉	ㄈㄥˊ	pâŋ
13. 逢	奉	ㄈㄥˊ	pōŋ
14. 奉	奉	ㄈㄥˋ	p'âŋ
15. 浮	奉	ㄈㄨˊ	p'û
16. 孵	奉	ㄈㄨ	pū
17. 富	非	ㄈㄨˋ	pù
18. 斧	非	ㄈㄨˇ	pó
19. 伏	奉	ㄈㄨˊ	p'ak
20. 縛	奉	ㄈㄨˊ	pák
21. 拂	非	ㄈㄨ	put
22. 婦	奉	ㄈㄨˋ	pū
23. 飛	非	ㄈㄟ	poe, pe
24. 肥	奉	ㄈㄟˊ	pûi
25. 吠	奉	ㄈㄟˋ	pūi
26. 沸	非	ㄈㄟˋ	p'oéh

27. 痱	非	ㄈㄟˋ	pùi
28. 無	微	ㄨˊ	bû, bâ
29. 巫	微	ㄨˊ	bû
30. 武	微	ㄨˇ	bú
31. 務	微	ㄨˋ	bū, bā
32. 霧	微	ㄨˋ	bū
33. 物	微	ㄨˋ	bu̍t, mi̍h
34. 晚	微	ㄨㄢˇ	boán, mn̂g
35. 挽	微	ㄨㄢˇ	bán
36. 文	微	ㄨㄣˊ	bûn
37. 吻	微	ㄨㄣˇ	bún
38. 網	微	ㄨㄤˇ	bōŋ, bāŋ
39. 微	微	ㄨㄟˊ	bî, bi
40. 尾	微	ㄨㄟˇ	bí, bóe
41. 未	微	ㄨㄟˋ	bī, bōe

以上略舉41字，一方面既印證錢氏立論之眞確，一方面又見臺語之古老。

閩南音沒有輕唇音是她的一大特色，故在讀音中雖受官音的影響，也將輕唇轉爲喉音，如「風」，上古漢音 pʼam，中古官音 foŋ 或 fuŋ，閩南讀音卻轉作 hoŋ；他如「發」、「番」、「繁」及上例「非」、「敷」、「奉」三母的字，閩南讀音一律是 h 聲母。但是這種 h 聲母雖可看做 f→h，其實另有來源，也是古之又古的。試舉幾個例：

1. 東漢劉熙《釋名》卷一〈釋天〉：「風，兗、豫、司、冀，橫口合唇言之。風，氾也；其氣博氾而動物也。青、徐言風，蹵口開唇推氣言之。風，放也；氣放散也。」按兗州、豫州、司州、冀州人說「風」字橫口合唇，是作 p 或 p‘。青州、徐州人說「風」字蹵口開唇推氣，是作 h，「風」、「放」青、徐人都作 h 聲母。

2. 《周禮》〈矢人〉：「以視其豐殺之節也。」、「以視其鴻殺之稱也。」可知《周禮》作者讀「豐」作 h 聲母，因為他「豐」、「鴻」輪用。陰平、陽平行位臺語同變為陽去，作者的變調很像閩南語。

3. 大戴《禮記》〈夏小正〉：「主夫出火。」按「夫」同「乎」，是作者讀「夫」為 h 聲母。

4. 《方言》：「扶，護也。」是作者讀「扶」為 h 聲母。

5. 《素問》〈腹中論〉：「其時有復發者。」、「復」韻書讀浮富切，其實是讀「又」。「又」古音 h 聲母。

6. 司馬相如〈子虛賦〉：「足下不遠千里來況齊國。」、「況」這裏是「訪」，可知司馬相如「訪」讀 h 聲母。

7. 豐隆，是神話中的雲師，或說是雷師。而碻礚，是大石滾落聲。碻，《廣韻》戶多切，可知「豐」讀 h 聲母的機率佔了很多。

8. 《詩經》〈何彼穠矣〉「唐棣之華」，陸德明釋文：「或云古華讀為敷。」正相反，「敷」讀為「華」。

9. 《國語》〈周語〉：「明利害之鄉。」越語：「四鄉地主。」

韋昭注：「鄉，方也。」《荀子》〈賦篇〉：「四時易鄉。」
楊倞注：「鄉猶方。」

10.《國語》〈齊語〉：「以方行於天下。」韋昭注：「方猶橫
也。」

11.《淮南子》〈齊俗訓〉：「親戚不相毀譽，朋友不相怨
德；及至禮義之生，貨財之貴，而詐偽萌興，非譽
相紛，怨德並行。」上句作「毀譽」，下句作「非譽」，
可見「非」作者讀h聲母。「非」讀h聲母在西漢以前諸
子書中很普遍，不煩遍舉。

12.《易經》〈繫辭〉：「神無方而易無體。」按「方」即「形」，
「形」上古音為「鄉」之陽平。

13.「芳」即是「香」。

14.「廢」即是「壞」。

15.「腐」即是「朽」。

16.「返」即是「還」。

17.「藩」即是「環」。

18.「分」即是「痕」。

19.「賁」讀奔，也讀肥，其造字是从貝卉聲。

20.「費錢」，官話叫「花錢」。

可見臺語(閩南語)重唇讀喉音h，源遠流長。

二、漢語原只有 t、t‘、d、n 而沒有 ʈ，ʈ‘，ɖ，ɳ 或其同類音

t、t‘、d、n 在三十六母中是「端、透、定、泥」一

組,「泥」包含 d、n 二聲母。但是另有「知、徹、澄、娘」一
組，這一組錢大昕論斷非上古漢語所有。「知」組聲母，現
代漢語音家各家擬音微有出入，莫衷一是。依三十一母看，
應依羅常培氏擬「知」爲 t、「徹」爲 t‘、「娘」n.(「澄」則被擬爲
d)。不管「知」系怎麼發音，總是一種極其不自然不協和和
不合理的發聲，完美的古漢語不可能有這種醜陋不堪的聲
母。通常發 t(ㄉ)、t‘(ㄊ)、d 的時候，舌尖抵在上齒齦塞住，
待氣爆出，便成爲 t、t‘、d 之聲(n，氣自鼻孔爆出)，這種
發聲，是自然聲，協和而合理。若發 t、t‘、d 時有舌尖不
用，偏要用舌尖再往後的部位去抵齒齦或上顎前緣，這種
聲就很不足取了，羅常培主張的 t、t‘、d、n. 便是，這也就
是三十一母的「知」組發音。至於放著舌尖不用，再往後的
部位也不用，偏要用更後一點的舌面前部，這種音就更不
合理不自然不協和了，這種音便是是 t、t‘、ȡ、n.。以漢語
之完美，那會有這等不三不四的聲母，這簡直是青面獠牙，
故錢大昕這位天才學者，自然看了出來。他說：「古無舌頭
舌上之分。」舌頭音就是 t(ㄉ)、t‘(ㄊ)、d、n 一類聲母，即
「端、透、定、泥」四母。舌上音就是「知、徹、澄、娘」四
母。又接著說：「知、徹、澄三母，以今音讀之，與
照、穿、牀無別也，求之古音，則與端、透、定無異。」、
「知、徹、澄」到了清代，和「照、穿、牀」都一同演變爲同樣
的發音，大部分地方同樣變成捲舌音，有一部地方，都變
成舌面音。但是上古漢音「知、徹、澄」和「端、透、定」無

異；也就是說，「知、徹、澄」在上古是「端、透、定」。下面
抄錄一些錢氏例字：

    1. 古音中如得。

    2. 古音陟如得。

    3. 古音直如特。

    4. 古音竹如篤。

    5. 古讀豬如都。

    6. 古讀追如堆。

    7. 古讀卓如的。

    8. 古讀池如沱。

    9. 古讀褫如挖。

    10. 古讀沈如潭。

    11. 古讀塵如壇。

    12. 古讀陳如田。

    13. 古讀咮如鬪。

    14. 古讀涿如獨。

    15. 古人重童同音。

    錢氏舉例甚多，摘其習見的字，已可概見。實則古籍
中此類例字，不下數百千條可舉，平日讀舊書，多所記錄，
積數百條，這裏不必補充。

    知、徹、澄至今仍保持為端、透、定的，在現存各方

言中，也只見於閩語，這又是閩人很值得驕傲的。幾乎凡是談到上古漢音，數來數去，總歸閩音有份，而尤其是閩南音，就說是古漢音的嫡傳也不爲過。下面舉閩南音，爲錢氏作證：

三十六母	現代官音	臺音
1. 知	知	ㄓ	ti
2. 徹	徹	ㄔ	t'et
3. 澄	澄	ㄔ	têŋ
4. 中	知	ㄓㄨㄥ	tioŋ, taŋ
5. 綢	澄	ㄔ	t'û
6. 桌	知	ㄓㄨㄛ	tok, təh
7. 沈	澄	ㄔ	tîm, tiâm
8. 秩	澄	ㄓ	tet
9. 姪	澄	ㄓ	tıt
10. 抽	徹	ㄔㄡ	t'iu
11. 治	澄	ㄓ	tī
12. 朝	知	ㄓㄠ	tiau
13. 朝	澄	ㄔ	tiâu
14. 濁	澄	ㄓㄨㄛ	tȯk, tak
15. 召	知	ㄓㄠ	tiàu
16. 啄	知	ㄓㄨㄛ	tok
17. 除	澄	ㄔ	tû

可看出破音音值同一的原則，否則如吳音下字爲 d'iâu，則音值不一致了。

18. 紂	澄	ㄓㄡˋ	tiū
19. 湛	澄	ㄔㄣ	tâm
20. 展	知	ㄓㄢˇ	tién
21. 趁	徹	ㄔㄣ	t'ìn, t'àn
22. 珍	知	ㄓㄣ	tin
23. 茶	澄	ㄔㄚˊ	tê
24. 輟	知	ㄔㄨㄛˋ	toat
25. 張	知	ㄓㄤ	tioŋ
26. 撐	徹	ㄔㄥ	t'eŋ, t'eⁿ
27. 褫	徹	ㄔˇ	t'í
28. 鎚	澄	ㄔㄨㄟˊ	tûi, t'ûi
29. 墜	澄	ㄓㄨㄟˋ	tūi
30. 陣	澄	ㄓㄣˋ	tīn

　　實在舉不勝舉。這裏想停下來講講著者的「陳」姓。「陳」姓據說周武王封大舜之後於陳而得的國姓。後來陳完逃到齊國，子孫興盛，竟至篡奪了齊國政權，因將「陳」改寫爲同音的「田」字，以示區別。可知「陳」古音讀如「田」，現在閩南人「陳」姓還是叫 tân，是個既古老而又奇特的字音。此事可看出閩南音性質近似化石，歷數千年不變，可以說很頑固。故全大陸漢音先後被胡化、楚化，只有閩南屹立不動。「陳」字的古寫寫做「敶」。「申」是「電」的本字，字音出自閃電時的霹靂聲。故「申」字古本音爲 tân，「敶」即取「申」的 tân 爲本字之

音的。「田」、「電」現時音值同為｜tien｜，因介入介音i，而主元音又自a變為e，比起霹靂聲，早已弱化，不夠強烈。「陳」，如今官話讀ㄔㄣ，什麼聲都不像了。

錢氏又說：「古人多舌音，後代多變為齒音，不獨知、徹、澄三母為然也。」齒音是「精」ts(ㄗ)、「清」ts‘(ㄘ)「心」s(ㄙ)和「照」tɕ(ㄐ)、「穿」tɕ‘(ㄑ)、「審」ɕ(ㄒ)一類的聲母。錢氏這裏的意思大概偏指正齒音(即照穿一組)。關於這一點，閩南語也可為之作活見證：

三十六母		現代官音	臺音
1. 鋤	牀	ㄔㄨˊ	tû
2. 醜	穿	ㄔㄡˇ	t‘iú
3. 震	照	ㄓㄣˋ	tín
4. 脣	牀	ㄔㄨㄣˊ	tûn
5. 注	照	ㄓㄨˋ	tù
6. 蠢	穿	ㄔㄨㄣˇ	t‘ún

這裏著者只是信手拈出，沒有真正搜集，否則必可集到很多。這一類字，比「知」系字轉音得更早，已轉了好多轉，而在閩南卻仍舊有一部分沒有被轉失，仍保持其本音，實在難得而又難得，可以說太寶貴了，這又是閩南人無上驕傲之所在。

「照」母系在上古和「知」母系一樣是不存在的，在上古音中，「照」母系一半和「知」母系一起歸「端」母系，一半歸「精」母系。可是在現代，「知」母系和「照」母系差不多都成了捲舌

音。人的舌頭，正常狀態是往前伸的，捲舌音方向正相反，反而向後轉，故捲舌音道道地地是「反舌」。《呂氏春秋》〈爲欲篇〉寫著：「蠻夷反舌。」高誘注：「反舌，夷語，與中國相反，故曰反舌也。」在戰國末年、秦漢時代，是譏笑人家反舌爲蠻夷；此時反轉過來，輪到要被人家譏笑是蠻夷反舌了。眞是風水輪流轉，五百年水流東，五百年水流西。輕唇音的特色是咬唇，這種言語相和反舌一樣是十分的惡相，也很不好看，都不配我們漢族的身份。然而爲什麼漢族不幸而有這樣難看的言語相呢？當然這是外族帶進來的，大概地說，不論是咬唇音或反舌音，都是一種失態音，是出於塞外寒帶民族在嚴寒下唇齒口舌失靈所致，不然便只有酗酒民族，因酒精中毒，唇齒口舌失常，纔會有這種失態音。

現代漢語音家總守著公式，某音由某音演變出來，因此輕唇音是由某些近似輕唇音的重唇音變來；捲舌音是舌上（舌面）音加某些介音變來。可是他們一點兒也不覺得自己愚蠢，爲什麼漢語音經歷了那麼多年不變，卻在某一時期大幅度地變了呢？我們該記得的公式，倒無寧是物理學上的「靜者恒靜」、「動者恒動」定律。若漢語是「靜」的，那麼它是永遠不變的，若有任何改變，必定是外鑠的，即由外族帶進來的；若漢語是「動」的，則漢語音大幅度的改變應該起於很早，不會擠在一個時期發生大突變。

現在若我們願意給漢語確定那些是固有聲母，那些是外鑠聲母，已經不困難，我們儘可將三十六母加減，切實列出

一套完整的漢語固有聲母。這份工作做起來相當簡單，讀者
若有興趣，可試著列出上古漢語聲母表，再列出臺語聲母
表，等兩表拿在一起疊起來時，必定會被它們的完全重疊而
大感驚異！

七、完美的收音

　　語音有發聲和收音，若再細分，在發聲與收音之間還有主音、介音。發聲就是聲母，主音是構成一個語音的骨幹，介音是輔助的枝幹，收音是韻尾。有些語音是不完全音，或缺聲母，或缺韻尾，有的甚至兩頭都缺。人類最原始的語音是兩頭都缺只有元音的語音，如阿、衣、烏之類。但有這類語音還算不得有語言，因為這樣的音，音素極為貧乏，還談不上應用。有了聲母、韻尾及介音的組合，語音就豐富起來，語言便隨之產生。大體上，語音可有如下的分類：

　　1.單純元音語：阿、衣、烏(a、i、o)。

　　2.次主元音複合語：娃、柯(oa、oe)。

　　3.元音帶假韻尾語：哀、凹(ai、au)

　　4.次主元音帶假韻尾：歪、腰(oai、iau)

　　5.聲母、元音複合語：爸、母(pē、bó)

　　6.聲母、次主元音複合語：瓜、花(koa、hoa)

　　7.聲母、介音、元音複合語：爹、姐(tia、tsiá)

　　8.聲母、元音、韻尾複合語：新、今(sin、kim)

　　9.聲母、次主元音、韻尾複合語：關、端(koan、toan)

10.聲母、介音、元音、韻尾複合語：先、煎(sien、tsien)

大體上有此十類，另有介音、次主元音複合語之類，因語音不正，非漢語本色，不列入。前三章已討論過上古漢語的聲調和聲母，這一章論理應討論上古漢語韻母，即包括介音次主元音及韻尾。清儒古韻分部的工作雖做得差不多了，但是眞正擬音卻不容易。而現代漢語音家又衆說紛紜，且多不合語音實際原理，擬測得光怪陸離，著者個人雖在合理實際的幅度內按理推測過，一時尚未成爲定論，爲愼重起見，暫時保留，以免或有差錯，誤己誤人。本章中，我們只限於描述漢語音固有收音的情況，單這一點，已足以看出漢語音的完美。

由上列十類語音組合，收音方面可歸納出三類：

1.元音收音與帶假韻尾收音：

　①元音收音：阿(a)、衣(i)。

　②帶假韻尾：哀(ai)、凹(au)。

2.鼻音收音：

　①m收音：今(kim)、心(sim)。

　②ŋ收音：公(koŋ)、東(toŋ)。

　③n收音：新(sin)、親(ts'in)。

3.促音收音：

　①k收音：寂(tsek)、錄(liȯk)。

　②p收音：及(kȧp)、級(kip)。

③t 收音：一(it)、七(tsʻit)。

此外，漢語收音應該還有兩種：一爲半鼻音收音，如「慚」爲 tsʻâm，上古漢音是唸 tsâm 或 tsʻâm，很難說，在春秋戰國期間由 tsâm 或 tsʻâm→tsâŋ 或 tsʻâŋ→tsâⁿ或 tsʻâⁿ，就是「怍」字；再如「擲」字見於漢代，也分明是由 tēŋ→têⁿ 的字（也寫做「提」、「隉」、「擿」等字）。這種半鼻音字，現在還存在於大部分方言中，西北起山西省，東南至江浙閩粵，莫不有之。另外，漢語音應該還有一種ʔ(h)收音，可視爲 k 收音的不完全音，而實際則包括 k、p、t 三種收音的不完全音。如第五章提過的「雪」通「洗」，「格」通「假」，若列成 seʔ→sé，keʔ→ké，非常調達。

在現存漢語裔群中，仍然具備上三大類與附二類收音，共十小類收音的，只有閩南音、客家音、粵音三系。凡談到完美、古老、眞傳，閩南語都有份。一般方音，大多失落了–m、–k、–p、–t，成爲很畸形的不完全語音，尤其北京語被定爲國語，無論聲調、聲母、韻母都顯現著極端畸形的狀態，從體面上說，實在使東方大國的中國大失光彩，很是遺憾，但亦無可如何。如今北京語普及各地，年輕一輩操國語慣了，連自己的方言也跟著退化，照目前的趨勢看，不久的將來，或許漢語最後完美形象所在的閩南語、客家語、粵語，也不免步入畸形的惡運，這是大可悲哀的，這是反淘汰、反進化。我們口口聲聲喊復興中華文化，漢語音完美的形象縱不予刻意恢復，也不應該任其

湮沒。好不容易流傳到了今日，就像錦繡般的大漢山河，生為漢裔，應有一份自發的本源的愛，予以百般呵護珍惜；可是我們樣樣都漠不關心，眞不知道是什麼命運，纔使得人們這樣麻木不仁？

下面抄錄一些收 m、k、p、t 的字，都是習用字眼，供大家參考：

1.⁻m、⁻p: 今 kim 錦 kím 禁 kìm 給 kip 纖 siam 閃 siám 滲 siàm 澀 siap 音 im 飲 ím 蔭 ìm 揖 ip 斟 tsim 嬸 tsím 浸 tsìm 執 tsip 侵 ts'im 寢 ts'ím 讖 ts'ìm 緝 ts'ip 耽 tam 膽 tám 撢 tàm 答 tap 湛 tâm 淡 tām 踏 táp 庵 am 泔 ám 暗 àm 壓 ap 瓱 âm 頷 ām 盒 áp 甘 kam 感 ka'm 鑑 kàm 甲 kap 閹 iam 掩 iám 厭 iàm 醫 iap 鹽 iâm 燄 iām 葉 iáp 吸 kip 泣 k'ip

2.⁻k 竹 tiok 逐 tiók 屋 ok 郁 hiok 六 liók 肉 dziók 篤 tok 毒 tók 酷 k'ok 曲 k'iok 粟 siok 續 siók 剝 pok 濁 tók 覺 kok 岳 gók 學 hók 朔 sok 莫 bók 縛 pók 錯 ts'ok 昨 tsók 綽 ts'iok 索 sek 郭 kok 僻 p'ek 陌 bék 剔 t'ek 宅 t'ék 客 k'ek 劇 kék 昔 sek 席 sék 麥 bék 覓 bék 摘 tek 隔 kek 隻 tsek 石 sék 劃 ék 獲 hék

3.⁻t 活 hoát 月 goát 弼 pit 兀 gút 沒 bút 勃 pút

訖 kit 鬱 ut 物 bu̍t 捌 pet 獺 tʻat 點 kʻet 伐 hoa̍t 髮 hoat 劣 loa̍t 缺 kʻoat 札 tsat 渴 kʻat 葛 kat 轍 te̍t 鐵 tʻet 哲 tet 折 tset 撥 poat 闋 kʻoat 穴 he̍t 輟 toat 拙 tsoat

八、從「雲」談到「熊」

　　我們在前面討論過現代漢語音家如何肢解三十六母中的「喻」母的事。他們因不肯承認事實，硬要將三十六母每母分配上一個獨自的發聲，遇到「影」、「喻」二母就棘了手，馬伯樂、高本漢給「影」母安上一個喉塞音「ʔ」，總算掩了自己的耳朵把人家的銅鈴偷走了，好在銅鈴不值錢，七十年來，也沒有人尾隨鈴聲去捕捉他們。高本漢氏在他的《中國音韻學研究》裏說：「ʔ，喉塞音，這個音當然會常見於漢語用元音起頭兒的字裏，說的更精確一點，就是在元音前頭不另有口部輔音的那些字。這個爆發音在漢語裏絕對的不重要，因爲它的存在與否完全由於個人的，所以我們就總不記它。」（譯本195頁）根據他自己說的話，ʔ在漢語裏絕對的不重要，可是他爲了遷就自己的成見又擬「影」母爲ʔ，而擬「喻」母爲空母〇。ʔ在漢語既絕對不重要，擬「影」母爲ʔ又有什麼意義呢？況且若再根據他的上句「這個音當然會常見於漢語用元音起頭兒的字裏」，「喻」母既是用元音起頭兒的，怎能避免「ʔ」？這樣推論起來，若要給用元音起頭兒的字戴上「ʔ」，「影」母戴了，「喻」母也要戴，否則就通通不戴。說來

說去，「影」、「喻」二母在三十六母中原來都是空母，故現代
漢語音家三十六母母母實母之說，乃是無理取鬧。不過，後
來他們被迫向上古音追究，卻追究出一些上古音眞相，倒是
有功勞的。只是他們故意將上古音混進中古系統來企圖魚目
混珠，卻又是很不正當很不光明的一種手段。

　　喻母遡古運動起於曾運乾氏。曾氏認為「影」、「喻」不應
該同是空母（因曾氏早執三十六母母母實母之成見），他說：
「影母獨立，本世界製字審音之通則，喻于二母（近人分喻
母三等為于母）本非影母濁聲。于母古隸牙聲匣母，喻母古
隸舌聲定母，部仵秩然，不相陵犯。等韻家強之與影母清濁
相配，所謂非我族類，其心必異者也。」曾氏為成見所囿，
自然覺得等韻圖不合己意。要知等韻圖出於北宋、遼、金，
人家是根據當時語音分配陰陽，「喻」為「影」之陽，乃是事
實，曾氏硬要否定事實，當然覺得等韻圖一無是處。主要
的，是現代這一批漢語音家將字母陰陽誤會為聲母清濁，當
然就很不合己意而目為「橫決蹺駁，亂五聲之經界」。於是曾
氏列舉了許多證據證明喻三（在等韻圖為三等）古為匣母，喻
四（在等韻圖為四等）古為定母。可是曾氏忘記了自己所證明
的與等韻圖「影」、「喻」相配無干，他證明的「古」是中古以前
的古，乃是上古音，而等韻圖的古是中古，此古非彼古。曾
氏頭腦裏年代這樣淆亂，自然是受「影」、「喻」對配的事實攪
昏了的緣故。曾氏急於擺脫「影」、「喻」對配的事實，雖淆亂
年代，卻在上古音有了貢獻。據曾氏採集的許多先秦古籍實

例，喻三在上古時代確實屬於匣母，入中古纔成了空母；喻四在上古時代確實屬於定母，入中古纔成了空母。但是曾氏卻武斷地說：「于隸牙類，喻隸舌類，影母獨立，判然三音，自周秦下逮隋唐，絕不相紊。」他的隋唐根據是《廣韻》聲母與韻母分配上，喻三、喻四有分界。這種說法也是出於年代淆亂，《廣韻》切語出於《切韻》，《切韻》切語出於魏晉以來舊反語，故《廣韻》切語自然不能視爲中古音切。而且曾氏關於《廣韻》喻三喻四聲母與韻母分配分界的事實，還有掩蓋證據的罪嫌，因爲事實並不如此。現在都不理會《廣韻》，單看唐以前的漢譯外名，就可一目了然了：

Nirkanthaka	尼建他迦、尼延他柯
Anathapindadasyaārāma	阿那他賓荼馱寫耶阿藍磨
Vaidūrya	鞞稠利夜、吠瑠璃耶、吠努離耶
Nārāyana	那羅耶拏、那羅延
Punyayaśas	富那夜奢
Punyopāya	布如烏伐耶
Godhanya	瞿陀尼、瞿耶尼、俱耶尼
upāâ	優婆夷
samayamandala	三昧耶曼荼羅
Trāyastrmśa	怛利耶怛利奢
namah ratnatrayāya	南無喝囉怛那哆羅夜耶
nayuta	那由他
Nārāyana	那羅延

Vāyu	婆庾、婆牖
pāpîyās	波卑夜
vinaya	毘奈耶
Mahāmāya	摩訶摩耶
Māyā	摩耶
Maitreya	彌勒、梅呾利耶
yaksa	夜叉
Yasodhara	耶輸多羅、耶輸陀羅
upādhyāya	鄔波駄耶、鄔婆駄耶、塢玻地耶

　　除了Godhanya一譯譯者省略dh，看來好似dha對「耶」
之外，其餘二十一條悉數證明喻四字延、耶、夜、野、夷、
由、牖、庾都是空母，而這些佛經譯名是唐以前的音譯，對
於曾氏的論點不表支持。從佛經譯名可看出一件事實，即自
魏晉至唐初，眞正的空母字是「影」母和「喻」四，因爲「喻」三
並不被用來對譯純元音，「喻」三直到唐初都還屬匣母。

　　喻四據曾運乾氏的例證，雖證明先秦時代爲定母（曾氏
以爲定母是d，故喻四在先秦爲d），但在閩南語中卻絕對沒
有一絲兒見證可得，這個現象非常地奇怪。喻四在閩南語讀
dz，第五章中已提過，且證明過其與「精」、「清」、「從」的清
濁對當關係。dz若讀輕一點兒，便成z。z與s又是一對對當
關係音。若我們又能從「心」、「邪」（「審」、「禪」）證明與「喻」
的清濁關係，則「喻」四上古音音值定爲dz要比定爲t或d都
更正確。下面從各方面來探討這一現象：

1. 以——似、姒、耜(邪)

2. 羊——祥、詳、庠、翔(邪)

3. 余——敍、徐(邪)

4. 由——岫、袖(邪)

5. 與——嶼、鱮(邪)

6. 予——序、抒(邪)、抒、紓(禪)、紓、舒(審)——「審」、「禪」上古歸「心」、「邪」

以上諧聲

7.《詩經》〈維天之命篇〉:「於穆不已。」孟仲子作「於穆不似」。(邪)

8.《詩經》〈桑中篇〉:「美孟弋矣。」按「弋」即「姒」。《春秋》襄公四年:「夫人姒氏薨。」《公羊傳》作「弋氏薨」。定公十五年:「姒氏卒。」《穀梁傳》作「弋氏卒」。(邪)

9.《書經》〈洪範篇〉:「豫恆燠若。」《公羊傳》成公九年作「舒燠成若」。(審)

10. 大戴《禮記》〈五帝德篇〉:「貴而不豫。」《史記》〈五帝本紀〉作「貴而不舒。」(審)

11.《史記》〈匈奴傳〉「比余」,《漢書》作「比疏」。(審)

以上通假

12. 游——泅(邪)

13. 移——徙(心)

14. 射_{羊益切}——射_{食夜切}(禪)

15. 夜——宵、昔(心)、夕(邪)

（昔 siak、夕 siȧk。k—u 對轉，昔 siak→ 宵 siau。夕
siȧk→siȧh→siā→ 夜 iā）

以上本音轉字

據上舉諸種情形，「喻」與「心、邪」（「審、禪」）對當關係
成立。

實則三十六母中的「喻」母來源頗廣，它是上古陽調空母
的直傳，同時又爲上古到中古失聲母字之所依歸，如：

1. 君(見)→ 尹(喻四)

2. 貴(見)→ 遺(喻四)

3. 牙(疑)→ 邪(喻四)

4. 酒(精)→ 酉(喻四)

5. 耳(日)→ 耶(喻四)

6. 肉(日)→ 畬(喻四)

7. 壬(日)→ 至(臺語 dzîm)(喻四)

8. 二(日)→ 勻(喻四)

不過喻四與「精、清、從」、「心、邪」、「端、透、定」三
系及「日」母關係更爲密切。一個音周旋於四系音之間，這是
上古喻四的特性，它是舌音無可疑。惟就其周旋四系而言，
它不能是單純的舌尖塞爆音，它應該還帶有擦音。這樣的音
纔能滿足「精」、「清」、「從」，同時也纔能滿足「心」、「邪」；
而也一樣可以滿足「端」、「透」、「定」。在曾氏列舉的許多先
秦例證中，喻四與定母雖有恆定的關係，從「精」、「心」、「日」
三系的要求看，定爲 d 既不妥當，定爲 t 尤爲不可，高本漢

後來定爲z，林語堂定爲j。dz之輕爲z，z之更輕則爲j，j再輕則失去聲母成爲空母。dz、z、j是同路音，應該是那一音纏對呢？依其後來失聲母看，應該如林語堂氏所定爲j；但是這個音要周旋舌尖塞爆音的「定」及塞擦音的「精」系就嫌弱些。到底該怎樣標音，實在也不太容易。若取折衷辦法，則可取z一音；可是依我個人感覺上總覺得標dz較爲顯明，其後來的聲母脫失，可視爲中古「喻」四與「日」母分道揚鑣的際遇問題，不必太顧慮。

現在我們可以將上古喻母對當的情形表列出來：

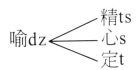

附補：

　①《爾雅》郭璞注：「東齊呼息爲呬。」《說文解字》：「東夷謂息爲呬。」可知太公望被封於「齊」，原是取於「夷」。「齊」即「夷」，而「齊語」即「夷語」，故爲一大方言。可知「夷」原本讀dz母。

　②《方言》：「蠾蝓者侏儒，語之轉也。」可知西漢時「蝓」已是空母，先秦時代讀「儒」，dz母。

喻四已討論如上。現在來看喻三。喻三曾運乾氏舉了許多例證，證明上古音爲匣母，這一點不必費周章，馬上可得到閩南音的見證。匣母是曉母的陽調，乃是h聲母，喻三的

字在三十六母中和喻四一樣都是空母，即沒有輔音聲母，如：雲、遠、雨、園，自唐末以來都讀空母，只有閩南音仍作匣母，分別爲 hûn、hŋ(hūiⁿ)、hō、hŋ(hûiⁿ)。當然以閩南音之古老，經千餘年受官音及其其他方音之激盪，喻三大部分早都唸成空母，只有少數字算是碩果僅存。曾氏舉例雖很多，這裏想舉一個曾氏所未曾舉到，且爲最顯豁的例，以見喻三在上古的原貌：

　　于——胡、鬍：故「于思」爲「鬍顋」，「于越」爲「胡越」，
　　盂——壺。

　　關於閩南語聲母保存古音，除了已講過重唇、舌頭和喻三作匣母外，可講的還有一些，因過分瑣碎，不打算再講。

　　和聲母、聲調一樣，閩南音在韻母方面也保存了極古老的發音，很可由之探出上古音韻母的情況。最著名最爲一般人所知的，莫如「熊」字。「熊」字，閩南語，讀音 hiôŋ，語音 hîm。上古以來至中古的韻尾 ŋ，在前上古可以斷定全收 m。「熊」閩南語音 hîm，乃是前上古音。此外如「香」字，讀音 hioŋ 或 hiaŋ，語音 hiam，也是前上古音，這「香」字的前上古音便很少有人注意到了。再如自《切韻》「矜」字便讀如「兢」，而閩南音還是作 kim，保持「今」字的聲旁。

　　閩南音在韻母方面最奇異之處，莫如「東」、「陽」之與一般方音顚倒。正規的閩南音「東」部作 aŋ，「陽」部作 oŋ 或簡化爲 oⁿ，更有作 uⁿ 的，其顚倒的情形完備到令人驚奇。照

一般方音是「東」爲 oŋ 或 uŋ，「陽」爲 aŋ，閩南音顛倒得一一不缺。現代漢語音家喜歡說：「在完全相同的條件下，不可能有不同的發展。」但是這樣不著邊際的話，馬上在閩南語上失效。閩南音「東」、「陽」和一般方音顛倒的情形，實在令人百思不得其解。但是世上不可解的事正多著，如「來」本是「麥」，而「麥」本是「來」，現在兩字正對調，要找理由一點兒理由都找不出來。

在本書第二章，爲了保持 a 音的一致，曾經假設過「東」爲 oa，「陽」爲 a。「東」的 oa 實可簡寫做 ʌ。ʌ 是一個善變的樞紐，「歌」部就是這個音：

$$
\Lambda
\begin{cases}
a & : 故閩南語音「東」爲 taŋ。\\
o & : 故閩南讀音「東」爲 toŋ。\\
oe & : 故一般方音「東」爲 toeŋ \rightarrow tuŋ，而「歌」爲 koe。\\
ə & : 故閩南讀音「歌」爲 kə，官話也是 kə。\\
i & : 故歌部字一部分入中古支韻(中古之、支、脂同爲 i)。
\end{cases}
$$

至於「陽」部臺語自 aŋ→ɔŋ→oŋ→uŋ，是與「魚」部自 a→ɔ→o→u 同軌轍的。這是事實。所謂事實勝於雄辯，找不出理由何傷於事實？

「歌」、「魚」兩部閩南音保持上古音，已論證於第二章，這裏不再討論。

「歌」部入中古支韻的字，在閩南語中至今還保持上古音，如：

1. 匜 hia，也轉寫做「蟻」、「檥」。

2. 奇 k'ia，「奇偶」的「奇」。

3. 騎 k'iâ。

4. 跂 k'iā，本字作「企」。

5. 崎 kiā。

6. 蟣 giâ，如「林蟣」，也可寫做「林蜈」。

7. 俄 giâ，也可寫做「儀」。

8. 訑 hia，也可寫做「訑」，如「訑詖」hia pai。

9. 彼 hia。

10. 蟻 hiā，也可寫做「蛾」、「蟻」。

11. 紙 tsóa。

12. 倚 óa。

13. 徙 sóa。

14. 避 p'iah。

15. 寄 kià。

16. 易 iā 或 iāⁿ，如「易經」iā keŋ，「奢易」ts'ia iāⁿ。

再仔細搜集可搜到更多。這些音例都極為可貴。

上古音獨多 a，前上古音 a 更多，除「東」、「陽」、「歌」、「魚」之外，如「耕」、「蒸」、「元」、「文」、「眞」、「侵」、「談」無一不是 a 音，到了上古音時代，a 音顯然早已略微減少，但是多 a 的特色還是很重。我們看臺語中「城」、「情」等「耕」

部字，及「夢」、「崩」等「蒸」部字，莫不是a元音。只是閩南語有半鼻化的趨勢，「城」爲 siâⁿ，「情」爲 tsiâⁿ，這一點上，閩北語和客家語保存得較好，都沒有半鼻化，還是作 iaŋ 音。

在韻母方面，閩南音足以爲窺測上古音端倪之處的很多，因太精細，恐怕讀者未必有興趣，不再討論。

閩南語音很古，往往超出周朝，即便是讀音，也是超出隋唐。讀音中最受人譏評的，無如「宵」部與「歌」部同韻。南宋詩人陸游的《老學庵筆記》便寫著：「四方之音音有訛者，則一韻盡訛，如閩人訛高字，乃謂高爲歌，謂勞爲羅；秦人訛青字，則謂靑爲萋，謂經爲稽。」按陸游所舉閩音秦音，都見於臺語，「高」、「歌」同讀 kə；「勞」、「羅」同讀 lə̂；「靑」語音 ts'eⁿ 或 ts'iⁿ，不識半鼻音的人便聽成「萋」；「經」語音 keⁿ 或 kiⁿ，不識半鼻音的人便聽成「稽」。半鼻音化在閩南音是一種強勢，前已談過。至於「高」、「歌」、「勞」、「羅」，古音本來就相近。如明朝楊愼《升庵外集》也載：「林外，字豈塵，有洞仙歌，書於垂虹橋，人疑爲呂洞賓。傳入宮中，孝宗笑曰：『雲屋洞天無鎖』，鎖與老叶韻，則鎖音掃，乃閩音也。偵問之，果閩人林外。」林外將「鎖」、「老」來押韻，官話讀起來自然不叶（協）。但是要知「鎖」字以「貨」爲聲符，而「貨」字又以「小」爲聲符，故「鎖」押「老」一點兒都不足怪。再如《後漢書》〈馮衍傳〉：「饑者毛食。」、「毛」通「無」。「無」爲魚部字。魚部歌部是相通的，故

「高、歌」、「勞、羅」發展爲同音，是有來歷的。閩北音和閩
南音同源，「歌」、「宵」二部讀音韻母也相同。按上古音「歌」
部爲ʌ，「宵」部爲ʌu，只差「宵」部收假韻尾輕音u。上古音
「魚」部是a。故閩音「歌」、「宵」發展爲同音，「魚」、「宵」不
發展爲同音，其先天音值早註定好了的。倒是官音及一般
方音「歌」發展爲ə，「宵」發展爲au，相去反而甚遠，全不合
「歌」、「宵」上古音密邇的情況。故從表面上看，人們譏笑閩
音「歌、高」、「羅、勞」同音是「鴃舌之音」(俞樾在其《茶香室
續鈔》卷十四便說：「如林外以鎖爲掃，俞克成以我、襖與
好同押，皆鴃舌之音。」)，經仔細推求，纔知閩音在這一
點上，仍然是上古音的嫡傳正宗。(據著者親接，河南省有
一部分地區，「歌、高」、「羅、勞」也跟閩南同音，「歌、高」
同唸｜kə｜，「羅、勞」同唸｜lə｜，可視爲古音的另一正宗
發展。可惜陸游、俞樾等人未曾接觸到。)

九、南楚之外

　　據說自周代時有定期博採各國歌詩及方言的專員，採集得來的歌詩，便是著名的詩三百篇，亦即《詩經》；而方言方面，便留下了著名的《方言》一書。東漢末應劭在他的《風俗通》序文裏說：「周秦常以歲八月遣輶軒之使，采異代方言，還奏籍之，藏于祕室。及嬴氏之亡，遺棄脫漏，無見之者。蜀人嚴君平有千餘言，林閭、翁孺才有梗概之法。揚雄好之，天下孝廉、衛卒交會，周章質問，以次注讀。二十七年爾乃治正，凡九千字。」據應劭的話看，古方言雖採集歸檔，隨著秦朝之滅亡，大部分已經散失，只剩有嚴君平保存千餘字，林閭、翁孺才保存凡例，其餘現存《方言》一書絕大部分是出自揚雄花了二十七年時間搜集得來。若應劭的話可靠，則《方言》作於揚雄沒有問題，但學者間多抱懷疑的態度。關於作者或編者的問題不是本章要討論的題目，可以擱置。但《方言》一書為東漢初年以前的作品無疑，這一點纔是我們所關心的。

　　《方言》一書幾乎包羅了中國大陸各角落的方言。北至燕之外、朝鮮，南至南楚之外、甌外，東至於海，西至西秦。

除了周、秦、漢以來早爲共通語的語詞之外，各地言語繽紛，有許多語詞在今日已經無法認識，但也有在當時是一地的獨特的語詞，現在已成了共通語的，如：「茫、矜、奄，遽也。吳揚曰茫，陳穎之間曰奄，秦晉或曰矜或曰遽。」、「茫」字就是「忙」，當時是吳揚之間的話語，現在已成共通語。「忙」，其實是臺語「無容」的合音，「容」古音iâŋ，取「無」的聲母m，合音爲mâŋ。而「矜」是「遽」的平聲字，現時已轉爲「緊」，「趕緊」、「緊張」，都是倉遽的意思。「遽」，還存於現代客家語中，叫kiak。惟有陳穎之間的「奄」，似不再見於現方言中。

臺語是閩南語，在《方言》一書應屬吳越以南，南楚之外的地區，在今日的行政區劃，應包括全福建省；但出現在《方言》一書中的「越」、「東甌」，就越國的老地盤來說，可以括進來。

《方言》一書記載南楚之外方言的共有十三條。這十三條對於大部分地區，即在今日，也只有幾條成了共通語，半數以上依然像外國語般不可識，可是拿臺語一印證，倒印證出個端倪來，實在出奇：

1. 餥、飵，食也。南楚之外相謁而餐，或曰飵，或曰餥。

按「相謁而餐」就是老遠相訪，在主家吃晚飯，自然要留宿一夜。這裏的「飵」第一章已講過，即臺語吃東西的tsiảh。飵(吃)過晚飯後留宿下來，臺語叫tiàm，這

裏就寫做「飴」。探異國方言的人沒弄明白，故兩個字都造成「食」字旁，也許是揚雄自己探訪杜撰的。

2.釗、薄，勉也。南楚之外曰薄努。

按「薄努」，現仍存於臺語中，叫 poa̍h nóa 努力、勉力的意思。

3.娃、嫷、窕、豔，美也。南楚之外曰嫷。

按「嫷」，現仍存於臺語中，叫 súi。一般字書不知原音，亂讀做惰。其實「嫷」有通行字「秀」字，但自西漢人已不知道「秀」要讀 súi，只讀成 siù，故揚雄自然只有造新字以符本音。（此字後文將有詳說）

4.予、賴，讎也。南楚之外曰賴。

按「賴」，現時臺語已不直接使用，而轉存於合詞中，如罵人「屁賴」，「賴」讀如「獺」t‘at。

5.凡飲藥傅藥而毒，南楚之外謂之瘌。

「瘌」la̍t，今存臺語合詞「吃瘌」中。「吃瘌」是表示病重的意思。

6.笭簀，南楚之外謂之簀。

「笭簀」是竹蓆的一種。現時臺灣有幾種竹蓆？有那些名稱？著者孤陋，實在不清楚，只知道最普通的叫篾蓆。

7.汩、遙，疾行也。南楚之外曰汩，或曰遙。

按「汩」、u̍t，在現時臺語為勸急行之聲，而「遙」已轉音為 iah。

8. 雁，自關而東謂之鴚鵝，南楚之外謂之鵝，或謂之鶬
   鳴。

   按「雁」、「鴚」、「鵝」是同一語的變化音。現在「鵝」已
   成了共通語，不限於閩人專用。「鶬鳴」，沒聽見過。

9. 野鳧其小而好沒水者，南楚之外謂之鸊鷉。郭璞注：
   鸊音指。

   按「指」，臺語音 pí，正合郭璞的注。小水鴨，一般臺
   語著者只知道叫水鴨，有否 pí tê 的則不得而知。

10. 車枸簍，南楚之外謂之篷。

    按「篷」為「帆」古字，現在已成共通語，不限於閩人
    專用。

11. 嫷、嫧、鮮好也。南楚之外通語也。

    按「嫷」，疑是臺語 hiáⁿ。而「嫧」可確定是 tsʻak，《詩
    經》中借用「鑿」字，有「白石鑿鑿」之句，即臺語「新
    鑿鑿」的「鑿」；也寫做「楚」，有「衣裳楚楚」之
    句。（後文有詳說）

12. 蟒，南楚之外謂之蟒蟒。

    按「蟒」即「蜢」，「蟒蟒」即「蚱蜢」。「蟒蜢」或「蚱蜢」，
    疑係臺語「草蜢」之轉音。臺語分別居於草上者為「草
    蜢」tsʻáu mé，居於土中者為「土蜢」tō mé(有音轉為
    tō pé 的)。

13. 瞷、睇、眄、眳，眇也。南楚之外曰睇。

    按「睇」即「視」的古音，現在閩南語通用「看」字。

14.南楚以南凡相非議人謂之譴，或謂之豚。

按南楚以南，地域可確定爲廣西、廣東，與南楚之外，意思不一樣，這一條似乎與閩南不相關，而實際上也找不出可印證之語，這裏錄出來，作爲備考。

一些做官人強調福佬人是河洛人，說是東晉南渡，由黃河、洛水一帶中原地區遷至閩南的。現在看了上面《方言》一書中南楚之外十三條，不知道讀者還信不信那些做官人的話？大概再也無法相信了，因爲《方言》一書的年代早於東晉南渡三百年。

看過《方言》一書中南楚之外各條，現在再來看有關「越」的部分：

1.㿻、廬、桮也。吳、越之間曰㿻。

按「桮」，即杯。「㿻」，郭璞讀如「章」音，集韻讀如「莊」音，著者證明莊周即楊朱，便用到了這一個字。「㿻」是小杯，現時臺語叫 tsioŋ，俗寫不知本字，都寫做「鍾」，也有人寫做「鐘」。其實這「㿻」字的字音自 tsiaŋ 或 tsʌŋ 轉成 tsioŋ 後，另造有「盅」字，我們在第二章討論過。

2.胥、由，輔也。吳、越曰胥。

按「胥」古音不是讀 sa 便是讀 sà，這裏恐怕是臺語 tsā，即「助」字的別音。

3.㑥、邈，離也。吳、越曰㑥。郭璞注：㑥音吻。

按「㑥」即臺語 p'ún，掙脫的意思。

4.誣，譀與也。吳、越曰誣，荊、齊曰譀與，猶秦、
晉言阿與。

按「譀與」即臺語 am ô，袒護的意思。「誣」是「瞞」的
本字，臺語 môa，正是不帶 n 收音的本音，「瞞」字是
帶了 n 收音的新音 moân。現在「瞞」已成共通語，而
「誣」仍僅存於閩南語中。（也許吳語中也有，不確
知。）

5.吳、越之間脫衣相被(披)謂繜緜。

按「繜」一般讀如「民」音，在臺語為 bi，而「緜」為
moa。二音都是現行常用語。

6.謢譕，諟也。吳、越曰謢譕。

按「謢譕」i tî，是用心的意思，為臺語常用詞，如「做
謢譕食」，是叫小孩子快快吃飯，不要一邊玩一邊
吃；又「無謢譕」，意思是非出故意的行為。

7.厲、卬，為也。甌、越曰卬，吳曰厲。

按「卬」見於「迎」、「昂」等字中，獨立字在現代已不習
見。古書中「卬」常見，和「昂」同意，沒有當「為」講
的，臺語似乎也沒有這種講法，只有當「舉」的講法，
叫 giâ。

8.憐職，愛也。吳、越之間謂之憐職。

顯然「憐職」是臺語 lên siəh，「職」是揚雄的口音，和
閩音「惜」相同，這是記音。

9.茹，食也。吳、越之間，凡貪飲食者謂之茹。

在首章中已提過，「飲血茹毛」的「茹」是「即」(食)的去聲 tsiā 借字。這裏貪食的「茹」，還有另一音，臺語叫 nâ，複詞叫「阿茹」，通常說成「阿茹食」。

10. 竘，貌治也。吳、越飾貌爲竘，或謂之巧。

按「竘」、「巧」古同音，同爲 k'á 或 k'áu，臺語中有無此語不確知。

11. 煦煆，熱也，乾也。吳、越曰煦煆。

按「煦」、「煆」二字古音也相同，同爲 ha，在臺語叫 hah，是熱的輻射，乃「赫」hiah 的同義語。

12. 東越之郊，凡人相侮以爲無知，謂之眲。眲，耳目不相信也；或謂之斫。郭璞注：「眲，諾革反。」

按「眲」依郭璞注音，古音爲 nek 或 dzek，臺語即有此語一定已變音，此時不能斷定有無此語。至於「斫」爲 tsak，臺語變爲 tsat，叫「斫頭」。

13. 卉、莽，草也。東越、揚州之間曰卉。

按「卉」，臺語音爲 òe，同「穢」，指草之叢雜而言。

14. 鉿、龕，受也。揚、越曰龕。

按「龕」今爲共通語，臺音 k'am。

15. 攍、膂、賀、儋(擔)也。燕之外郊，越之垂甌，吳之外鄙，謂之膂。

按：「攍」即臺語 āiⁿ。「膂」古音 lá，臺語轉爲 láŋ。「賀」即臺語 kōaⁿ。「儋」字不識。

16. 闅哗、讓護，絜也。絜，揚州會稽之語也。或謂之

惹，或謂之誣。

按「囒呸」是講話含糊聽不清的樣子，臺語有 lok lok 之語，可能即「呸」、「謏」、「擎」的轉音。

17. 凡言廣大者謂之恆慨，東甌之間謂之蔘綏，或謂之羞繹紛母。

按這一條是多音節語，會不會是蛋家語？

由以上十七條看，西漢時通行於浙江一帶的越語跟現代閩南語有直接的關係也是顯明的事實。

其他方言區在《方言》一書中以爲是該區特有的語彙的，今日有不少都是閩南語中的習見語。這一點一方面可以說是全大陸語言的交流，一方面應說是閩地偏東南海陬，揚雄所知閩語，不過千百分之一、二，故當日以爲是某區的語彙的，可能當時是閩音的一般詞語，否則那麼多語彙今日不見於該區或他區，而獨見於閩語中，是無法了解的。

1. 虔、儇、慧也。自關而東，趙、魏之間，謂之黠，或謂之鬼。

按「黠」，臺語習語，叫 k'et，往往連詞說成「了黠」ⅰ k'et（「了」字即陳蹇的「小時了了，大未必佳」名言中的「了」。臺語還有「了俏」liú ts'iuh，即調皮。）「鬼」也是臺語中習語。

2. 娥、𡚍，好也。趙、魏、燕、代之間曰姝，或曰妦。自關而西，秦、晉之故都曰妍。

按「妦」即現代少年喜歡說的「棒」，臺語沒有這個詞

語。臺語有 iên tâu 的話，很可能是「妍都」的音變、「妍」、「都」都是美貌的意思，古音 giân ta。

3. 烈、枿，餘也。秦、晉之間曰肄，或曰烈。

按「肄」，臺語î，是習語，如玩遊戲叫肄，乃「習」的意思，是古語。這裏讀î，是草木被折後再生的芽。「烈」即「欒」，不見於臺語。

4. 台、胎、陶、鞠，養也。秦或曰陶。

按「陶」臺語 iə，乃 iâ 之行位變調還原誤差，變爲陰平（由還原誤差，可知閩南語陰平變調應高陽平變調高一度）。

5. 燕之外鄙，朝鮮洌水之間，小兒泣而不止曰咺。自關而西，秦、晉之間，凡大人小兒泣而不止謂之唴。

按「咺」，即臺語 hûiⁿ，《詩經》寫做「喤」。「唴」，即臺語 k‘ḅh 或 k‘ioⁿh 或 k‘iuⁿh。

6. 悼、怒、悴、憖，傷也。楚、潁之間謂之憖。

按「憖」是古書中「恨」的變寫「靳」的正字，臺語 gīn。

7. 欲，思也。念，常思也。秦、晉或曰愼。

按「愼」即臺語 siūⁿ。

8. 秦、晉之間，凡人之大謂之奘，或謂之壯。宋、魯、陳、衞之間謂之嘏。

按「奘」或「壯」，即臺語 ts‘oàŋ。「嘏」即臺語 k‘o，往往說成「大嘏」。

9. 假、狢、懷、摧、詹、戾、艐，至也。邠、唐、冀、

兗之間曰假，或曰狢。

按「假」爲 ká，「狢」爲 kàu。臺語謂到爲狢。

10. 虔、劉、慘、綝，殺也。秦、晉、宋、衛之間謂殺曰劉，晉之北鄙亦曰劉。秦、晉之北鄙，燕之北郊，翟縣之郊，謂賊(傷人)爲虔。

按「虔」即臺語 k'en，「劉」即 liə̂，「慘」當是「斬」之音變，「綝」爲 làm。「殺」臺語普遍叫「刣」。

11. 凡物盛多謂之寇。郭璞注：「今江東有小凫，其多無數，俗謂之寇也。」

按「寇」即臺語 kāu。

12. 牴、㑌，會也。雍、梁之間曰牴，秦、晉亦曰牴。凡會物謂之㑌。

按「牴」、「㑌」即臺語 tŋ̄、tú。其音變有如「去」爲 k'ù，而也是 k'ŋ̀。《漢書》〈蘇武傳〉：「掘野鼠，去草實而食之。」顏師古注：「去，謂藏之也。」、「去」本音 k'ï̀，「牴」tḯ，「㑌」tï̀，ï 同路變爲 u 爲 ŋ。

13. 躡、郅、跂、狢、躋、踚，登也。自關而西，秦、晉間曰躡。

按「躡」即臺語 liam。

14. 撏、攓、摭、挺，取也。衛、魯、揚、徐、荊、衡之郊曰撏。

按「撏」即臺語 dzîm，本字「尋」，古字「㚣」。

15. 蒙、庬，豐也。自關而西，秦、晉之間，凡大貌謂

之朦，或謂之庬。豐，其通語也。

按「朦」揚雄讀爲 mâŋ，庬讀爲 p'âŋ。「庬」也簡寫做「尨」，又寫做「龐」，即臺語 p'iāŋ，連詞叫「大龐」。「龐」、「庬」有 p'聲母、m 聲母兩讀，如「明」字古音旣讀 mâŋ，也讀 p'iâŋ，臺語「光明明」kŋ p'iâŋ p'iâŋ 是極古的音，爲他方音所無。而「豐」即「胖」，即臺語 p'àŋ。

16. 殗殜，微也。

按「殗殜」即臺語 iap t'iap。

17. 逴、獡、透，驚也。宋、衞、南楚，凡相驚曰獡，或曰透。郭璞注：「透，式六反。」

按「獡」、「透」同是臺語 saⁿh，如見一美男子或美女子著迷，謂之獡、透，《西廂記》叫「驚艷」。又用力過分或受暑太深，也叫獡、透。

18. 憸、刺，痛也。自關而西，秦、晉之間或曰憸。

按「憸」即臺語 tsàk。

19. 搜、略，求也。秦、晉之間曰搜，就室曰搜，於道曰略；略，強取也。

按「搜」即臺語 sà、ts'iau，「略」爲liàh。

20. 孖、薑，餘也。孖，俊也。遵，俊也。

按「遵」即臺語 ts'un。

21. 凡草木刺人，北燕、朝鮮之間謂之茦，或謂之壯。自關而東或謂之劌。

「茦」即臺語 ts‘a̍k。「壯」即臺語 ts‘oa^{n}。「劌」即臺語 koeh。

22. 凡飲藥傅藥而毒、北燕、朝鮮之間謂之癆，東齊、海岱之間謂之眠，或謂之眩。

按「癆」即臺語 liau，「眩」即 hîn。

23. 揠、擢、拂、戎，拔也。東齊、海岱之間曰揠。郭璞注：「今呼拔草心爲揠，烏拔反。」

按「揠」即臺語 at，「拔」poe̍h。

24. 慰、廛、度，凥也。江、淮、青、徐之間曰慰，東齊、海岱之間或曰度。

按「慰」即臺語 u。「度」古音 tā，這裏是臺語的 tòa (贅)。「凥」即「居」，臺語 k‘iā。

25. 南楚凡人貧衣被醜弊，謂之須捷，或謂褸裂，或謂之襤褸。

按「襤褸」即臺語 lām lūi，此一詞見於《左傳》「蓽路藍褸」，不是南楚語。

26. 差、間、知，愈也。南楚病愈者謂之差，或謂之間，或謂之知；知通語也。

按「差」即臺語 tsoa̍h，「知」即 tsai。「差」、「知」是一音之轉變。

27. 袴，齊、魯之間謂之襱，或謂之襱。郭璞注：「今俗呼袴踦爲襱。」

按「袴」即「褲」的古字。「襱」即臺語 loŋ。「袴踦」即臺

語kʻò kʻa。

28. 盂，宋、楚、魏之間，或謂之盌（碗），盌謂之盂，盂謂之柯。

按「柯」即臺語oe，即「鍋」。

29. 䈴，陳、楚、宋、魏之間或謂之簞，或謂之檓，或謂之瓢。

按「䈴」通常只寫做「簍」，即臺語lē，有「飯簍」。「檓」也寫做「蠮」，臺語hia，有「匏檓」pû hia「觳檓」hāu hia。「檓」本字是「匜」。

30. 案，陳、楚、宋、魏之間謂之㮂，自關東西謂案。

按「案」為書桌、祭桌、公事桌，臺語òaⁿ。

31. 箸筒，陳、楚、宋、魏之間謂之箵，或之籭，自關而西謂之桶㮊。

按「箸筒」即臺語tū lāŋ或tī lāŋ，放筷子的工具。

32. 瓴、㼶、瓮，靈、桂之郊謂之瓴，其小者謂瓶。

按「瓴」即臺語kʻaⁿ，本寫做「匡」、「筐」、「筥」，有「飯瓴」。「瓶」即「罈」、「礶」，臺語tʻâm，有「酒罈」。「瓮」即「甕」，臺語àŋ。

33. 缶謂之瓿瓹，其小者謂之瓶。

按「瓿瓹」合音為「缶」，臺語不知有無此語。「瓶」，臺語pân。

34. 自關而西，或謂之盆，或謂之盎，其小者謂之升甌。

按「盎」、「甖」應該是「瓮」、「甕」的同字。「盆」臺語pʻ

ûn，「甌」au。

35. 瓾，陳、魏、宋、楚之間謂之題，自關而西謂之瓾，其大者謂之甌。

按「題」即臺語 tî，通常說「題子」tî á，俗寫做「碟子」。

36. 炊㪷謂之縮，或謂之䇶，或謂之㽯。郭璞注：「㽯音旋。」

按「縮」、「䇶」、「㽯」一音之變。「㽯」臺語 sô，有「籠㽯」。今作「盛」。

37. 籇，陳、楚、宋、魏之間謂之牆居。

按「籇」，臺語 k'au。

38. 自關而西，或謂之鈎，或謂之鎌，或謂之鍥。

按「鎌」臺語謂之「鎌礰」liam lèk。「鍥」即 keh，叫「鍥子」keh á，本字是「鋏」字。「鋏」、「劍」一音之轉。

39. 宋、魏、陳、楚、江、淮之間，謂之苗，或謂之麴。

按「麴」、「苗」即臺語 k'ak。

40. 橛，燕之東北，朝鮮、洌水之間謂之椴。

按「橛」臺語 k'it。

41. 遻、騷、焗、蹇也。吳、楚偏蹇曰騷，齊、楚、晉曰遻。

按「遻」即臺語 tak。

42. 器破而離，謂之璺；南楚之間，謂之敗。

按「敗」即臺語 pit。「璺」即「打破砂鍋璺（音問）到底」的「璺」。

43.弥、呂，長也。東齊曰弥，宋、魯曰呂。

　　按「呂」當即臺語lə̀，「弥」字甲骨文爲「射」字，這裏不知何音？

44.譙、讙、讓也。齊、楚、宋、衞、荊、陳之間曰譙。

　　按「譙」即臺語kiāu，「讓」爲dziáŋ。

　　到此一口氣檢了半部《方言》，下半部可以省略。由上舉44條，閩南語中有與北燕、朝鮮（箕子之後，與閩越同爲子姓）共通的語詞。而與關中地區秦晉方言共通的地方尤其佔了多數，這一點當然可以解釋爲東晉南渡，中原衣冠避難晉江，帶來了秦晉舊語的結果。不過這是一種表面的見解，問題是：閩語與中原舊語分流之早，丁邦新博士據種種跡象，斷定在漢朝；而著者本人則根據另一些更顯明的跡象，斷定在商朝滅亡的時代。若閩語與中原語分流比東晉更早，則說明了閩語與中原語是同源而不是中原語的流派，這樣的話，秦晉方言見於閩方言中的事實，便不能單純地只當作是東晉南渡時中原士族所帶來的了。這一個問題讀者如要進一步探究，可看著者另一部書《老臺灣》第五章論述閩越歷史的部分。

十、一本最古老的字典之印證與糾正

　　提起漢字字典，自然令人想起許慎的《說文解字》，這是一本中國最早的字典（東漢和帝永元十二年起稿，至安帝建光元年呈獻定稿於朝廷，歷時二十二年）。《說文解字》出書以前，中國還沒有正式的字典，有的是供學徒習字的習字課本，如〈史籀篇〉、〈倉頡篇〉、〈凡將篇〉、〈急就篇〉等。只有一本粗略收集漢儒解釋經籍的小冊子《爾雅》，算不得是可用的書，字數既少得厲害，又沒有音讀。《說文解字》不止是一本完備的字典，最主要的還是在於它是一本文字學的專書，故後世的字典沒有一本能趕得上它，可以說它是一本永恆的字典、權威的字典。雖然是一本永恆的字典、權威的字典，小毛病小錯誤以及小不足之處還是在所難免；尤其是自從甲骨文字發現以後，對於《說文解字》的訂正，更是功績彪炳，這是許慎未曾想得到的。這一點不能說許慎用力差，因爲他所見得到的資料限制了他。可是在本章中，我們一方面要拿臺語來印證許慎的《說文解字》中解說的正確，一方面也要拿臺語來糾正他的某些錯誤。這一點是語言基礎的問題，因爲許慎的語言基礎還不及臺語的古老悠久。丁邦新博士說：

「按照個人的研究，閩南語從古漢語分支出來的時期總在周代以後，東、西漢左右。」但是據我們前九章的考察，以及本章對許慎的糾正，我們卻不得不說閩南語從古漢語分支出來的時期，實是在於商、周之交，即商之滅亡的時代。由於閩南語遠遠超出漢儒訓詁的範圍，閩南語不止可以糾正許慎，甚至可以糾正東、西漢一切訓詁家，尤甚者可以糾正戰國時代、乃至春秋時代、甚至西周時代的用字。

《說文解字》與閩南語可互相印證之處自然很多，過於尋常或一樣見於其他方言的，自然沒有特地列舉的必要。至於可以糾正之處，價值尤為難計。下面將印證與糾正混合在一起條舉出來：

1. 莊，上諱。

按漢明帝，名莊。許慎凡遇到漢帝之名，都尊而不解說。「莊」，可能是芒刺，臺語叫 ts'oaⁿ。

2. 莠，禾粟下揚生莠也。从艸秀聲，讀若酉。

按臺語謂穀苗反種不穗為 siáu，即此「莠」字；也用以指人類之反常者，即官話所謂瘋。

3. 菅，茅也。从艸官聲。

按臺語謂茅為菅，音 koaⁿ，通常說成 koaⁿ áⁿ，可寫做「菅子」。又常語與「蓁」連言，說成「菅蓁」koaⁿ tsin。按「蓁」、「薪」同字。

4. 洛，水青衣也。从艸治聲。

按「洛」，俗作「苔」，臺語音 tî，正為「治聲」。

5.茁，艸初生地兒。从艸出。

按「茁」臺語 tsuh。

6.茂，艸木盛兒。从艸戊聲，

按「茂」臺語 bā。

7.茲，艸木多益。从艸絲省聲。

按「茲」臺語 tsiⁿ。

8.葻，艸得風兒。从艸風，風亦聲，讀若婪。

按「葻」臺語 lam，意思是草木四垂。

9.蔫，菸也。从艸焉聲。

按「蔫」臺語 lien，花草失水的樣子。

10.藪，大澤也。从艸數聲。

按「藪」臺語 sà，有「林藪」lâ sà，「糊林藪」等語。

11.荲，艸大也。从艸到聲。

按「荲」臺語 là。

12.茨，茅蓋屋。从艸次聲。

按「茨」臺語 ts'ù，即家屋的意思，原本只寫做「次」。
《左傳》文公四年：「楚人滅江，秦伯為之降服出次。」
《呂氏春秋》〈介立篇〉：「文公聞之曰：『譆，此必介
子推也！』避舍變服……」按《左傳》「降服」即《呂氏春
秋》「變服」，「出次」即「避舍」，故「次」就是
「舍」。「次」雖為名詞「舍」，因漢字詞性轉換靈活，
可變為動詞，故起房舍（漢儒以為蓋屋頂）便也叫
「次」，只加草字頭以為識別。但如《韓非子》〈五蠹

篇〉:「茅茨不翦，采椽不斲。」、「茨」對「椽」，顯係名詞。「茅茨」是「茅屋」，「采椽」是「櫟椽」(「采」是「櫟木」)，「茨」不能當「蓋屋頂」講，這個「茨」正是臺語 ts'ù 正字。但是俗寫都寫做「厝」，實在錯誤得很厲害。

13. 萎，食(ts'ī)牛也。从艸委聲。

按臺語謂花草樹木謝爲 hoa，或變音爲 oe 或 e，即此「萎」字；「痿」爲其同義字。

14. 萑，艸多皃。从艸隹聲。

按「萑」臺語 tsui，飽滿的樣子。

15. 薅，披(拔之誤)田艸也。从蓐好省聲。茠，薅或从休。按「薅」臺語 k'au，乃拔草的意思。

16. 八，別也，象分別相背之形。凡八之屬皆从八。

按「八」臺語 peh，是分的意思，正是《說文》的「別也」。

17. 㒸，从意也。从八豙聲。

按「㒸」臺語 tòe，即跟從他人的意見而行的意思。此字後來通寫做「隨」。

18. 番，獸足謂之番。从釆田，象其掌。

按「番」臺語 pə̂ 或 pôaⁿ，謂之「腳番」。

19. 牟，牛鳴也。从牛𠫔，象其聲气從口出。

按「牟」臺語 mô，以狀牛鳴聲；又 mō，指貪欲，《荀子》有「恈恈然」之語，臺語此去聲一語，常指色慾，

如「見著查某，著悻悻叫」。

20.㹇，牛很不從牽也。从牛臤，臤亦聲，一曰大皃。

按臺語謂物大為 k'en，即此「㹇」字。

22.哆，張口也。从口多聲。

按「哆」臺語 t'i。

22.喤，小兒聲。从口皇聲。詩曰：「其泣喤喤」。

按「喤」臺語 hûiⁿ。

23.咻，秦、晉謂兒泣而止曰咻。从口羌聲。

按「咻」臺語 k'iúⁿ、k'ḍh.

24.㠴，小兒有知也。从口疑聲。

「㠴」臺語 giȇt，有「㠴潲」giȇt siâu，「㠴作」giȇt tsuh

等語。

25.嗛，口有所銜也。从口兼聲。

按「嗛」臺語 kâm。

26.嚌，嘗也。从口齊聲。

按「嚌」臺語 tsīⁿ，通常寫做「舐」、「䑛」。

27.崒，小歠也。从口率聲，讀若刷。

按「崒」臺語 sủt。

28.唅，食也。从口名聲，讀與含同。

按「唅」臺語 ām，也寫做「噉」、「啖」、「嚃」。

29.含，嗛也。从口今聲。

按「含」臺語 kâm，同「嗛」。

30.哺，哺咀也。从口甫聲。

按「哺」臺語 pō。

31. 咀，含味也。从口且聲。

按「咀」臺語 tsiā，乃「食」的轉調。

32. 嚛，食辛嚛也。从口樂聲。

按「嚛」臺語 hǝh，是吃到辛辣時極度刺激的感覺。或
被熱物所傷，也有此種極度感覺。

33. 噫，飽出息也。从口意聲。

按「噫」臺語 eh。

34. 呼，外息也。从口乎聲。

按「呼」臺語 k'o。

35. 噓，吹也。从口虛聲。

按「噓」臺語 ha。如冬日天寒向玻璃噓氣，立見凝結。

36. 唾，口液也。从口垂聲。

按「唾」臺語 nōa。

37. 噱，大笑也。从口豦聲。

按「噱」臺語 kiàk，如「笑及噱噱叫」。

38. 噭，聲噭噭也。从口梟聲。

按「噭」臺語 kiaùh。

39. 啻，語時不啻也。从口帝聲。

按「不啻」臺語 m̄ tiâⁿ。

40. 譸，誰也。从口弓又聲，古文疇。

按「譸」臺語 tsiâ。

41. 嗜，喜欲之也。从口耆聲。

按「嗜」臺語 sâi，本字「耆」。

42.呰，語相詞距也。从口辛；辛，惡聲也。

按「呰」臺語 gièn，或云「無呰」。

43.噴，吒也。从口賁聲。一曰鼓鼻。

按「噴」臺語 p‘ŋ 或 p‘ŋh。p‘ŋ 也寫做「憤」。

44.吒，噴也，吒怒也。

按「吒」臺語 t‘ák，有「吒叱」t‘ák t‘ek 之語。

45.呻，吟也。从口申聲。

按「呻」臺語 ts‘an。

46.哀，閔也。从口衣聲。

按「哀」應如臺語為呼痛的動詞字，不當作「憫」講。

47.咼，口戾不正也。从口咼聲。

按「咼」臺語 oai，為「歪」的正字。

48.嗾，使犬聲，从口族聲。

按「嗾」臺語 ts‘ū。

49.局，促也。从口在尺下，復局之。一曰博所以行棊，象形。

按「局」臺語 kiáu，複詞「博局」poáh kiáu。

50.越，度也。从走戉聲。

按「越」古音與「活」同音，臺語 hoáh，舉步過之的意思。

51.赻，行兒。从走匠聲，讀若匠。

按「赻」臺語 ts‘iàŋ，有「赻赻走」之語。

52. 趖，走意。从走坐聲。

按「趖」臺語 tsʻê 或 sâ。

53. 赽，蹋也。从走夬聲。

按「赽」臺語 hiet，有「四腳赽」之語，表示奔跑如擲的
意思，也寫做「趹」。

54. 趠，遠也。从走卓聲。

按「趠」臺語 lə̀，有「一條路趠趠長」之語。「趠」也寫
做「逴」。

55. 趫，趠趫也。从走龠聲。

按「趫」臺語 siàk，有「趠趫趫」之語。

56. 趫，狂走也。从走矞聲。

按「趫」臺語 ùt，意思是快速掠過。

57. 趑，趑趄，行不進也。从走次聲。

按「趑趄」臺語 tsʻi tsʻoàh。

58. 趚，行速趚趚也。

按「趚趚」臺語 sńg sńg，表示行走快速的意思。

59. 趨，僵也。从走音聲，讀若匐。

按「趨」臺語 pʻak。也寫做「踣」。

60. 趯，動也。从走樂聲。

按「趯」臺語 liòng，乃 ŋ-k 對轉。

61. 趲，進也。从走斬聲。

按「趲」臺語 tsàm。

62. 趒，雀行也。从走兆聲。

按「趒」臺語 tiâ，通常寫做「跳」。

63.踵，跟也。从止重聲。

按「踵」俗作「踵」，自漢儒皆以爲腳後跟，臺語 tséŋ，
實爲「指」、「趾」的陽聲。

64.歬，不行而進謂之歬。从止在舟上。

按「歬」爲「前後」的「前」本字，本寫做 歬。加「刀」爲
歬，是爲「前」（「剪」本字）。「歬」臺語 tsîⁿ，有「歬做
前」tsîⁿtsə̀ tsêŋ 之語。而「箭」也音 tsîⁿ。「進」即「歬」的
別字，臺語也是 tsîⁿ。

65.歸，女嫁也。从止婦省𠂤聲。

按「嫁」臺語 kè，「家」ke，「歸」應是「嫁」的本字，也
許上古音正讀 kè。

66.少，蹈也。从反止，讀若撻。

按「少」臺語 t‘at，今軍中說「踢正步」的「踢」應是此
字。

67.癶，足剌癶也。从止屮。凡癶之屬之皆从癶，讀若
撥。

按「剌癶」臺語 iah poah。「癶」poat，《荀子》有「癶
弓」，指不正之弓。「癶」原寫做 𣥠，像兩腳相反。

68.迠，迠迠起也。从辵乍聲。

按「迠」臺語 tsə̀h，與「趉」意思略同。

69.逢，遇也。从辵夆聲。

按「逢」臺語 pōŋ。

70. 選，遣也。从辵巽，巽遣之，巽亦聲。一曰擇也。

按「選」臺語sńg，乃「耍」的本字。《詩經》有「威儀棣

棣，不可選也」。

71. 徙，迻也。从辵止。

按「徙」臺語sóa。

72. 遲，徐行也。从辵犀聲。

按「遲」臺語tê。

73. 邇，不行也。从辵鵡聲。

按「邇」臺語ts'ê。

74. 達，行不相遇也。从辵幸聲。达，達或从大。

按「達」、「达」臺語tāⁿ。通常複詞叫「誤达」。

75. 迵，迵达也。从辵同聲。

按「迵」臺語t'àng，有「相迵」之語。

76. 迭，更迭也。从辵失聲。一曰达。

按「迭」臺語tiȧh，有「迭迭」tiāⁿ tiāⁿ之語，是轉音。

77. 逋，亡也。从辵甫聲。

按「逋」臺語p'a，有「逋逋走」之語。

78. 遂，亡也。从辵豕聲。

按「遂」臺語sòa，相續之意，《說文解字》是錯誤的。

凡從「豕」的字都有相隨的意思。

79. 逐，追也。从辵豕省聲。

按「逐」臺語有tȧk、dzek二音，前音如「逐日」，後音

如「追逐」。

80. 遮，遏也。从辵庶聲。

按「遮」臺語tsàh、dzia。

81. 彼，往有所加也。从彳皮聲。

按「彼」臺語hia。

82. 微，隱行也。从彳散聲。

按「微」臺語bi，本字「散」。《左傳》哀公十六年杜注：
「微，匿也。」《爾雅》〈釋詁〉：「匿，微也。」

83. 齹，齒差跌兒。从齒佐聲。

按「齹」臺語tsah。

84. 足，人之足也，在體下。从口止。

按「足」古音tsiak，k-u對轉，成爲臺語tsiâu。參看
「疋」字。

85. 躋，登也。从足齊聲。

按「躋」臺語tsi^n。

86. 蹺，舉足小高也。从足喬聲。

按「蹺」臺語k'iau，有「蹺腳」之語。

87. 踵，追也。从足重聲。

按「踵」臺語ts'iáŋ。

88. 蹶，僵也。从足厥聲。

按「蹶」臺語koāi^n、koat。

89. 躓，跲也。从足質聲。

按「躓」臺語teh。

90. 跲，躓也。从足合聲。

按「跲」臺語 k'ap。

91.蹎，跋也。从足眞聲。

　　按「蹎」臺語 ten。

92.跋，蹎也。从足犮聲。

　　按「跋」臺語 poȧh。

93.踢，跌也。从足易聲。

　　按「踢」臺語 tȯ。

94.踒，足跌也。从足委聲。

　　按「踒」臺語 oái，oáiⁿ。

95.疋，足也。上象腓腸，下从止。

　　按「疋」原字寫做𤴓，跟「足」字寫做𤴕，所不同在缺
　　而不全。故「足」臺語爲 tsiâu，「疋」臺語爲 se，表示
　　五趾有缺的樣子。

96.丙，舌皃，从谷省，象形。

　　按「丙」臺語 nā，通常寫做「舐」。

97.謦，欬也。从言殸聲。

　　按「謦」臺語 k'éⁿh。

98.讎，猶䜌(應)也。从言雔聲。

　　按「讎」臺語 ts'iâu，有「讎價數」ts'iâu kè siàu 之語。

99.訓，說教也。从言川聲。

　　按「訓」臺語 k'ǹ，一般以爲「勸」字。

100.誨，曉教也。从言每聲。

　　按「誨」臺語 bôe。

101. 課，試也。从言果聲。

　　按「課」臺語kʻòe，有「功課」kʻaŋ kʻòe之語。

102. 詮，具也。从言全聲。

　　按「詮」臺語tsʻoân，即準備的意思。

103. 諧，詥也。从言皆聲。

　　按「諧」臺語kâ^n，有「和諧」之語。

104. 詥，諧也。从言，合聲。

　　按「詥」臺語haʰh。

105. 諉，諈諉也。从言委聲。

　　按「諉」臺語lōa，乃nōa之音變，今通語作「賴」，
　　也是l(ㄌ)聲母，可以想見官話的來源，可能出於
　　lōa。

106. 詡，大言也。从言羽聲。

　　按「詡」臺語há^n。

107. 譽，稱也。从言與聲。

　　按「譽」臺語giā，有「好譽」(富有)之語。

108. 諎，大聲也。从言昔聲，讀若笮。

　　按「諎」臺語tsʻəh，罵的意思。

109. 訹，誘也。从言朮聲。

　　按「訹」臺語sut。

110. 訕，謗也。从言山聲。

　　按「訕」臺語soān。

111. 謗，毀也。从言旁聲。

按「謗」臺語 pòŋ。

112. 譸，訓也。从言壽聲，讀若醻。《周書》曰無或譸張
爲幻。

按「譸張」臺語 tiâu tî，存心妨人的意思。

113. 詛，訓也，从言且聲。

按「詛」臺語 tsōa，有「呪詛」之語。「訓」就是「呪」。

114. 詯，膽气滿，聲在人上。从言自聲，讀若反目相眛。

按「詯」臺語 lā。

115. 訾，訾訾，不思稱意也。从言此聲。

按「訾」臺語 tsʻè，意思是聽見別人說的話以爲無用，
或看見別人的做法以爲無能，往往發此聲表示，輕
蔑否定之。

116. 詢，往來言也。一曰小兒未能正言也。一曰祝也。
从言匋聲。

按「詢」tə̄。

117. 譅，譅諧，語相及也。

按「譅諧」臺語 tâh tʻām，不相關連的話插在一起，
等於語無倫次。

118. 訐，諍語訐訐也。从言幵聲。

按「訐訐」臺語 kan kan，常用在兩人相諍(tsèⁿ)時，
表示堅持的意思。

119. 訆，扣也，如求婦先訆叕之。从言口，口亦聲。

按「訆」臺語 kʻà，有「訆虎卵」的粗語。「訆叕」kʻà tiə

h。

120. 說，言相說司也。从言兒聲。

按「說」臺語 gê，「說司」臺語變爲 gê sé。

121. 譄，加也。从言曾聲。

按「譄」臺語 tsàn。

122. 譀，誕也。从言敢聲。

按「譀」臺語 hàm。

123. 誇，譀也。从言夸聲。

按「誇」臺語 kʻoe。

124. 誕，冒誕也(段注以爲有誤)。从言延聲。

按「誕」臺語 tōaⁿ。

125. 訌，讀也。从言工聲。

按「訌」臺語 kāⁿ，有「訌訌滾」之語。

126. 讒，譖也。从言毚聲。

按「讒」臺語 tsâm，有「破嘴讒」之語，是出言壞人謀
事的意思。

127. 譙，嬈嬈也，从言焦聲，讀若嚼。

按「譙」臺語 kiāu。

128. 誶，讓也。从言卒聲。

按「誶」臺語 tsʻəh，也寫做「誚」、「唶」，有「誶間譙」
tsʻəh kàn kiāu 之語。

129. 詘，詰詘也。从言出聲。誳，詘或从屈。

按「誳」臺語 kʻùt，女人痛罵人叫誳。

130. 詷，知処告言之，从言同聲。

　　按「詷」臺語keŋ，乃「口供」之「供」本字。

131. 讕，抵讕也。从言闌聲。

　　按「讕」臺語nôa(乃lôaⁿ之變)，以假言應對而匿其
　　眞相的意思，有「敗(p'áiⁿ)兒子(gîn a)寇(kāu)讕
　　頭」之語。

132. 卒，𡦂也。从干二，二古文上字。

　　按「卒」臺語k'en，即「門卒」。

133. 异，舉也。从廾㠯聲。

　　按「异」臺語āiⁿ，乃「負」p'āiⁿ 之失聲母p'。

134. 與，黨與也。从舁与。

　　按「與」臺語hō。

135. 興，起也。从舁同，同力也。

　　按「興」臺語hiàm，乃極古之語音，只有三《禮》中
　　纔可見到此音。有「興牛」、「興鴨」之語。通常大群
　　人工作休息之後再叫起工作，也叫「興」。起牀也叫
　　「興」。

136. 臼，叉手也。从ㅌ彐。

　　按「臼」臺語kok。

137. 爨，齊謂炊爨，𦥑象持甑，冂爲竈口，𣏟推林內
　　火。

　　按「爨」臺語ts'èŋ。

138. 𤑃，涫也。从鬲沸聲。

按「㶍」臺語 p'oėh。「涫」臺語 kún，俗寫做「滾」。

139.鬲，鍵也。从弼古聲。

按「鬲」臺語 kô，有「麵線鬲」等語。

140.鬻，內肉及菜湯中薄出之，从弼翟聲。

按「鬻」臺語 tsàⁿ。

141.鬻，炊釜鬻溢也。从弼孛聲。

按「鬻」臺語 p'ū。

142.鬮，鬥取也。从鬥龜聲，讀若三合繩糾。

按「鬮」臺語 kiu，乃鬥而怯退，《說文解字》是錯誤的。

143.鬬，智少力劣也。从鬥爾聲。

按「鬬」臺語 né，nái，若指飢餓空乏還有 neh、naih 二音，寫做「餒」。

144.鬩，恆訟也。从鬥兒聲。

按「鬩」臺語 gê，挑戰的意思。

145.鬥，試力士鍾也。从鬥从戈，或从戰省，讀若縣。

按「鬥」臺語 kōaⁿ。省縣的「縣」也叫 koāiⁿ，其實「縣」字本音就是 koân。故許慎注明「鬥」讀若「縣」。史書子書中都寫做「賀」。「賀」字較通用，因為古時的貨幣是「貝」，串起來提著的時候比力士賽力提重鍾的機會多。本字「何」。

146.叟，老也。从又灾。

按「叟」臺語 só。日本治臺後又留下了 sáŋ 之語。按

日語尊稱人為 sáŋ，是中古「叟」sáu 的轉音。「瘦」臺
語 sán，可為旁證。「瘦」的轉音 sáŋ（臺語 sán），另
有字寫做「瘹」。

147. 曼，引也。从又冒聲。

按「曼」臺語 moa，以手臂加於別人肩上的親熱行
為。

148. 虔，又卑也（自高處向卑處又取）。从又虘聲。

按「虔」臺語 tsāⁿ。《方言》：「南楚之間凡取物溝泥之
中謂之抯，或謂之攎」。按「抯」、「攎」與「虔」同。

149. 㑔，飾也。从又持巾在尸下。

按「㑔」臺語 tsʻit。

150. 及，逮也。从又人。

按「及」臺語 kap，如「我及你」，《春秋》經傳多用
之。

151. 秉，禾束也。从又持禾。

按「秉」臺語 pé。

152. 反，覆也。从又厂。

按「反」臺語 péŋ。

153. 叡，楚人謂卜問吉凶曰叡。从又持祟，讀若贅。

按「叡」臺語 tsʻōe，又寫做「觱」，尋找的意思。

154. 叔，拾也。从又尗聲。

按「叔」臺語 tsek，壓而出之的意思，或變音為
dzek。

155. 取，捕取也。从又耳。

按「取」臺語ts'oah，故「娶」爲ts'ōa。

156. 支，去竹之枝也。从手持半竹。

按「支」臺語ki，如「竹支」、「樹支」，現在習慣上寫成「枝」。《呂氏春秋》〈權勳篇〉有「赤章蔓枝」是人名，《韓非子》〈說林篇〉寫做「赤章滿枝」，而《莊子》〈天地篇〉寫做「赤張滿稽」。梵文máriki，漢譯摩利支。可見「支」、「枝」古音ki，是k聲母。

157. 聿，手之聿巧也。从又持巾。

按「聿」臺語ni，用兩指提物的意思。

158. 肄，習也。从聿希省。

按「肄」通常寫做「肄」，臺語ī，通常謂玩遊戲賭博爲肄。

159. 畫，介也。從聿，象田田介，聿（筆）所以畫之。

按「畫」臺語ėk。

160. 晝，日之出入與夜爲介。从畫省，从日。

按「晝」臺語tàu，日中爲「中晝」，也寫做「中卓」，又稱「卓午」。

161. 臤，堅也。从又臣聲。

按「臤」臺語k'en，以拳擊人頭，或以硬物擊人頭。

162. 臣，牽也。事君者，象屈服之形。

按「臣」的原本寫法爲𝄞，像目珠突出的樣子。這表示三種意思：①「臣」字即表示「目珠」的字。②「臣」

字表示睜大目珠(爲了看細微的東西)。③「臣」字表示恨視。第一種意思讀做 dzîn，一般寫做「仁」，如「杏仁」，事實是杏核狀如眼珠的「眼」字。第二種意思讀做 tsîn，一般寫做「瞋」。第三種意思讀做 gîn，一般寫做「靳」、「慭」，應該是「恨」字。這三音臺語全備。

163.訧，下擊上也。从殳尤聲。

按「訧」臺語 tìm，也寫做「扰」。

164.毆，捶擊物也。

按「毆」臺語 áu。

165.磤，擊頭也。从殳高聲。

按「磤」臺語 k'iák。

166.毅，妄怒也。一曰毅有決也。从殳豙聲。

按「毅」臺語 gēⁿ，有「儉毅」之語。「毅」後世作「硬」字，《論語》有「剛毅」之語。

167.殺，戮也。从殳殺聲。

按「殺」臺語 sè，是橫面砍截的意思。

168.寺，廷也。有法度者也。从寸止聲。

按「寺」臺語 tēⁿ，握的意思。《說文解字》非。

169.將，帥也。从寸醬省聲。

按「將」臺語 ts'iōⁿ 或 ts'iūⁿ，攫人腳脛而提起使倒的意思。《說文解字》非。

170.尋，繹理也。从工口从又寸彡聲。

按「尋」臺語 dzîm，又作 siâm。手探穴或袋取物爲
dzîm，橫伸兩臂爲一 siâm，伸兩臂攬之也叫 siâm。

171. 尃，六寸簿也。从寸叀聲。

按「尃」臺語 tsoān，即斡旋的旋本字。

172. 尃，布也。从寸甫聲。

按「尃」臺語 pʻo，一般寫做「敷」、「鋪」。

173. 攴，小擊也。从又卜聲。

按「攴」臺語 pʻah。

174. 孜，彊也。从攴矛聲。

按「孜」臺語 bok，打的意思。古音 bā，轉爲 bak 爲
bok。一音 mau。

175. 故，使爲之也。从攴古聲。

按「故」臺語 kah，使的意思。古音 kà，轉爲 kah。

176. 數，計也。从攴婁聲。

按「數」臺語 siāu，打的意思。轉音 siàu，爲數目的
數。

177. 孜，孜孜，汲汲也。从攴子聲。

按「孜」臺語 tsiⁿ，有「恬孜孜」之語。「孜孜」形容埋
頭專精做事或讀書，沒有聲息。

178. 敳，有所治也。从攴豈聲，讀若豤。

按「敳」臺語 kʻáiⁿ，輕打的意思。

179. 敆，合會也。从攴合合亦聲。

按「敆」臺語 kap，黏合或縫合的意思。

180. 攸，行水也。从攴从人水省。

　　按「攸」臺語 sîu，通行字作「泅」。

181. 敦，怒也，詆也。一曰誰何也。

　　按「敦」臺語 tûi，握拳由上向下打人的意思。

182. 敗，毀也。从攴貝。

　　按「敗」臺語 p'áiⁿ，壞了的意思。此字應解爲「从攴
　　貝聲」。另有同義語「敗」hāi，乃 hoāi 的變音。

183. 攷，敗也。从攴丂聲。

　　按「攷」臺語 k'à，擊而使脫落的意思。

184. 敜，持也。从攴金聲，讀若琴。

　　按「敜」臺語 gîm，謹持的意思。凡物不堪失落，失
　　落必破，或失落則不堪食，或其物重要，不得遺
　　失，都說「敜」。「敜」的特點是五指緊握至掌心出汗
　　的程度，同類字有「鈐」字。

185. 攻，擊也。从攴工聲。

　　按「攻」臺語 kòŋ，用工具擊損、擊傷、擊破的意
　　思。

186. 敤，毀也。从攴卑聲。

　　按「敤」臺語 p'áiⁿ，「敗」的別字。

187. 敡，舉目使人也。从攴目。

　　按「敡」臺語 sut。

188. 眥，目匡也。从目此聲。

　　按「眥」臺語 tsiah，有「目眥毛」之語。「目匡」bák ká

ŋ，有「目匡赤」之語。

189.瞲，目童子精瞲也。从目喜聲。

按「瞲」臺語 hia，目珠有所蒙蔽，視不明的樣子，如有眼疾，甚者白內障，則「目珠瞲瞲」。

190.𥄂，大目也。从目臤聲。

按「𥄂」臺語 kʻen，與「睅」字同義語。

191.朏，大目也。从目非聲。

按「朏」臺語 pʻa。

192.睔，目大也。从目侖聲。

按「睔」臺語 lùn，有「圓睔睔」之語。

193.矘，目無精直視也。从目黨聲。

按「矘」臺語 tʻaŋ，有「擢矘」tʻoah tʻaŋ 之語。「矘」也寫做「眮」。

194.眈，視近而志遠。从目冘聲。

按「眈」臺語 taⁿ。臺諺云：「有爸有母初二、三，無爸無母頭眈眈。」

195.眔，目相及也。从目隶省。

按「眔」臺語 táp，是眼淚滴落的樣子，有「眔眔墜」之語。

196.瞷，小視也。从目買聲。

按「瞷」臺語 bî，乃賭徒用語，掀牌徐窺其一角，共相希盼。

197.瞫，深視也。一曰下視也。又竊見也。从目覃聲。

按「暺」臺語 t'àm，是下視的意思。

198.睧，眄也。从目各聲。

按「睧」臺語 lià，是極快速的偷看一眼，近於「瞥」。

199.睡，坐寐也。从目垂。

按「睡」臺語 tuh，乃 tā 的變音。

200.瞑，翕目也。从目冥。

按「瞑」臺語 mi。

201.瞤，戴目也。从目閒聲。

按「瞤」臺語 kâi 或 kâiⁿ，有「反白瞤」péŋ peh kâiⁿ 之語。

202.自，鼻也。象鼻形。

按「自」臺語 kī。人自指必指鼻，故「自」爲「己」。

203.齅，以鼻就臭也。从鼻臭臭亦聲，讀若獸牲之獸。

按「齅」臺語 hiuh。

204.齁，病塞鼻窒也。从鼻九聲。

按「齁」臺語 k'ŋh。

205.翏，數飛也。从羽白聲。

按「翏」臺語 p'et，乃撲翅的意思。

206.翯，鳥白肥澤兒。从羽高聲。

按「翯」臺語 kéⁿh，有「肥翯翯」之語。

207.閹，今閹，似鴝鵒而黃。从隹門省聲。

按「閹」臺語 nōa，乃未生卵前的雌鳥或雌雞、雌鴨。

208.罼，覆鳥令不得飛走也。从网隹，讀若到。

按「罼」臺語 tà。

209.雋，鳥肥。从弓隹。

按「雋」臺語 tsuh。

210.奮，翬也。从奞在田上。

按「奮」臺語 p'ún，有「撲奮」之語。

211.丫，羊角也。象形。

按「丫」臺語 koāiⁿ，旋曲、背理的意思。

212.帀，相當也。闕。

按「帀」臺語 bân，乃賭徒用語，乃骰子重出的意思。

213.美，甘也。从羊大。

按「美」臺語 bái，乃「醜」的意思。此字後文詳講。

214.矍，隹欲逸走也。从又持之矍矍也，讀若詩云「矯彼淮夷」之「矯」。

按「矍」臺語 k'àŋ，手足爪入地爬行的意思。

215.鵹，鷖鳥也。从鳥黎聲。

按「鵹」臺語 iə，複詞作「厲鵹」lai hiəh，是變音，也可能是本音。

216.鶾，雞肥翰音者也。从鳥倝聲。

按「鶾」一般寫做「翰」，臺語 koân，高的意思。《詩經》〈小宛〉：「翰飛戾天。」毛傳：「翰，高也。」

217.爯，并舉也。从爪冓省。

按「爯」臺語 téŋ，乃古語音。通常作「稱」，俗寫作

「秤」，已轉音爲 tsʻîn。

218. 丝，微也。从二幺。

按「丝」臺語 iù，微屑的意思。

219. 疐，礙不行也。从叀引而止之也。叀者如叀馬之鼻。从冂，此與牽同意。詩曰：「載疐其尾。」

按「疐」臺語 teh。

220. 玄，幽遠也。象幽而人覆之也。黑而有赤色者爲玄。

按「玄」臺語 hîⁿ，通常寫做「鉉」，如「鼎鉉」，即鼎耳。

221. 兹，黑也。从二玄。

按「兹」臺語 tsia，這裏的意思。

222. 予，推予也。象相予之形。

按「予」臺語 iā，通常 iā 是「射」字，此字是古字。

223. 幻，相詐惑也。从反予。

按「幻」原寫做 𣍈，跟「予」的原寫 𣥸 相反。「予」是散撒的 iā，則此字應當是臺語 kōaⁿ，提的意思。

224. 爭，五指爭也。从受一聲。

按「爭」臺語 lùt，轉音爲 loảh。有「爭鰻潲」lùt môa sîuⁿ、(sioⁿ)「爭頭鬃」loảh tâu tsaŋ 之語。

225. 叕，穿也。从又卣。

按「叕」臺語 tsân，宰豬叫「叕豬」。

226. 殠，腐气也。从卣臭聲。

按「殠」臺語 ts'àu。

227. 歺，腐也。从冎丂聲。

按「歺」臺語 hiu，也寫做「朽」。腐爛的意思。

228. 殖，脂膏久殖也。从歺直聲。

按「殖」臺語 tsiet，油膏脂肪腐壞的意思。

229. 冎，剔人肉，置其骨也。象形，頭隆骨也。

按「冎」臺語 óaⁿ，膝骨的意思。許慎的解說是「剮」字，臺語 óe。

230. 別，分解也。从冎从刀。

按「別」臺語 peh。

231. 骿，骿脅，幷榦也。从骨幷聲。

按「骿」臺語 p'iaⁿ，有「尻脊骿」k'a tsiah p'aiⁿ 之語。

232. 髀，股外也。从骨卑聲。

按「髀」臺語 p'óe 或 p'e，有「尻脽髀」之語。

233. 肉，胾肉。象形。

按「肉」臺語 dziâu，皺的意思。「肉」的原形寫做 ⌀，像皮皺的樣子。

234. 腜，婦孕始兆也。从肉某聲。

按「腜」臺語 bôe。

235. 胃，穀府也。从肉囪，象形。

按「胃」臺語 kui，指雞鴨鳥類的食物囊。人類叫 ūi。

236. 脽，尻也。从肉隹聲。

按「脽」臺語 tsui，叫做「尾脽」。

237. 肴，啖也。从肉爻聲。

按「肴」臺語 hâuⁿ，食肉不細嚼的意思。

238. 腯，牛羊曰肥，豕曰腯。从肉盾聲。

按「腯」臺語 t'ûn，凡肥而不孕，叫「腯母」。

239. 脯，乾肉也。从肉甫聲。

按「脯」臺語 pó。

240. 膴，乾魚膴膴也。从肉肅聲。

按「膴」臺語 sau，凡物有如風化，不可觸摸，一觸摸即瓦解，叫「膴」，又叫「含膴」。

241. 臊，豕膏臭也。从肉喿聲。

按「臊」臺語 ts'ə 或 ts'au，有魚有肉之盛筵，謂之腥臊 ts'eⁿ ts'au 或 ts'eⁿ ts'ə。

242. 散，雜肉也。从肉㪔聲。

按「散」臺語 sán，與「瘦」、「瘠」同語。俗指肥者以外之肉為「散毛」sán bah。又謂赤貧為散，變音作 sàn，貧鄉為散鄉。

243. 腐，爛也。从肉府聲。

按「腐」臺語 p'ú。

244. 脬，旁光也。从肉孚聲。

按「脬」臺語 p̂i，肌肉一臠為一脬。

245. 筋，手足指節鳴也。从筋省勺聲。

按「筋」臺語 pók。

246. 刉，劃傷也。从刀气聲。

按「刉」臺語 k'e，k'ê，也寫做「刲」。

247. 劌，利傷也。从刀歲聲。

按「劌」臺語 koeh。

248. 刳，判也。从刀夸聲。

按「刳」臺語 k'au。

249. 列，分解也。从刀歺聲。

按「列」臺語 lē。

250. 劃，錐刀畫曰劃。从刀畫畫亦聲。

按「劃」臺語 hôe。

251. 刜，擊也。从刀弗聲。

按「刜」臺語 p'ut，也寫做「柿」。

252. 劓，刖鼻也。从刀臬聲。

按「劓」臺語 get，兒戲輸者受罰謂之劓，大概起先
是彈鼻，有如劓刑的緣故。

253. 耦，耕廣五寸為伐，二伐為耦。从耒禺聲。

按「耦」臺語 kâ'，常字是「俱」字，俗字作「牪」。

254. 觓，誰射收繳具。从角酋聲，讀若鰌。

按「觓」臺語 ts'iû。

255. 篆，引書也。从竹彖聲。

按「篆」臺語 tǹg，落印叫「篆印」。

256. 籀，讀書也。从竹榴聲。

按「籀」臺語 liū。有「三日無籀，匐上樹」的諺語。

257. 等，齊簡也。从竹寺，寺官曹之等平也。

按「等」臺語t'áⁿ，經書中多用「綏」字。

258.簍，竹籠也。从竹婁聲。

按「簍」臺語ló。

259.篝，笭也。可熏衣。从竹冓聲。

按「篝」臺語k'au。

260.箭，斷竹也。从竹甬聲。

按「箭」臺語lāŋ、laŋ、t'aŋ，也寫做「筒」，又音tâŋ。

261.箠，所以擊馬也。从竹垂聲。

按「箠」臺語ts'ôe。

262.笘，折竹箠也。从竹占聲。

按「笘」臺語ts'iam，有「笘擔」之語，乃擔物的乾竹棍，兩頭斜削，以便貫草綑。

263.箾，以竿擊人也。从竹削聲。

按「箾」臺語siāu。

264.管，如篪六孔。从竹官聲。

按「管」臺語kóŋ、kńg。

265.簿，局戲也。六箸十二棊也。从竹博聲。

按「簿」臺語poáh，賭的意思，語源應是「卜」字。

266.簸，揚米去康也。从箕皮聲。

按「簸」臺語pòa，也寫做「播」。

267.差，貳也，左不相值也。从左𢆶。

按「差」臺語ts'oáh。

268. 寔，窒也。从𡉚从𢏅 窒室中，𡉚猶齊也。

按「寔」臺語t'at，通常寫做「塞」，也叫sat。

269. 猒，飽也，足也。从甘，肰。

按「猒」臺語ià，通常寫做「厭」。

270. 甚，尤安樂也。从甘匹。

按「甚」臺語tam，嚐的意思。《說文解字》非。

271. 曰，詞也。从口乚象口气出也。

按「曰」是「說」字的本字，臺語爲hoah，同「喝」。古音「說」、「喝」不能分。

272. 可，肯也。从口乛乛亦聲。

按「可」臺語k'óa，疑古音作hoa(há、hə)，即今字「好」。

273. 虧，气損也。从亏雐聲。

按「虧」臺語ui。

274. 盛，黍稷在器中以祀者也。从皿成聲。

按「盛」臺語sŋ。

275. 盪，滌器也。从皿湯聲。

按「盪」臺語tŋ，是洗器的最後一道工夫，令器在水中帶過，帶掉已被搓脫而未沖淨的餘物。或如碗碟雖洗好了，因放著可能惹有塵埃，臨用時拿起在清水中帶過。

276. 朅，去也。从去曷聲。

按「朅」臺語k'iet。

277.膉，血醢也。从血盍聲。

按「膉」臺語 tám，有「膉肝」、「膉子膠」(柏油)之語。

278.衉，憂也。从血冂聲。一曰鮮少也。

按「衉」臺語 sut，極少的意思。

279.音，相與語唾而不受也。从𠁼从否。

按「音」臺語 p'úi，一般寫做「否」。

280.即，即食也。从皀卩聲。

按「即」tsiȧh，吃的意思。

281.饙，脩飯也。从食賁聲。

按「饙」臺語 būn。古人煮飯，米洗淨後置於上層，
令離水，以蒸氣蒸熟之，叫饙。

282.餾，飯气流也。从食留聲。

按「餾」臺語 liū。一蒸爲饙，再蒸爲餾。

283.飪，大孰也。从食壬聲。

按「飪」臺語 tīm。

284.餈，稻餅也。从食次聲。

按「餈」臺語 tsî，有「麻餈」之語。

285.餖，糜也。从食亶聲。

按「餖」臺語 te，有「蚵餖」ê te、「笞子餖」k'ok á te
等語。《左傳》舊注：「餖，粥餅也。」

286.饡，具食也。从食算聲。

按「饡」臺語 ts'oân，備食的意思。

287.餔，申時食也。从食甫聲。

按「餔」臺語 po，有「頂餔」、「下餔」之分（《漢書》〈王莽傳〉有「下餔」之語），《說文解字》非。古人一日兩餐，早起下田，日出甚高約今八、九點早餐，下午約四、五點晚餐，故分「上（古音頂）餔」、「下餔」，猶今語上午、下午。而「餔時」即爲吃飯的時間，往往指晚餐的時間，因早餐時間少事故，晚餐時間多事故，故記載上「餔時」多指近黃昏的時間。

288. 餉，饋也。从食向聲。

按「餉」臺語 hēŋ。

289. 饕，貪也。从食號聲。

按「饕」臺語 lə。

290. 餲，飯餲也。从食曷聲。

按「餲」臺語 àu。

291. 饐，飯傷熱也。从食歲聲。

按「饐」臺語 ùe。「飯傷熱」pḡ sioⁿ(siuⁿ)dzièt，飯太熱的意思。

292. 饐，飯傷溼也。从食壹聲。

按「饐」臺語 kìt。「飯傷溼」，「傷」sioⁿ(siuⁿ)也是臺語中的習語。

293. 餒，飢也。从食妥聲。一曰魚敗曰餒。

按「餒」臺語 né、nái 是飢乏的意思，lâu 是魚不鮮、肉不鮮的意思。

294. 今，是時也。从亼乁，乁古文及。

按「今」臺語 ta^n，如「佫今」kàu ta^n，「今咧」ta^n lè。

295. 牄，鳥獸來食聲也。从倉爿聲。

按「牄」臺語 ts'ŋ。

296. 罄，器中空也。从缶殸聲。

按「罄」臺語 k'êŋ，搜取罈、缸底所剩餘的意思。

297. 匼，受錢器也。从缶后聲。

按「匼」臺語 hāŋ，合詞「匼筩」hāŋ tāŋ，乃漢代官用
告密箱、意見箱。《漢書》〈趙廣漢傳〉：「及敎吏爲
匼筩。」臺語謂洞悉他人心中所懷，叫「知你个匼
筩」tsai lí ê hāŋ tāŋ。

298. 矯，揉箭箝也。从矢喬聲。

按「矯」臺語 tiau。

299. 射，弓弩發於身而中於遠也。从矢从身。

按「射」臺語 iā。讀音 siā。

300. 知，詞也。从口矢。

按「知」臺語 tsai，這一音不確知出於那一時期，可
能極古，因爲「知」和「哲」是同字，換句話說「知」中
的「矢」和「哲」中的「折」同音。此音後文再講。

301. 夊，行遲曳夊夊也。象人兩脛有所躧也。

按「夊」臺語 sui，有「龜夊」ku sui 之語。

302. 夌，越也。从夊屮，屮高大也。

按「夌」臺語 liòŋ。

303. 夆，和之行也。从夊峯聲。

按「憂」臺語 liâu。

304. 舛，對臥也。从𣥠相背。

按「舛」臺語 t'ún，又寫做「踳」，有複語「踳踏」。《說文解字》非。。

305. 桀，磔也。从舛在木上也。

按「桀」臺語 k'ıt，通常寫做「橛」或「杙」。

306. 枯，槁也。从木古聲。

按「枯」臺語 hoa，與「萎」古同字。

307. 樸，木素也。从木業聲。

按「樸」臺語 p'à"、p'ə̀。

308. 楨，剛木也。从木貞也。

按「楨」臺語 tēŋ。

309. 椎，所以擊也。齊謂之終葵。从木佳聲。

按「椎」臺語 t'ûi。

310. 柯，斧炳也。從木可聲。

按「柯」臺語 koa，乃「柯」之古讀音，變爲 oe。《說文解字》非。

311. 校，木囚也。从木交聲。

按「校」臺語 ka"，乃監獄之監的本字。

312. 柿，削木朴也。从木亦聲。

按「柿」臺語 p'òe，「朴」p'əh。

313. 槎，斜折也。从木差聲。

按「槎」臺語 tsá"。

314. 檮，檮杌，斷木也。从木壽聲。

按「檮」臺語 táh。「檮杌」táh tʻút。

315. 檻，櫳也。从木監聲。

按「檻」臺語 lam，有「雞檻」之語。

316. 棽，木枝條棽儷也。从木今聲。

按「棽」臺語 lam。

317. 森，木多皃，从林从木。

按「森」臺語 sàm，有「陰森」àm sàm 之語。

318. 之，出也。象艸過中，枝莖漸益，大有所之也。一者地也。

按「之」臺語 tse，「此」的意思。「之」的對語為「非」he。「之」也寫做「是」。「是」、「非」原是指謂詞，轉為判斷詞。

319. 禾，木曲頭止不能上也。

按「禾」臺語 kʻê，今人通常寫做「卡」，為不上不下之意。

320. 尋，傾覆也。从寸臼，覆之，寸人手也。

按「尋」臺語 péŋ，又 pʻén。

321. 柬，分別簡之也。从束八。

按「柬」臺語 kéŋ。

322. 橐，囊也。从橐省石聲。

按「橐」臺語 lok，通常叫「橐子」lok á，簡便的袋子。

323. 囊，橐也。从橐省叕聲。

按「囊」臺語 lôŋ，有「批囊」之語

324. 財，人所寶也。从貝才聲。

按「財」臺語 tsîⁿ。

325. 賢，多財也。从貝臤聲。

按「賢」臺語 k'îⁿ，又 k'iàŋ，有「賢家」k'îⁿ ke（善為家計）之語。k'iàŋ 專指其人有才能。

326. 負，恃也。从人守貝，有所恃也。

按「負」臺語 p'āiⁿ，省為 āiⁿ，是「背負」的意思，字應解為「从人貝聲」。

327. 贅，以物質錢。从敖貝。敖者猶放。

按「贅」臺語 tòa，向主家貸錢，入為長工以抵償之。

328. 質，以物相贅，从貝从所闕。

按「質」臺語 teh，「抵押」的「抵」乃「質」的俗寫。也是賭徒用語。

329. 貿，易財也。从貝卯聲。

按「貿」臺語 bāu，或轉音 bauh，是全批貨不秤不量，出個大概的價值買下來的意思。《說文解字》非。

330. 贖，貿也。从貝賣聲。

按「贖」臺語 tau，意思和「質」相近。又 táu。

331. 賃，庸（傭）也。从貝壬聲。

按「賃」臺語 tiàm，本意是在主家工作，因閩南多貧戶，每外出為人作傭，故一轉意，凡暫居也叫

「賃」。跟「站」是同義語。

332. 鄙，五酇爲鄙。从邑啚聲。

按「鄙」臺語 bái。bái 的本字是「美」，但「美」字現在
只有「好」的一面，故臺語表「醜」的 bái，可用這個
「鄙」字。

333. 晃，明也。从日光聲。

按「晃」臺語 hóaⁿ，日光薄而不定的意思。《說文解
字》非。

334. 晏，天清也。从日安聲。

按「晏」臺語 oàⁿ，日出多時的意思。《說文解字》非。
《左傳》用「旰」字，乃方國語音參差，「旰」大概是曉
母，讀爲「漢」音。

335. 晚，莫(暮)也。从日免聲。

按「晚」臺語 mń，近黃昏日光弱的樣子。

336. 昏，日冥也。从日氐省氐者下也。一曰民聲。

按「昏」臺語 hŋ 或 huiⁿ。今早叫「於早起」ê tsái，今
晚叫「於昏」ê hŋ 或 ê huiⁿ。「於」金文作「雥」。

337. 曏，不久也。从日鄉聲。

按「曏」臺語 hiàŋ，古時或從前叫「曏時」。

338. 昨，累日也。从日乍聲。

按「昨」臺語 tsə̍h，前日叫「昨日」，正合《說文》「累
日」的意思。

339. 暍，傷暑也。从日曷聲。

按「喝」臺語 àu，有「喝翁暑」àu hip dzoàh 之
語。「傷暑」sioⁿ(siuⁿ)dzoàh，乃過分的暑淰之
意，「傷」字仍臺語現行習語。

340. 曩，安曩，昷也。从日難聲。

按「曩」臺語 lun，「安曩」la(nan 之變音)lun，也是臺
語中現行習語，是表示微溫的一種溫度，如爲嬰兒
洗浴，水過涼既不宜，過溫也不宜，最宜「安曩
燒」。

341. 暴，晞也。从日出$\leftthreetimes$米。

按「暴」臺語 p'ák，受日光的意思。

342. 普，日無色也。从日並聲。

按「普」臺語 p'ú。

343. 冥，窈也。从日六从冂冂亦聲。

按「冥」臺語 mê，「夜」謂之「冥」，也寫做「暝」。

344. 朿，艸木垂垂實也。从木口口亦聲。

按「朿」臺語 ām。

345. 齊，禾麥吐穗上平也。象形。

按「齊」臺語 tsiâu。

346. 朿，木芒也。象形。

按「朿」臺語 ts'ì。

347. 鼎，三足兩耳，和五味之寶器也。象析木以炊，貞
省聲。

按「鼎」臺語 tiáⁿ，凡指一切炒、煮兼用之器。

348. 彔，刻木彔彔也。象形。

按「彔」臺語 lak，打孔的意思，有「彔空」lak k'aŋ 之語。

349. 秀，上諱。

按「秀」臺語 sūi，即「穗」的本字。

350. 穡，穀可收曰穡。从禾嗇聲。

按「穡」臺語 sek，實熟的意思。

351. 稗，禾別也。从禾卑聲。

按「稗」臺語 p'e，也寫做「粺」。

352. 稞，穜也，。从禾孚聲。

按「稞」臺語 p'àⁿ，有「稞粟」之語。「稞」也寫做「秕」。

353. 秩，積皃。从禾失聲。

按「秩」臺語 teh。

354. 稇，絭束也。从禾困聲。

按「稇」臺語 k'ún。

355. 兼，幷也。从又持秝。

按「兼」臺語 liām。

356. 香，从黍从甘。

按「香」臺語 hiam、hiaŋ。按 hiam，今寫做「薟」。

357. 糂，以米和羹也。从米甚聲。

按「糂」臺語 sám，也寫做糝。又 ts'am。

358. 擘，炊，米者謂之擘。从米辟聲。

按「擘」臺語 pauh，煮米未熟的意思。

359. 糜，糝糜也。从米麻聲。

按「糜」臺語 mâi、moâi、bê，多水煮米，即稀釋之飯。

360. 糣，糜和也。从米覃聲，讀若譚。

按「糣」臺語 lām。

361. 糒，乾飯也。从米葡聲。

按「糒」臺語 pōe，飯太乾叫「糒」。

362. 糗，熬米麥也。从米臭聲。

按「糗」臺語 kʻiū，黏韌的意思。

363. 粹，不雜也。从米卒聲。

按「粹」臺語 tsʻè，有「圓子粹」îⁿ á tsè 之語。

364. 舀，抒臼。从爪臼。抌，舀或从手宂。

按「舀」臺語 iə、iúⁿ、ióⁿ，專指以器取水而言。「抌」臺語 kʻat，和「舀」不同字。《說文解字》寫做「抌」非。

365. 朮，分枲莖皮也。从屮八，象枲皮。

按「朮」臺語 pʻòe。

366. 㪔，分離也。从林从攴。

按「㪔」臺語 sòaⁿ，俗寫用「散」字。

367. 敊，配鹽幽尗也。从尗支聲。

按「敊」臺語 sīⁿ，俗寫寫做「豉」。

368. 瓣，瓜中實也。从瓜辡聲。

按「瓣」臺語 bān。

369. 容，盛也，从宀谷聲。

按「容」臺語 êŋ，閒的意思，原義是空餘之地可容
納，轉爲有空餘的時間。字當是从穴公聲。

370. 寣，寤也。从宀吾聲。

按「寣」臺語 hiaⁿ，有「寣醒」之語，一般寫做「寤」。

371. 穿，通也。从牙，在穴中。

按「穿」臺語 ts‘ŋ。

372. 窫，穿木戶也。从穴俞聲。

按「窫」臺語 iah，挖而後抛其土，叫窫。

373. 竄，匿也。从鼠在穴中。

按「竄」臺語 ts‘èŋ，有「竄空」之語。

374. 寐，臥也。从㝱省未聲。

按「寐」臺語 bî。

375. 疾，病也。从疒矢聲。

按「疾」臺語 tsit，神經僵直的意思。矢是直的意思。

376. 瘁，寒病也。从疒辛聲。

按「瘁」臺語 tsiⁿ，有「瘁寒瘁熱」之語。

377. 痀，曲脊也。从疒句聲。

按「痀」臺語 ku。

378. 瘤，腫也。从疒留聲。

按「瘤」臺語 lûi。

379. 痺，溼病也。从疒卑聲。

按「痺」臺語 pî。

380. 詈，罵也。从网言。

按「詈」臺語 lé。

381. 皤，老人白也。从白番聲。

按「皤」臺語 p‘ə，有「白皤皤」之語。

382. 皅，艸華之白也。

按「皅」臺語 p‘au，有「白皅皅」之語。

383. 企，舉踵也。从人止。

按「企」臺語 k‘iā，坐之對反詞。《說文解字》非。

384. 倩，人美字也。从人青聲。

按「倩」臺語 ts‘ià^{n}，雇的意思。

385. 倬，箸大也。从人卓聲。

按「倬」臺語 lə̀，體格長大的意思。

386. 儕，等輩也。从人齊聲。

按「儕」臺語 tsiae，此一輩人、一群人也。

387. 俱，皆也。从人具聲。

按「俱」臺語 kâ^{n}，也寫做「偕」，

388. 倚，依也。从人奇聲。

按「倚」臺語 óa。

389. 仰，舉也。从人印。

按「仰」臺語 gî̂a。

390. 傫，垂皃。从人絫聲。

按「傫」臺語 lê、lôe，也寫做「儽」、「傫」，有「頭傫傫」。

391. 仔，克也。从人子聲。

按「仔」臺語 tsî，有「仔力」之語。

392. 儳，引爲賈（價）也。从人焉聲。

按「儳」臺語 nè，乃舉起腳後跟，伸長頸項的意思。
《說文解字》大非。

393. 俄，頃也。从人我聲。

按「俄」臺語 gîa，舉的意思。《說文解字》非。

394. 偃，僵也。从人匽聲。

按「偃」臺語 ién，有「偃倒」、「相偃」等語。

395. 仆，頓也。从人卜聲。

按「仆」臺語 pʻak。

396. 但，裼也。从人旦聲。

按「但」臺語 tʻŋ，通常寫做「袒」、「裼」，脫衣的意
思。

397. 傴，僂也。从人區聲。

按「傴」臺語 kʻiau，有「傴佝」之語。

398. 攱，頃也。从比支聲。

按「攱」臺語 kʻi，通常寫做「敁」、「敧」，斜而未倒的
樣子。

399. 卓，高也。早匕爲卓。

按「卓」臺語 lə̀。

400. 聚，會也。从乑取聲。

按「聚」臺語 tsʻōa，帶領一群人的意思。

401. 㝡，近求也。从爪壬，爪壬徼幸也。

按「㝡」臺語 dzîm，手探穴而攫取之的意思。《說文解字》非。

402. 褱，俠也。从衣眔聲。

按「褱」臺語 kûi，是將物件放在懷裏的意思。

403. 袒，衣縫解也。从衣旦聲。

按「袒」臺語 tî，一般寫做「綻」，乃密針牽合兩布之意。《說文解字》另作「組」字。

404. 裼，奪(脫)衣也。从衣虒聲，讀若池。

按「裼」臺語 tî，伸展紙布之物的意思，也寫做「扡」、「攄」、「摛」。

405. 裼，但也。从衣易聲。

按「裼」臺語 tʻeh，有「袒裼」tʻŋ tʻeh 之語，也寫做「襢裼」。

406. 尻，髀也。从尸九聲。

按「尻」臺語 kʻau，轉爲 ka，有「尻脽」kʻa tsʻŋ 之語。許慎以「脽」爲「臀」的別體。

407. 居，蹲也。从尸古聲。

按「居」臺語 ku。

408. 屔，尻(居)也。从尸旨聲。

按「屔」疑即臺語 tsi，女陰的意思，其他方言以 tsi 爲陽具，大非。

409. 屈，無尾也，从尾出聲。

按「屈」臺語k'ut，本字應寫做「尾」。

410. 兒，孺子也。从儿，象小兒頭，囟未合。

按「兒」臺語gê，「牙」的正字。

411. 覙，司人也。从見它聲，讀若馳。

按「覙」臺語tî，有「張覙」tion(tiun)tî之語，謂小心注
意的意思。

412. 歕，吹气也。从欠賁聲。

按「歕」臺語pûn。

413. 改，笑不壞顏曰改。从欠己聲。

按「改」臺語hai，有「笑改改」之語。

414. 欻，有所吹起。从欠炎聲，讀若忽。

按「欻」臺語hut，吹火繩火管的意思。

415. 歐，吐也。从欠區聲。

按「歐」臺語áu。

416. 歔，欷也。从欠虛聲。

按「歔」臺語ha。

417. 欷，歔也。从欠希聲。

按「欷」hì，呵欠謂之「歔欷」hah hì。又hin，意思和
「哼」相近。

418. 欶，吮也。从欠束聲。

按「欶」臺語suh。

419. 歁，食不滿也。从欠甚聲，讀若坎。

按「歁」臺tam，本字「甚」。

420. 欨，蹴鼻也。从欠旬聲。

按「欨」臺語 kìu，有「欨鼻根」之語。

421. 歙，歠也。从今酓聲。

按「歙」臺語 lim，通常寫做「飲」。

422. 歠，歙也。从歙省叕聲。

按「歠」臺語 tsoat，飲而溢的意思，與古籍所行不同。

423. 顝，面瘦淺顝顝也。从頁需聲。

按「顝」臺語 lêŋ，面骨出的樣子。

424. 顅，大頭也。从頁原聲。

按「顅」臺語 gām，乃極古之音，有「顅顅」gām gām 之語，表示大頭的意思；又有「顅顅」之語，則表示大呆的意思，也是自大頭的意思轉出來的。

425. 顑，顑頷，食不飽面黃(面黃二字應作不能二字)起行也。从頁咸聲，讀若戇。

按「顑頷」臺語 kâm lám，轉為 kâ lám，失食虛弱的意思。俗謂小兒虛弱伏臥為「顑頷覆」。

426. 顡，癡顡，不聰明也。从頁豙。

按「顡」臺語 gâi。

427. 顄，頤也。从頁函聲。

按「顄」臺語 ām，有「顄管」ām kún 之語。

428. 頹(穨)，禿皃。从禿貴聲。

按「頹」臺語 tʻûi，《漢書》借用「椎」字。

429.醮，面焦枯小也。从面焦。

按「醮」臺語 ta，轉爲 tâ，乃變調還原致誤之音，通常寫做「顋」。有「烏醮」之語。

430.県，到首也。

按「県」臺語 koân，高的意思，惟有從高處俯視，纔會「倒首」。

431.匍，手行也。从勹甫聲。

按「匍」臺語 pê，通常寫做「爬」。

432.匐，伏地也。从勹畐聲。

按「匐」臺語 peh。又 p'ak。

433.勻，少也。从勹二。

按「勻」臺語 ûn，賭徒常用語，一圈牌叫一勻。

434.匏，瓠也。从包从瓠省。

按「匏」pû。

435.庞，石大也。从厂尨聲。

按「庞」臺語 p'iaŋ。

436.仄，側傾也，从人在厂下。

按「仄」臺語 tsek。

437.礱，礛也。从石龍聲。

按「礱」臺語 lâŋ。

438.貍，伏獸似貙。从豸里聲。

按「貍」臺語 bâ，貓或野貓。

439.駊，駊騀，馬搖頭也。从馬皮聲。

按「駊」臺語 pà，牛馬狂奔的意思，與「赴」、「犫」同
字。

440. 篤，馬行頓遲也。从馬竹聲。

按「篤」臺語 tak，馬行鐵蹄著地聲。有「穩篤篤」之
語。

441. 馮，馬行疾也。从馬冫聲。

按「馮」臺語 pia^n。

442. 驅，驅馬也。从馬區聲。

按「驅」臺語 k'au。

443. 馴，馬順也。从馬川聲。

按「馴」臺語 sûn。

444. 駗，駗驙，馬載重難也。从馬㐱聲。

按「駗」當作「駞」，臺語 tùn。「駞驙」，馬步不進，
臺語 tùn te^n，也寫做「迍邅」。

445. 驛，置騎也。从馬睪聲。

按「驛」臺語 iȧh，車站叫「驛頭」。

446. 猷，小犬吠。从犬敢聲。

按「猷」臺語 hàm，大犬吠聲。《說文解字》非。

447. 獳，怒犬皃。从犬需聲，讀若耨。

按「獳」臺語 nauh，小犬咬人。

448. 獪，狡獪也。从犬會聲。

按「狡獪」臺語 káu koài。

449. 猛，健犬也。从犬孟聲。

按「猛」臺語mé，腳力捷的意思。

450. 倏，犬走疾也。从犬攸聲，讀若叔。

按「倏」臺語sut。

451. 獨，犬相得而鬥也。从犬蜀聲。羊爲群，犬爲獨。

按「獨」臺語tȧk。

452. 鼢，地中行鼠，伯勞所化也。一曰偃鼠。从鼠分聲。

按「鼢」臺語bùn。

453. 熊，熊獸似豕山尻，冬蟄。从能炎省聲。

按「熊」臺語hiâ"，乃燃薪煮飯菜之謂。「熊、虎」之「熊」，本字「能」。「熊」字从火能聲。《說文解字》非。

454. 然，燒也。从火狀聲。

按「然」臺語nā，通常寫做「燃」。

455. 熇，火熱也。从火高聲。

按「熇」臺語hə，如人體有病微熱，謂之熇。

456. 煨，盆中火。从火畏聲。

按「煨」臺語oe，文火久而熟之的意思。

457. 炊，爨也。从火吹省聲。

按「炊」臺語ts'oe，以熱氣蒸而熟之的意思。

458. 炮，毛炙肉也。从火包聲。

按「炮」臺語pû。

459. 尉，从上按下也。从尸又持火，所以申繒也。

按「尉」臺語 ut，通常寫做「熨」。又音 ù。

460. 焠，堅刀刃也。从焠聲。

按「焠」臺語 ts'uh，是鍛鐵探入水中冷卻之的意思。

461. 熠，盛光也。从火習聲。

按「熠」臺語 iáp，有「熠熠鑠」iáp iáp sih 之語。

462. 黸，齊謂黑爲黸。从黑盧聲。

按「黸」臺語 lo，指經火熱焦黑者。

463. 黝，微青黑色也。从黑幼聲。

按「黝」臺語 áu，有「烏黝」之語。

464. 黗，黃濁黑也。从黑屯聲。

按「黗」臺語 t'ûn，有「煙黗」之語；又有「竈黗」un t'
un 之語。

465. 黔，黎也。从黑今聲。

按「黔」臺語 k'âm，有「烏黔黔」之語。

466. 默，滓垢也。从黑尤聲。

按「默」臺語 tám，柏油叫「默子膠」tám á ka。

467. 黴，中久雨青黑也。从黑微省聲。

按「黴」臺語 bā。

468. 奄，覆也。大有餘也。又欠也。从大臼，臼展也。

按「奄」臺語 iam，乃雄性去勢之謂，俗寫做「閹」。

469. 亦，人之臂亦也。从大，象兩亦之形。

按「亦」乃腋之本字，臺語 iȧh，謂之「胳腋空」keh
(koeh) iȧh k'aŋ。又作語詞。

470.夨，傾頭也。从大象形。

按「夨」臺語 tsek，同「仄」。

471. 夭，屈也。从大象形。

按「夭」臺語 k'iau，曲屈的意思。

472.喬，高而曲也。从夭从高省。

按「喬」臺語 kiāu，高起之意。如形容少女胸臀豐
滿，謂之「喬喬」kiàu kiāu。又大風拔大樹連頭起，
橫根往往出土過人頭，也叫「喬」。

473.絞，縊也。从交糸。

按「絞」臺語 ká。

474.尥，蹇也。从尢皮聲。

按「尥」臺語 pái，通常寫做「跛」。

475.尬，尬尬，行不正也。从尢左聲。

按「尬」ts'ê，不良於行，拖腳謂之尬。

476.奕，大也。从大亦聲。

按「奕」臺語 iáh，光的意思，如「月子光奕奕」goéh
(géh) á kŋ iáh iáh。

477.夫，丈夫也。从大一，一以象无。

按「夫」臺語 po。男子謂之「諸夫」tsa po。

478.立，侸也。从大在一之上。

按「立」臺語 láp，又寫做「蹋」，變音為「踢」、「踏」。

479.竦，敬也。从立从束。

按「竦」臺語 sáŋ，字从立束聲。臺語謂高其勢為「竦

勢」，即古語「高尙其事」的「高尙」之意。

480.竢，待也。从立矣聲。

按「竢」臺語tsʻāi。

481.竭，負舉也。从立曷聲。

按「竭」臺語giảh。

482.踖，驚兒。从立昔聲。

按「踖」臺語tsʻiảk，《孟子》寫做「戚」。

483.婢，短人婢婢兒。从立卑聲。

按「婢」臺語pī，轉爲pih，如「矮婢婢」。

484.並，併也。从二立。

按「並」臺語pʻēŋ。

485.囟，頭會㘛蓋也。象形。

按「囟」臺語sìn。

486.慮，謀思也。从思虍聲。

按「慮」臺語liā，有「慮數」liā siàu之語，意思是查帳目。

487.恬，安心。从心䒑聲。

按「恬」臺語tiām。

488.怞，朡也。从心由聲。

按「怞」臺語tiuh，間隔抽動的意思。

489.懕，安也。从心厭聲。

按「懕」臺語iam，疲病畏風的樣子，心有所倦也叫懕。

490.怕，無僞(爲)也。从心白聲。

按「怕」臺語p‘ə，樸實的意思。

491.懇，精意也，从心毳聲。

按「懇」臺語ts‘óaⁿ，有「懇懊」ts‘óaⁿ nōa 之語，《漢書》作「選奧」。

492.㦅，疾利口也。从心册聲。

按「㦅」臺ts‘eh，痛恨的意思。

493.悭，恨也。从心巠聲。

按「悭」臺語k‘ŋh。

494.悇，忘也，嘽(憛之誤)也。从心余聲。

按「悇」臺語tâ，「悇憛」tâh t‘ām，老人記憶恍惚的樣子。

495.愚，戇也。从心禺。

按「愚」臺語gōŋ，字應是从心禺聲。

496.戇，愚也。从心贛聲。

按「戇」臺語k‘ám、tòŋ。

497.惷，亂也。从心春聲。

按「惷」臺語t‘ún。

498.怖，恨怒也。从心巿聲。

按「怖」臺語p‘áiⁿ。

499.怏，不服懟也。从心央聲。

按「怏」臺語ŋ，有「怏懟」ŋ tŋ之語。

500.惔，憂也。从心炎聲。

按「惔」臺語 tám，也寫做「憺」，今人寫做「就」。

501. 愜，憂也。从心叕聲。

按「愜」臺語 tsʻoah。

502. 憂，愁也。从心頁。

按「憂」今人一概寫做「憂」，臺語 iau。iau 今爲飢餓的感覺，古時生理的飢餓之干擾與心理的飢餓（失據之感）之干擾不分。

503. 憚，忌難也。从心單聲。一曰難也。

按「憚」臺語 tōaⁿ，與「惰」同，有「份憚」pūn（pīn、pān）tōaⁿ 之語，官音寫做「笨蛋」，非。

504. 濁，濁水出齊郡。从水蜀聲。

按「濁」臺語 tȧk，指沈澱物，如「麻油濁」。

505. 沛，沛水出遼東。从水市聲。

按「沛」臺語 pʻè、hè，大水淹至之聲，或大雨聲，或屋大漏聲，如「漏沛沛」lāu hè hè。

506. 滲，下漉也。从水參聲。

按「滲」臺語 siàm。

507. 淔，水暫溢且止未減也。从水寺聲。

按「淔」臺語 tīⁿ。

508. 涓：少減也。一曰水門。从水省聲。

按「涓」臺語 tsʻeh。

509. 溽，溽暑溼暑也。从水辱聲。

按「溽」臺語 dzoȧh。

510. 深，小水入大水曰深。从水眾聲。

按「深」臺語 tsân、tsʻiân。

511. 注，灌也。从水注聲。

按「注」臺語 tù，今爲賭徒用語。

512. 沃，溉灌也。从水芺聲。

按「沃」通常寫做「沃」，臺語 ak，由上而下給水的意思。

513. 湆，所以攤水也。从水昔聲。

按「湆」臺語 tsəh，本字「乍」。

514. 湛，沒也。从水甚聲。

按「湛」臺語 tiàm，有「湛涵」tiàm bĩ 之語。又 tâm，水溼的意思。

515. 潲，久雨涔潲也。一曰水名。从水賓聲。

按「潲」臺語 tsî̂。

516. 瀧，雨瀧瀧也。从水龍聲。

按「瀧」臺語 tsʻiân，即通語「瀑布」。

517. 漊，雨漊漊也。从水婁聲。

按「漊」臺語 lūi。

518. 溦，小雨也。从水散聲。

按「溦」臺語 mi，有「雨溦」hō mi，小雨的意思。

519. 漚，久漬也。从水區聲。

按「漚」臺語 au，久漚則爲 àu。

520. 汽，水涸也。从水气聲。

按「汔」臺語k'ĭt，溶液水分蒸發，過分黏固的樣子。

521. 涸，渴也。从水固聲。

按「涸」臺語k'ə。

522. 潐，盡也。从水焦聲。

按「潐」臺語ta。

523. 潰，水漫也。从水糞聲。

按「潰」臺語pūn。

524. 濢，新也。从水皋聲。

按「濢」臺語ts'ùi，有「生濢」ts'eⁿ ts'ùi之語。

525. 瀞，無垢薉也。从水靜聲。

按「瀞」臺語tsē，有「瀞清」之語。

526. 涫，䰞也。从水官聲。

按「涫」臺語kún，俗作「滾」。

527. 汏，淅瀏也。从水大聲。

按「汏」臺語t'ōa。

528. 瀇，浚乾漬米也。从水竟聲。

按「瀇」臺語kîn。

529. 溲，浸汏也。从水叟聲。

按「溲」臺語ts'iau。

530. 潘，淅米汁也。从水番聲。

按「潘」臺語p'un。

531. 泔，周謂潘曰泔。从水甘聲。

按「泔」臺語ám。

532.滫，久泔也。从水脩聲。

按「滫」臺語 siûⁿ(siôⁿ)、siâu。前者指粘液，後者指精液。

533.滓，澱也。从水宰聲。

按「滓」tái。

534.湎，湛於酒也。从水面聲。

按「湎」臺語 bī，是沒入水中的意思。《說文解字》大非。

535.瀞，冷寒也。从水靚聲。

按「瀞」臺語 tsʻin，又寫做「凊」。

536.沐，濯髮也。从水木聲。

按「沐」臺語 bak，弄水的意思。

537.沬，洒面也。从水未聲。

按「沬」臺語 hôe，取溼面巾略拭面的意思。

538.淋，以水沃也。从水林聲。

按「淋」臺語 lâm。

539.潼，乳汁也。从水重聲。

按「潼」臺語 tàŋ。

540.永，水長也。象水巠埋之長永也。

按「永」臺語 éŋ，涌、湧的本字。

541.零，雨零也。从雨各聲。

按「零」臺語 lòh，下雨的意思。

542.䨞，雨兒，方語也。从雨禹聲，讀若禹。

按「䨪」臺語 hōa，下雨聲。

543. 霑，雨㵦也。从雨沾聲。

按「霑」臺語 tsam。

544. 屚，屋穿水入也。从雨在尸下，尸者屋也。

按「屚」臺語 lāu，一般寫做「漏」。

545. 霊，雨濡革也。从雨革，讀若膊。

按「霊」臺語 pʻok。

546. 霽，雨止也。从雨齊聲。

按「霽」臺語 tsêⁿ。

547. 霿，天氣下地不應曰霿。霿，晦也。从雨瞀聲。

按「霿」臺語 bôŋ，霧氣四環而中無，叫霿。

548. 䀋，鹹䀋也。从鹵差省聲。

按「鹹䀋」臺語 kiâm tôa，鹽漬物的意思。

549. 闀，門聲也。从門曷聲。

按「闀」臺語 oàiⁿh。

550. 聖，通也。从耳呈聲。

按「聖」臺語 siàⁿ。

551. 持，握也。从手寺聲。

按「持」臺語 tēⁿ、tīⁿ。

552. 挈，縣持也。从手㓞聲。

按「挈」臺語 kʻėh。

553. 拑，脅持也。从手甘聲。

按「拑」臺語 kʻîⁿ。

554.抈,幷持也。从手月聲。

按「抈」臺語liam。

555.擥,撮持也。从手監聲。

按「擥」臺語lám，一般寫做「攬」。

556.撢,提持也。从手單聲。

按「撢」臺語tʻáⁿ，經書寫做「按」、「綏」。本字「揣」。

557.掊,杷也。从手音聲。

按「掊」臺語pāu，「杷」(應作「批」)pa，都是打的意
思。

558.捉,搤也。从手足聲。

按「捉」臺語tsʻiak。

559.扯,捽也。从手此聲。

按「扯」臺語tsʻih。

560.捽,持頭髮也。从手卒聲。

按「捽」臺語tsòh，投的意思。

561.承,奉也,受也。从手卩𠬝。

按「承」臺語sîn。

562.捪,給也。从手臣聲。一曰約也。

按「捪」臺語tsūn，如「捪面布」，絞之使水出的意
思。

563.捪,撫也。从手昏聲。

按「捪」臺語bîn，通常寫做「抆」。

564.揣,量也。从手耑聲。

按「揣」臺語ts‘é，目測的意思。又t‘áⁿ，也作「等」。

565. 抉，挑也。从手夬聲。

按「抉」臺語koeh。

566. 擖，刮也。从手葛聲。

按「擖」臺語k‘at，同「扢」。

567. 搈，動搈也。从手容聲。

按「動搈」臺語tōŋ iâŋ，聲張的意思。

568. 揚，飛舉也。从手昜聲。

按「揚」臺語iāŋ、iāⁿ。

569. 舁，對舉也。从手與聲。

按「舁」臺語giáh。

570. 捎，自關巳西，凡取物之上者爲撟捎。从手肖聲。

按「捎」臺語hŋ。字當作「掀」。

571. 挓，挹也。从手且聲。

按「挓」臺語tsāⁿ，也寫做「攄」。

572. 搤，引急也。从手恆聲。

按「搤」臺語keŋ，撐開的意思。

573. 搊，引也。从手留聲。

按「搊」臺語liu，也寫做「抽」。

574. 擢，引也。从手翟聲。

按「擢」臺語tiáh。

575. 挼，摧也。从手妥聲。

按「挼」臺語dzôe，也寫做「捼」。

576.搣，搖也。从手咸聲。

按「搣」臺語k'ām，通常寫做「撼」。

577.搦，按也。从手弱聲。

按「搦」臺語làk。

578.捇，裂也。从手赤聲。

按「捇」臺語t'iah。

579.播，種也。从手番聲。

按「播」臺語pòa。

580.撻，鄉飲酒罰不敬撻其背。从手達聲。

按「撻」臺語tah。

581.捩，止馬也。从手夌聲。

按「捩」臺語lêŋ。

582.抨，彈也。从手平聲。

按「抨」臺語p'iaŋ。

583.捲，气勢也。从手卷聲。

按「捲」臺語k'ún，有「捲頭」之語，謂其人勇壯的意思。

584.拂，過擊也。从手弗聲。

按「拂」臺語put。

585.掔，攘頭也。从手堅聲。

按「掔」臺語k'en。

586.扰，深擊也。从手尤聲。

按「扰」臺語tsim，也寫做「揕」。

587. 簎，刺也。从手籍省聲。《春秋》《國語》曰簎魚鼈。

按「簎」臺語tsʻa̍k，也寫做「猎」。

588. 撚，執也。从手然聲。

按「撚」臺語lién。

589. 撅，以手有所杷也。从手厥聲。

按「撅」臺語koat，打的意思。

590. 委，委隨也。从女禾聲。

按「委」臺語óa。字應是从禾女聲。

591. 嫙，好也。从女旋聲。

按「嫙」臺語tsn̂g，有「光嫙」之語，是光潔好看的意思。

592. 如，從隨也。从女从口。

按「如」臺語nā，假設詞。字應作从口女聲。

593. 婟，嫪也。从女固聲。

按「婟嫪」臺語ko láu，是愛惜物，不欲他人觸之的意思。

594. 嫭，嬌也。从女虘聲。

按「嫭」臺語tsiōⁿ(tsiūⁿ)，有「嫭姿」tsiōⁿ(tsiūⁿ) tsî之語。「嬌」臺語kʻiâu。

595. 媃，量也。从女柔聲。

按「媃」臺語táⁿ，乃「打算」、「打量」之「打」的正字。

596. 妥，安也。从爪女。

按「妥」臺語tʻáⁿ，以手托住的意思。

597. 乂，芟艸也。从丿乀相交。

按「乂」臺語ŋái，用剪刀以外之物剪叫乂。

598. 歴，臥也。从氐垔聲。

按「歴」臺語un，和衣坐臥污地上的意思。

599. 戕，槍也。它國臣來弑君曰戕。从戈爿聲。

按「戕」臺語ts'iâŋ，也寫做「鎗」。

600. 亡，逃也。从入凵。

按「亡」臺語mo。

601. 匡，飯器，筥也。从匚王聲。

按「匡」臺語k'aⁿ，有「飯匡」之語，通常寫做「筐」、「筥」。

602. 匜，似羹魁，柄中有道，可以注水酒。从匚也聲。

按「匜」臺語hia。

603. 甗，小杯也。从匚贛聲。

按「甗」臺語kám，有「甗子店」等語。

604. 畚，蒲器也。䒷屬，所以盛糧。从由弁聲。

按「畚」臺語pūn。

605. 甌，小盆也。从瓦區聲。

按「甌」臺語au，小杯的意思。

606. 弸，弓彊皃。从弓朋聲。

按「弸」臺語peⁿ。

607. 弛，弓解弦也。从弓也聲。

按「弛」臺語t'áu。

608.發，射發也。从弓癹聲。

按「發」臺語 p'at，轉為 p'ah，有「發鳥」p'ah tsiáu 等語。

609.系，縣也。从糸厂聲。

按「系」臺語 kōaⁿ，有「一系」tsi̍t kōaⁿ、「歸系」kui kōaⁿ 等語。

610.經，織從(縱)絲也。从糸巠聲。

按「經」臺語 keⁿ，有「經蜘蛛絲」之語。

611.給，相足也。从糸合聲。

按「給」臺語 kap。

612.組，補縫也。从糸且聲。

按「組」臺語 tīⁿ，密針綴合，不是補縫。

613.縋，以繩有所縣也。从糸追聲。

按「縋」臺語 lūi。

614.蝤，蝤蠐也。从虫酋聲。

按「蝤蠐」臺語 tsîuⁿ tsî，即蝦蟆。正字䗪䗪。

615.螻，螻蛄也。从虫婁聲。

按「螻」臺語 káu，螞蟻叫「螻蟻」káu hiā，乃古語。

616.蝡，動也。从虫耎聲。

按「蝡」臺語 nòa。

617.螫，蟲行毒也。从虫赦聲。

按「螫」臺語 ts'iah。

618.蠢，蟲動也。从蚰春聲。

按「蠹」臺語 tʻún。

619. 卵，凡物無乳者卵生。象形。

按「卵」古寫 ⊕，象陽具，因太像了不好看，故意缺筆寫成 ⊕，後人遂誤以爲是卵，但自吳語、閩語仍保存古義，謂陽物爲卵，臺語 lān。

620. 塓，由也。从土美。

按「塓」臺語 pʻak，土塊的意思。

621. 坺，坺土也。一臿土謂之坺。从土犮聲。

按「坺」臺語 pʻoėh，有「土坺」之語；又 poah，如「一坺薰」tsi̍t poah hun。

622. 堪，地突也。从土甚聲。

按「堪」臺語 kʻàm，俗字寫做「墈」或「磡」或「崁」。

623. 坢，埽除也。从土弁聲。

按「坢」臺語 piàⁿ。

624. 在，存也。从土才聲。

按「在」臺語 tsʻāi，植的意思。植之固，謂之 tsāi。

625. 填，寒也。从土眞聲。

按「填」臺語 tʻūn。

626. 坦，安也。从土旦聲。

按「坦」臺語 tʻáⁿ，有「平坦坦」之語。

627. 垎，水乾也。从土各聲。

按「垎」臺語 kʻok，有「漉垎垎」之語。

628. 块，塵也。从土央聲。

按「堁」臺語ieŋ，有「堁埃」ieŋ ia 之語。「塵」臺語 t'
ûn。

629. 坋，塵也。从土分聲。

按「坋」臺語 pūn。

630. 垢，濁也。从土后聲。

按「垢」臺語 káu，有「油垢」之語。

631. 坏，丘一成者也。从土不聲。

按「坏」臺語 pû。

632. 町，田踐處曰町。从田丁聲。

按「町」乃「坦」本字，但漢人當田地數量名，即臺語
tè，一町田，即一塊田。

633. 畜，田畜也。淮南王曰玄田爲畜。

按「畜」臺語 hak，置產的意思。

634. 疃，禽獸所踐處也。从田童聲。

按「疃」臺語 t'óaⁿ，以鋤除草的意思。

635. 務，趣也。从力矛聲。

按「務」臺語 bā。

636. 勉，強力也。从力免聲。

按「勉」臺語 mé，有「勉力」mé liăh 之語。

637. 劂，彊力也。从力厥聲。

按「劂」臺語 kut，有「劂力」之語，《呂氏春秋》作「屈
力」。

638. 勝，任也。从力朕聲。

按「勝」臺語 tè", 用力的意思。

639. 勢, 健也。从力敖聲, 讀若豪。

按「勢」臺語 gâu, 通常借「豪」字爲之。

640. 鏗, 劋也。从金臤聲。

按「鏗」臺語 k'eŋ, 刀背的意思。

641. 鉉, 所以舉鼎也。从金玄聲。

按「鉉」臺語 hǐ", 耳的意思, 古音大概是 kōa"。

642. 劉, 殺也。从金刀卯聲。

按「劉」臺語 liâ。

643. 斯, 析也。从斤其聲。

按「斯」臺語 si。

644. 斯, 柯擊也。从斤良聲。

按「斯」臺語 lân, 削去枝葉根鬚的意思, 如收甘蔗,
必斯去包葉及附根。又寫做劙。

645. 斟, 相易物俱爲斟, 从斗蜀聲。

按「斟」臺語 tàu, 補足斤兩的意思。

646. 衝, 車搖也。从車行。

按「衝」臺語 hén。

647. 斬, 截也。从車斤。

按「斬」臺語 tsá"。

648. 轟, 車聲也。从三車。

按「轟」臺語 k'ōŋ。

649. 陂, 阪也。从自皮聲。

按「陂」臺語 piⁿ，通常寫做「邊」。又 pi，俗作「埤」，
如鳳山有「大埤」，淺人作「大貝湖」，今改名「澄清
湖」。

650. 亞，醜也。象人局背之形。

按「亞」臺語 àⁿ，俯的意思。

651. 辛，秋時萬物成而孰，金剛味辛，辛痛即泣出。从
一辛，皋也。

按「辛」臺語 tsiⁿ，如「柴辛」、「鋤頭辛」。

652. 子，十一月昜气動，萬物滋。象形。

按「子」臺語 tsí。又 tsíⁿ，也寫做「仔」，如「仔薑」；
或省音爲 íⁿ，即「肄」字，芽的意思。

653. 字，乳也。从子在宀下，子亦聲。

按「字」臺語 tsî，一般寫做「飼」，古書寫做「飤」。

654. 孺，乳子也。从子需聲。

按「孺子」臺語 ní tsiáⁿ。「子」讀 tsiáⁿ，乃極古的發
音。

655. 孨，謹也。从三子。

按「孨」臺語 kiáⁿ。

656. 𠫓，不順忽出也。从到子。

按「𠫓」臺語 lut。

657. 丑，紐也。象手之形。

按「丑」臺語 k'iú，giú。

658. 肚，食肉也。从肉丑丑亦聲。

按「肨」臺語k‘iú，giú。

659.羞，進獻也。从羊丑，丑亦聲。

按「羞」臺語ts‘au，有「胜羞」ts‘eⁿ ts‘au之語，食物
豐盛的意思。又寫做「腥臊」。

660.䶴，擊小鼓引樂聲也。从申柬聲。

按「䶴」臺語īn，響動的意思。《詩經》作「殷」。

661.釂，會飲酒也。从酉㬥聲。

按「釂」臺語k‘iəh，合錢飲酒的意思。

十一、糾正古注

　　古書的整理解釋始於孔門，中間經過戰國末年、西漢，而盛於東漢末。自戰國末年以來，字詞的解釋往往錯誤，東漢末錯誤越發的多。究其原因，在於學者操用的語言狹於古書，有不少字詞早已不存在於學者間的口頭語中，或早已變了音，不爲學者們所認識。平時打開古書，照著臺語唸，口誦心惟，有不少字眼一看就明白的，卻怪古注家(包括戰國末至東漢末)反因不識而妄解，而後人卻不辨黑白，跟著古注講，平白加添了漢字漢語許多紊亂，拿現代話說，使得漢字漢語受到了嚴重的歪曲與污染。好在古注家因當時書寫工具不便(用竹簡木簡)，多注焉不詳，有不少字都不曾加注，不然，歪曲與污染當更嚴重。由於直接讀古書，和古注做比較，益發看出臺語的古老性與古典性，不免十分驚訝，覺得十分可貴。舉個最淺近的例，《孟子》一開頭的〈梁惠王篇〉是大家都很熟的書，梁惠王說：「寡人之於國也，盡心焉耳矣，河內凶則移其民於河東，移其粟於河內；河東凶亦然。察鄰國之政，無如寡人之用心者。鄰國之民不加少，寡人之民不加多，何也？」梁惠王的話裏有「加多」一詞，照一般的意思

講是可以理解的，至於「加少」，照一般的意思就無法理解
了。但如用臺語去唸，就沒有不可解之處，「加」臺語kʻah，
「加多」是kʻah tə，「加少」是kʻah tsió。「加」是比較級冠詞，
並非「加減」的「加」。「加」的造字是从口力，是加強語氣之
詞。日本假名「力」讀kʻah，即是取「加」字而省了「口」旁成
字，可做爲「加」字的字音旁證。在先秦古書中，這一類古
語，不爲戰國以後的學者所知的，爲數很多，臺語中至今還
活用在實際的語詞中。下面用閒談的方式，想起那一句那一
字就講那一句那一字，略講一些，當幾個例子來看。至於要
將古書古注拿出來逐字逐句講，則要寫成百萬字的大書，本
章是辦不到的，並且讀者也未必有這麼大的興趣(因爲要花
一、兩個月的時間來讀)。

《呂氏春秋》末尾第二篇〈辯土篇〉談到栽培農作物的情
形，有這麼兩句話：「寒則雕，熱則脩。」東漢末注家高誘的
注：「雕，不實也。脩，長也。」意思是天氣冷則不會結實，
天氣熱則會生長得很高大。看來好似解釋得很正確，其實是
完全錯誤的。按這句話用臺語唸「寒則雕」是kóaⁿ tiȯh
ta，「熱則脩」是dzoȧh tiȯh siȯh。意思是天氣太冷則作物凍
死，太熱則翕(hip)死。「雕」是「凋」的代用字，臺語
ta。「脩」，臺語siȯh，是肉受熱發敗，本來不能用來形容植
物，因《詩經》〈中谷有蓷篇〉曾經有這樣的用法，故作者照著
用。詩上說「中谷有蓷，嘆其乾矣」、「中谷有蓷，嘆其脩
矣」、「中谷有蓷，嘆其濕(塌)矣」。「蓷」是益母草，受了太

多的日光，「乾」了，「脩」了，「塌」了。做詩爲求變化，常要換字，且又受押韻的限制，換字有時不免牽強，「脩」字完全是爲了和「歗」、「淑」押韻而被採用的。「塌」是水滲入地下，這裏用來形容益母草嚴重失水，經過「乾薦」的階段，再經過「變色」(等於肉變質)的階段，終於「倒下去」(塌)。高誘在短短的六個字中，注了兩個字，兩個字都錯了，如果他是閩南人，絕對不可能注錯。

《書經》上有一個極常見的字，除非用閩南語去說明，否則只有永遠被誤解。〈舜典篇〉有「在璿璣玉衡，以齊七政」的話，裏面的關鍵字，是「在」字。〈爾雅〉釋詁：「在，察也。」這個解釋代表自戰國末年至東漢末年學者的見解。其實是完全錯誤的。「在」字原本寫做✝，橫劃代表地面，黑色部分代表土塊，縱劃代表柱子。這個字後來演變成「才」字，於是加了「土」字寫成「扗」，就是現在通行的「在」字。故「在」是植柱的意思，臺語植柱正叫「在柱子」ts'ai t'iāu á。「在璿璣玉衡」，是裝置渾天儀的意思。若「在」是「察」的意思，「在璿璣玉衡，以齊七政」，便成了「察看渾天儀，以測日月五星」，對於「渾天儀」的來歷欠說明，那是不通的。《書經》另一篇〈康王之誥〉有「乃命建侯樹屏，在我後之人」的話。「在」是扶植的意思了，再用「察」來講也講不通。《莊子》有〈在宥篇〉，《呂氏春秋》有〈去宥篇〉。「宥」同「囿」，「在」和「去」正相對反，「在宥」是設囿，「去宥」是撤囿，意思就更明白了。

戰國末年以來學者誤注的古書，最嚴重的無如《詩經》，

因爲《詩經》包羅萬象，用語涉及的範圍廣泛，學者們母語的貧乏，一對照，馬上顯露了出來。《詩經》第一篇是〈關雎〉，最爲大家所悉知，這個開頭篇，戰國末年以來的注家便有不懂的語詞而加以妄解，第二篇〈葛覃〉，第三篇〈卷耳〉，也無不有嚴重的誤注。

〈關雎〉末章「參差荇菜，左右芼之；窈窕淑女，鐘鼓樂之」中有個不習見的字「芼」，荀子的學生毛亨說是「芼，擇也」，實在錯得厲害。按「芼」字是三《禮》中習見的字，鄭玄說是「芼，菜也」、「芼，菜釀也」，也是不對。閩南人喜用篾製的濾器，將生菜放在裏面，探進滾湯中不斷播動，一、兩分鐘便提出來吃，這種快熟法有個特別的專名，叫 bāu，乃 bauh 的變音，就是經典中的「芼」字。自戰國末至東漢末的學者大概都不識，毛亨因不識而妄解，鄭玄則望文瞎猜。此字到了宋朝纔有正解，如朱熹是安徽婺源人，婺源人是閩越的後裔，又兼生長在閩地，故他說「芼，熟而薦之」。嚴粲《詩緝》引董氏說「芼則以熟而薦也」。董氏不知何許人，大概是閩人。

《詩經》第二篇開頭唱著：「葛之覃兮，施於中谷。」裏面的「覃」是個不經見的字，毛亨以爲「覃，延也」，當然是不著邊際的瞎說。若全句用臺語唸，眞的是「老嫗能解」。「葛之覃兮」唸出來是：koah ê tàm hè，「施於中谷」是：iāⁿ û tiong kok。「葛」是一種藤類，「葛根」是漢藥中的發散神品，「覃」是垂，「施」是搖，「中谷」即「谷中」。全句的意思是：葛藤從

枝柯間向下垂著，在山谷中迎風搖曳。「覃」的原本寫法是
𧮫，上半是「鹵」字，下半是「㐭」(亯)的倒字，乃是聲符，合
起來成為「淡而無味」的「淡」的正字，楷書寫成「覃」。「㐭」是
一座高建築物，倒過來是「冝」，在「覃」字中變成「早」字，在
「厚」字中變成「旱」字，表示高建築物傾斜的意思，字音是
tàm。這裏詩的作者是借用「覃」字的字音，來表「冝」的意思。
閩南語中向下垂迄今仍叫 tàm，就是這裏的「覃」。答應人家
的要求，將頭向下一動，閩南語叫 tàm tʻâu，寫出來是「冝
頭」，或仿照此詩作者的辦法用借字，寫成「覃頭」也無不
可，可是官話卻寫成「點頭」，這就事大了，因為「點」是污點
的意思，「點頭」的意思，不成了頭上有污點嗎？這是萬萬
不可的。這個 tàm 的語詞，在《詩經》還出現過一次。鄘風
〈柏舟篇〉有「髧彼兩髦」的話。毛亨說：「髦者，髮至眉。」又
說：「髧，兩髦之貌。」毛亨的語言非常貧乏，第二篇詩既
然不識「覃」，這一篇的「髧」字，他自然也不識。這裏的「髧」
字自然也是下垂的 tàm。《戰國策》〈楚策〉上也出現過這個語
詞。〈楚策〉有「蹄申膝折，尾湛胕潰」的話，是描寫一匹老
千里馬，老來筋骨遲鈍，被賣去當拖鹽車的牲畜。一路上
自齊國的海濱拖了滿載的鹽車，望關中西進。來到太行山，
峻坂崎嶇，爬得蹄脫了，膝斷了，尾垂了，足爛了。「湛」
原本讀 tâm，濡溼的意思，也是閩南語中的習語，這裏是借
字，用來做為 tàm 一音的代字。西漢和司馬相如同時的嚴
忌，在他的〈哀時命〉中也出現過一次，有「攀瑤木之攡枝

兮」之句，「撢」是 tàm。嚴忌是會稽人，屬閩越種，故有
tàm 的語詞。這 tàm 的語音衍生許多的字，如探、撢、深、
潭、瞫、檙都是。

《詩經》第三篇第二章是「陟彼崔嵬，我馬虺隤。我姑酌
彼金罍，維以不永懷」。毛亨說：「永，長也。」這個解釋也
是錯誤的。我們在前幾章中已講過，「永」的原本寫法是𣲖，
是合流處泃湧的意思，是「涌」、「湧」、「洋」、「漾」的本字。
「永懷」是「湧懷」、「漾懷」，也就是「動懷」。在〈漢廣篇〉裏這
個意思更清楚。〈漢廣篇〉有「漢之廣矣，不可泳思；江之永
矣，不可方思」的話。漢水廣闊，自然游不過去；江水泃
湧，自然無法航行。「方」是航的古字。若「永」解為長，江水
長跟不能航行有什麼關係。「永」是「涌」、「湧」，故「泳」是在
水上浮沈的意思。其實「泳」即「涌」，「詠」即「誦」，「洋溢」即
「踴躍」。〈碩人篇〉有「河水洋洋」之句，「洋洋」即「永永」即
「泳泳」即「漾漾」。「海洋」就是「海」會「漾」、會「永」、會
「涌」、會「湧」、會「洋溢」、會「踴躍」。王嘉《拾遺記》「鯨鯢
游湧，海水恬波」，「游湧」即「游泳」。《楚辭》〈悲回風〉「心踊
躍其若湯」。

《詩經》注解上最嚴重且最為明顯的錯誤，是〈行露篇〉
中的「牙」字，〈大東篇的〉「跂」字。下面分別來講一講：

〈行露篇〉有「誰謂雀無角，何以穿我屋？」、「誰謂鼠無
牙，何以穿我墉？」的話。這兩句話先說明了麻雀沒有角，
老鼠沒有牙；麻雀儘管沒有角，卻會打通屋頂，老鼠儘管

沒有牙，卻會打通牆壁。從詩人的話，可知道所謂角、所謂牙，乃動物的戰鬥利器，角是生在頭上的，牙是長在嘴外的。毛亨「牙」字沒有解釋。許慎的《說文解字》說：「牙，牡齒也，象上下相錯之形。」既是「上下相錯」，自然是在嘴裏面的，故段玉裁的注說：「當唇者稱齒，後在輔車者稱牙。」如此說，「牙」是臼齒了。按「牙」字，不要說清朝人段玉裁，東漢人許慎，就是戰國時代中原一帶的人也沒有真正認識的。《呂氏春秋》〈淫辭篇〉有「問馬齒。圉人曰齒十二，與牙三十」的話，也是以在前者當唇為齒，在後者當頰為牙。若「牙」是臼齒，〈行露篇〉詩人的話就有問題了。可知漢語之衰落與紛亂或污染，有徵的時間，是在戰國末年，可能更早。老天給予動物以生存的戰鬥利器，象、山豬等獸口有二牙，在口外；牛、羊有二角，在頭上；鳥類有尖嘴。故戴角者無牙，有牙者無角，老天沒有同時給予動物兩種戰鬥利器的。而較弱小的動物，如兔則有雷達式的大耳朵和善跑的長後腿；蟲有保護色；莫不有保生之具。人類有優出一切的腦組織。因為「牙」字被誤當臼齒由來已久，故今日人類居然有「牙醫」，煞是怪事！人類那裏有牙？人類若生有出口外的長牙，人的形容就成了餓鬼相了。臺灣原只有齒科、齒醫，從來沒聽見有「牙科」、「牙醫」的。光復後，隨著外省人的來臺，尤其中央政府撤退來臺，也帶來了所謂「牙醫」、「牙科」。初見「牙科」二字時，不由大吃一驚，至今三十多年，見怪不怪，只有莫可奈何之感。其實

像這一類「牙科」、「牙醫」，最好設在動物園裏，或者設在非洲象國之內，纔是名符其實，不然，實在是很那個的。閩南語，在口內悉數叫「齒」k‘i，出口外纔叫「牙」gê，如「象牙」、「豬牙」、「狗牙」、「虎牙」。人類的「齒」絕不叫「牙」，有人唇邊兩角上齒特別碩壯，近似狗牙，有時開玩笑，也指那兩枚角齒爲牙，叫「豬公牙」。人們畫鬼的時候，特別畫著兩個驚人的角齒，那是眞正的「牙」，大約有一寸多長。閩南語「齒」和「牙」是嚴格分開的。〈行露篇〉是召南的詩，在《詩經》中屬於惟一的南方作品，故「牙」字還保持原義。若在黃河流域，自從商朝亡於周，商語退回南方，周語代行，許多商代語詞，多被誤解歪曲，《書經》中甚至不稱「象牙」而稱「象齒」；《書經》大部分是孔門作品。「象牙」一詞所以一直沿用，未改爲「象齒」，乃是象乃商朝的著名家畜，純屬南方語的系統，非北方語所有；且自周以後象牙源源自南方輸入北方，故名稱自然源源遵用南方語。

　　〈大東篇〉一開頭便寫著：「跂彼織女。」對天文有興趣的人，早看過織女星座（天琴座），形狀像個等腰三角形，主星在上面，副星分配在等腰點上，樣子是這樣的：

　　看起來正像一個人叉開腳站著一般，故詩人寫著「跂彼織女」。「跂」本字是「企」，閩南語 k'iā，等於英語的 stand。可是自戰國末期，這個字也嚴重受到誤解與歪曲，各種書，都當「提起腳後跟」講。大概是織女星的故事，使得不眞知「企」(跂)字的人，自然產生了誤解。織女隔著銀河望牛郎，人們以爲望一定要提起腳跟，這是錯誤的。古人凡有所望的時候，是由坐的姿態站起而已，最多伸長了頸項，說成「引領(脖子)望之」，便很足夠了，因爲提腳跟既提不長久，且也不是自然好看的儀態，古人樸素，絕對不會有這樣過分的行爲。毛亨解「跂」字說：「跂，隅貌。」可以說牛頭不對馬嘴。許愼認爲「跂」應寫做「岐」，「岐」是不端正的意思，意思是織女三星位置傾斜。許愼因不解詩中「跂」字，因爲照通行的意思，「跂」是提起腳後跟，那是講不通的，故自我作古造了「岐」字。「跂」之是閩南語的 k'iā，除了本詩點出織女三星的形狀之外，〈河廣篇〉也可爲證。〈河廣篇〉說：「誰謂河廣？一葦杭之！誰謂宋遠？跂予望之！」意思是：誰說黃河的河面遼闊，一條小獨木舟就航得過去。誰說宋國遙遠，只要站起來，就看得見了。若「跂」是提起腳後跟，詩的意思就差了，那樣反而表示宋國遙遠了。《淮南子》〈墜形訓〉提到有一種人類，名爲「跂踵民」。踵是後跟，若跂是提起後跟，「跂踵」兩字意義有一半重複，是不通的。這裏「跂踵民」是用踵站著的人類，「跂」的意思等於現代官話「站」。跳芭蕾舞，女子常用腳趾站著，可稱爲「跂趾民」，「跂踵民」

與「跂趾民」正相反。所謂「跂」就是用「足」、「支」起來的意思，意義著重在「支」起來，故絕對不會包含「腳後跟」在內。提起腳後跟，另有專語，叫「儠」nè，是戰國末年以來學者所不知道的。他們因不知有「儠」，纔會誤解「跂」字。《淮南子》中，常見一套動物分類詞，共分動物為四類，第一類是「跂行」類，第二類是「喙息」類，第三類是「蠉飛」類，第四類是「蠕動」類。試想想世上那有提起腳跟只用腳趾走路的動物？若沒有這一類，「跂行」類的意思自然要另講，即「跂」不能當「提起腳後跟」講。按「跂行」類應該包含兩腳動物的人類和四腳動物的獸類，這兩類的特色是雖在地面上，卻是用「肢」支起「體」（身體）來行進的。故「跂行」的「跂」意思是很明的。《淮南子》是南方作品，故「跂」字用了原義，若在北方，則在西漢景帝、武帝時代，「跂」字早被誤解歪曲了，那有這樣的原義存在？「喙息」類是有角質長嘴巴的鳥類。「蠉飛」類是翅膀搧得團團的有翅昆蟲類。「蠕動」類則指蛇、蚯蚓、毛蟲之類。

　　按閩南語「企」（跂）、「立」、「站」三語是有分別的。「企」和「騎」、「跨」是同類語，意思著重在支起身體，是「坐」的對詞。「立」，前章約略講過，是踏的意思，叫 láp，造字 △，正像一個人踩在地上，意思著重在以體重或腳力向下壓，其衍生字，有「躘」、「蹋」、「踏」，故「立」láp 而成「塌」lap 或 t'ap，語音上是一貫的。「立」是「躘」、「蹋」、「踏」的原語，漢朝人早已不知。魯桓公隨同夫人齊姜到齊國訪問。齊姜未

嫁魯桓公之前，已與其兄齊襄公私通，這回又兄妹私通，魯桓公獲知，責備文姜。襄公命力士在車中將魯桓公「拉」殺。「拉」是兩手抱著合力施壓的意思。這個字可用來了解「立」的意思。「企」（跂）著重支起來，「立」著重壓下去。至於「站」，是指暫時停留在某特定的場地，叫 tiàm；「店」字是其同類字，旅店是人們暫住之處。故閩南語教人留在某地叫站，在人家住宿也叫站。

　　閩南語中這一類精密的分別語，都是商朝語的直接傳承，在中原地區，自商朝滅亡之後，由商朝帶到中原的語詞，便漸漸地起了變化，由誤解而歪曲，終至含義有了很大的差異，甚至完全顛倒。其後迭經外族入侵，又一次一次地再產生誤解，導致歪曲，於是漢語的紊亂每況愈下，以至今日。

　　以上略講幾條，可以概見。

十二、語言哲學：倫理的、高雅的、精密的

　　一種語言是一套觀念，故各種語言或深或淺地都含著某方向的哲學，我們稱之爲語言哲學。歷年來治漢語，上上下下，涉躐數千年，也旁及各區域，纔發現閩南語有某些語言哲學上的特色，不免吃驚。閩南語的倫理色彩很重，又高雅而精密，除非有悠久的語言歷史，即淵源久遠，很不好解釋這樣的事實。下面分倫理的、高雅的、精密的三方面，各舉幾個例，來做個觀察。

㈠臺語的倫理性

　　在周代的書裏，有錢叫富，現在則一般已不用「富」字，而說成「有錢」。臺語中除了某些較古老的說法還用「富」pù字之外，通常叫「好譽」hó giā 或轉音爲 hó giảh。這是充分的一個倫理的語詞、道德的語詞，有「好的聲譽」纔能稱爲「富」，否則雖家財萬貫而惡名昭彰，怎當得起「好譽」二字？故臺語中只有「好譽人」hó giā lâŋ，而沒有純粹的「有錢人」，這是很奇特的現象，大概在全世界語族中找不到第二族。這裏看出閩南人是崇德的語族，實在值得人肅然起敬。《孟子》

書上有句話，是和孔子生得很相像而又同時同國且與孔子的人格正相反的壞人陽貨的自白，陽貨坦白指出：「為富不仁。」著者想提議全國人採用閩南語中這一個語詞，它不止是倫理的語詞，道德的語詞，還且是教育的語詞。

　　「賢」字是儒家中第二位的人格，僅次於「聖」。文天祥的絕命詞說：「讀聖賢書，所為何事？」聖人固然是難以達到的人生歷鍊的最高最後境界，但是求達到賢人的境界也不容易。可知「賢」是何等的字眼。可是打開《說文解字》，看看「賢」字的造字，卻並不跟我們觀念中的「賢」字相稱。許慎說：「賢，多財也。（據段注改正）完全是「拜金」與「銅臭」的字眼；事實上它是道地的這樣的字眼，看它下半部分是個「貝」，「貝」是古代的錢，就知道許慎的講解不錯。這個字，即「賢」字，在閩南語至今還保存著它的原義，足以印證它的造字和許慎的講解。「賢」字閩南語有兩音，是同一音的分化：一為 kî，有「賢家」之語，意思是說一個人善於理家（產）；一為 k'iàŋ，意思是會賺錢，有能力（多半指的不是很受人尊敬的能力）。這裏我們又看到閩南語的另一強烈的倫理的、道德的語詞。閩南語稱真正受人尊敬的才能叫「勞」gâu，《說文解字》解釋這個字說：「勞，健也。从力敖聲，讀若豪。」「豪」字古音 gâu，故向來通用「豪」字，如文學家稱「文豪」。「勞」字，遂被遺棄不用。段玉裁說：「此豪傑真字，自段豪為之而勞廢矣。」說得最真確不過。能力總是屬於力，故「勞」字从力。在人格涵養上，道德意義原是抽

象的，要比況；用錢財的「賢」來比況總是欠妥當的。

普通話裏有一個罵人的語詞，叫「笨蛋」。閩南語中也有此語，卻不是罵人的話，而是一個倫理的批判語詞。閩南語「笨蛋」語音是 pūn tōaⁿ, pān tōaⁿ, pīn tōaⁿ, 意思是「懶惰」。同一個語詞，在閩南語中是規勸與批判的，在官話和一般話裏卻純粹是罵人的話，語性之厚薄，語族心態之高下，實在不能以道里計。這裏可看出語族與語族間的優劣。「笨蛋」是官話與普通話的土寫，正字應寫做「份憚」。「份」是心態遲鈍。「憚」是「惰」的陽聲字，《論語》有「過則勿憚改」，意思是有過錯不要因循不改，注家解「憚」為「畏」，那是不通的。

兄弟之妻，舊稱娣姒，稱妯娌，閩南語叫「同事」tâŋ sāi。「同事」一詞優於一切稱謂，如「娣姒」、「妯娌」，乃是有音無義的語詞，與閩南語的「同事」不能同日而語。「同事」的意思無非是異姓之人，因婚姻關係結合為一個家庭的倫理關係，就服侍翁姑而言是「同事」，就持家而言也是「同事」，故是一個充分的倫理語詞。

可舉的例子很多，這幾個語詞已可概見。

(二)臺語的高雅性

各種語言中都有溫文爾雅的語詞，故說某一語族有高雅的語詞並不稀奇，但若一些不堪入耳的話也說得文縐縐，這就真的稀奇了。臺語就有這樣稀奇得不能令人相信的不少語

詞。

　　先說「罵」的分類。官話或普通話，似乎只有一個「罵」的語詞，臺語則分類嚴明。女人罵人叫「詈」lé；男人罵人叫「誶」ts'ǝh，重一點則叫「譙」kiāu（也寫做「誚」）；「罵」mē、mā字是中性詞，不分男女；責罵叫「讓」dziáŋ。這些語詞都是古籍上常見的。「誶」字在官話和普通話中現在已變得很難聽，叫 ts'áu（ㄘㄠ），另造土字寫成「肏」，含義也大大地醜陋化了。談到「肏」的一詞，讀者請諒解，本書是純學術討論的文字，無所不談，也無所隱諱，千萬莫要說著者黃色纔好。「肏」字既難聽又難看，實在不足取。同樣的一種行為，一種概念，因語族間心態的差異，其觀念形態便有文野之分。臺語在這一語詞上表現了舉世無雙的高雅性，令人驚奇不置！光復後有些外省作家，喜歡就地取材，寫寫臺灣人的生活，不免要用到這一語詞，他們自然不曉得寫正字，都是採音譯的方式，將臺語的 kàn，寫成「幹」字。近年來鄉土文學興起，本省作家也時時用到這個語詞，也都寫成「幹」字。許多臺語因寫作者不識正字，隨便取同音字代用，無形中給人一種印象，認為臺語土，無根，這是寫作者的罪過。這個語詞的正字，其實很平常習見，就是「間」字，官話讀ㄐㄧㄢ。完全的講法，叫「相間」，任你不驚奇也要驚奇，世上那會有這樣高雅的語言？文言中造有「交媾」一詞，但也只是文言，不是白話，口頭上是不用的。

　　官話說話騙人叫「說謊」。《說文解字》沒有「謊」字，有

「謊」字，說是「夢言」。高誘注《呂氏春秋》，讀「謊」爲「誣」，字音大概是 mâŋ，即臺語 môa，亦即通行的「瞞」。官話的ㄏㄨㄤˇ，大概是讀了白字。這一語詞，臺語叫「白賊」，乍見「白賊」不免覺得土，可是經仔細考究，就發現文雅之至。在古書上有「白杖」、「白梃」、「白丁」、「白徒」等詞，在現在口語上有「白身」、「白手」、「白吃」等詞，都是「白」字頭的語詞。「白」這裏都當「空」講，「白杖」、「白梃」是空棍子，即不安鐵器的純木棍；「白丁」是空丁，即沒有職位的男人；「白徒」是空徒，沒有正式的兵器，未受過戰鬥訓練的群衆；「白身」是空身，做官人打扮成老百姓的模樣；「白手」是空手無憑藉；「白吃」是空吃，不出錢不出力。那麼「白賊」呢？是空賊，沒偷東西的賊，自然是撒謊者了，多文雅的語詞啊！

遊玩臺語叫 t'it tô，土字寫做「迌迌」或「迢迢」(《玉篇》有這兩字，但意思不同)，造字很好，很有意思。正字應該是「彳亍」，即將「行」字拆成兩字，當然是一種優遊自得的行步。《說文解字》說「彳，小步也」、「亍，步止也」，那是許愼杜撰的意思，不合拆「行」字爲兩字的原意。「彳亍」的最好解釋，應該是「逍遙」兩字，用現代話說是「散步」；將「行」拆散，當然是散步。在《世說新語》裏說成「行散」，臺語叫 kiâⁿ sóa，意義是一樣的。

「工作」臺語叫「工課」k'aŋ k'òe (k'è)，是很有教養、有書香味、有行政性的講法。

「多謝」tə siā，臺語又叫「努力」ló lát，這是西漢以前的古語，高雅得很。

例子太多，寫一本一千頁的書都講不完，末一章再講一些。

(三)臺語的精密性

各語族有各語族的特殊地理環境文化背景，故在語域上大有出入。但也有各語族共有的語域，這個語域就可有精粗疏密的差別。在漢語裔群中，自吳語以南不止古語保存得多，其精密性也高。閩南語的精密性超出其他方言有多少程度，當然要做個詳細的比較研究，纔能有明確的統計數字。這裏拈出兩、三組的詞字，可以看出一個概略。

《禮記》〈內則篇〉教媳婦事奉公婆要：「問衣燠寒，疾痛苛(疴)癢，而敬抑搔之。」句中的「癢」，是不搔 sə 不快的一種皮膚上的不快感，臺語叫 tsiūⁿ(tsiōⁿ)，官話叫 _ㄤ。《淮南子》〈脩務訓〉一篇上寫著，人們不論地位如何尊貴如何自持，見了打扮花枝招展的美女，也會「癢心而悅其色」。這裏的「癢」是搔了不快的一種皮膚上過分的快感，用來比況心中為美色所惑的感受，臺語叫 ŋiau(ŋio)，官話還是叫 _ㄤ。《詩經》〈二子乘舟篇〉寫著：「二子乘舟，汎汎其景。願言思子，中心養養。」這裏的「養養」是「癢癢」的借字，是表示心中因懷念而悶悶的一種感受，臺語叫 hiūⁿ(hiōⁿ)。從上面所引三書，看出在閩南語中分為三個語詞的三種感受，

自《詩經》（西周）至《淮南子》（西漢）是混而爲一，同一個
「癢」字。此一事實可提醒研究者認淸閩南語和中原語分流之
早，乃遠在商、周之際。

　住在臺灣誰都有被蚊子叮著的經驗，其「癢」難當，比
「疥癢」還難受，好在是暫時性，一會兒工夫就過去了。這是
第一種「癢」，大概在西周以前是有聲母的，讀成 tsiāŋ 不會
錯，就像「盅」字郭璞讀爲「章」音一樣。到了戰國末年以後，
似乎早已失掉了聲母，直到東漢初年纔由馬援的南征軍從
嶺南將已失落的聲母帶回中原，寫成「瘴」字。「瘴」一語雖被
帶回中原，中原人對它卻不甚了了，一直到南宋陸游都不
怎麼認識。在《避暑漫抄》裏陸游寫道：「嶺南或見異物，從
空墜，始如彈丸，漸如車輪，遂四散，人中之即病，謂之
瘴母。」可知自馬援雖學到「瘴」的語詞，並不眞知其意義，
以爲是「瘴癘」，即熱帶病。故直到南宋陸游還弄不明白，
寫得神祕兮兮。其實那樣的「從空墜，始如彈丸，漸如車
輪，遂四散，人中之即病」的怪物，在臺灣是很常見的，那
就是早晚在昏光中糾纏在一起的蚊群，住在鄉下的人每天
都看得到。然而說它是「瘴」之母，卻是對的，被四散開來
的蚊子叮了，馬上便其「瘴」tsiūⁿ(tsiōⁿ)難當，蚊子確是「瘴」
的根源（母）。蚊子不止是「瘴」之母，被叮了一口以後，就
有傳染瘧疾、腦炎等熱帶病的根，怪不得中原人一直認爲
蚊群是熱帶病（瘴）的根源（母）。

　第二個「癢」應該可寫做「撓」。《集韻》有「撓，抓也」的

話，可視爲第二個「癢」的動詞字，但是像《水滸傳》三十回：「正是撓著我的癢處。」抓癢叫撓不免言之過重了。「撓」的意思並不那麼重。《集韻》的「撓，抓也」，便解釋得太重，遂導致後人用來當「抓癢」的「抓」。

第三個「癢」，應該就是後世的「想」字。

上例足見閩南語的精密性之驚人。下面再講同是膚覺的另一組感覺。

被刀子割傷了，皮膚上有種劇烈的感覺，稱爲「痛」，臺語叫 tʰiàⁿ。在傷口上擦碘酒，又是一番劇烈的感覺，一般也稱爲「痛」，臺語叫 sīⁿ，即「漬」字。痛是內裏的，漬是外表的；痛是全體的，漬是滲透的；應該有分別。故豆漬於鹽水中爲豉；「豉」臺語也叫 sīⁿ，跟「漬」字音無別，官話「漬」爲ㄗ，「豉」爲ㄕ，是沒有道理的。

痲、痺也是皮膚上的感覺，兩字在臺語中都是活語詞。「痲」bâ，指膚覺之喪失。「痺」，指膚覺恢復過程電擊似的斷續痛感。

例子要舉可舉出很多，這裏不多講了。本章只在點出閩南語或臺語所含的幾點可貴的特性。

十三、一本白話書

最古老的書，像《論語》、《孟子》都是用白話寫的，但也有不是用白話寫的，如《詩經》中的雅、頌，如《書經》各篇，都是前代的文言。古文言讀起來詰屈聲牙，很不順口，至今已很少有人問津。但是時至今日就連在當時是最流暢的白話書，也少有人讀了。本章要討論的一本白話書，是寫於中古直前，向來為讀書人所珍愛的《世說新語》。

《世說新語》是南朝宋劉義慶門客所編輯，是一本小說類隨筆體的名著，起東漢迄當代，所記人物故事雖簡短，卻極為精彩。尤其是用當時的白話寫成，在保存古語特多的閩南語人讀起來，更是字字珠璣。下面試者分條來加以引證：

1. 陳太丘詣荀朗陵，貧儉無僕役，乃使元方將車，季方持杖從後；長文尚小，載著車中。德行第一

   句中用了一個白話字：「著」，臺語 tĭ，tī；當時的語言大概是 tĭ。

2. 蕭廣濟《孝子傳》曰：「祥後母庭中有李，始結子。使祥書視鳥雀，夜則趁鼠。」〈德行第一〉

   句中用了一個白話字：「趁」，臺語 tŋ。

3. 顧榮在洛陽，嘗應人請。〈德行第一〉

　　句中用了一個白話字：「請」，臺語 ts'iáⁿ。

4. 謝公夫人教兒問太傅，那得初不見君教兒。〈德行第一〉

　　句中用了一個白話字：「那」，臺語 ná。

5. 人寧可使婦無褌(裙)邪？〈德行第一〉

　　句中用了一個白話字：「人」，臺語 lâŋ，當「我」講。

6. 恭作人無長物。〈德行第一〉

　　句中用了兩個白話語詞：「作人」，臺語 tsə̀ lâŋ；「長
物」，tiòŋ mȋh。

7. 吳郡陳遺家至孝，母好食鐺底焦飯。〈德行第一〉

　　句中用了兩個白話語詞：「鐺底」，臺語 tiáⁿ té (tóe)；
「焦飯」，臺語 ta pōŋ。「鐺底焦飯」即官話「鍋巴」。

8. 小時了了，大未必佳。〈言語第二〉

　　句中用了一個白話語詞：「了了」，臺語 liú liú。

9. 寄人國土，心常懷慚。〈言語第二〉

　　句中用了兩個白話詞：「人」，臺語 lâŋ，「他人」的意
思；「國土」臺語 kok tō。

10. 應聲答曰：「所謂無小無大，從公于邁」。〈言語第二〉

　　句中用了一個白話語詞：「應聲」，臺語 ìn siaⁿ。

11. 嘗發所在竹篙。〈政事第三〉

　　句中用了一個白話詞：「竹篙」，臺語 tek kə。

12. 上捎雲根，下拂地足。〈政事第三〉

　　句中用了兩個白話字：「捎」，臺語 siāu；「拂」，臺語

but。

13. 庚子嵩讀《莊子》，開卷一尺許便放去，曰：「了不異人意。」〈文學第四〉

　　句中用了兩個白話字：「了」，臺語 lóŋ，當時大概讀 láŋ，或變為 láu；「人」，臺語 lâŋ，「我」的意思。

14. 見而問曰：「老莊與聖教同異。」對曰：「將無同。」〈文學第四〉

　　句中用了一個白話句：「將無同」，臺語 tsiah bê tâŋ。

15. 取手巾與謝郎拭面。〈文學第四〉

　　句中用了兩個白話詞：「手巾」，臺語 ts'iú kin（kun）；「拭面」，臺語 ts'it bīn。

16. 田舍兒強學人作爾馨語。〈文學第四〉

　　句中用了兩個白話詞：「人」，臺語 lâŋ，「我」的意思；「爾馨」，臺語 né（ní）se^n，也寫做「寧馨」──又 né（ní）he^n。

17. 錯於病中猶作《漢晉春秋》，品評卓逸。〈文學第四〉

　　句中用了一個白話詞：「品評」，臺語 p'in pêŋ。

18. 甚有才情。〈文學第四〉

　　句中用了一個白話詞：「才情」，臺語 tsâi tsêŋ。

19. 王孝伯在京行散，至其弟王睹戶前。〈文學第四〉

　　句中用了一個白話詞：「行散」，臺語 kiâ^n sóa。

20. 劉眞長、王仲祖共行，日旰未食。〈方正第五〉

　　句中用了一個白話字：「旰」，臺語 oà^n。

21. 袁孝尼嘗請學此散，吾靳，固未與。〈雅量第六〉

　　句中用了一個白話詞：「靳」，臺語 gīn。

22. 湛然不動，了無恐色。〈雅量第六〉

　　句中用了一個白話詞：「湛」，臺語 tiām；「了」lóŋ。

23. 盥洗畢，牽王丞相臂。〈雅量第六〉

　　句中用了一個白話詞：「牽」，臺語 kʻan。

24. 直是闇當故耳。〈雅量第六〉

　　句中用了一個白話字：「闇」，臺語 àm。

25. 卿昔與劉備共在荆州。〈識鑒第七〉

　　句中用了一個白話字：「共」，臺語 kāŋ。

26. 不如阿母言。〈識鑒第七〉

　　句中用了一個白話詞：「阿母」，臺語 a bó（bú）。

27. 卿家癡叔死未？〈賞譽第八〉

　　句中用了一個白話字：「未」，臺語 bōe。

28. 言談之林藪。〈賞譽第八〉

　　句中用了一個白話詞：「林藪」，臺語 lâ sà。

29. 劉眞長標雲柯而不扶踈。〈賞譽第八〉

　　句中用了一個白話字：「柯」，臺語 oe，「枝」的意思。

30. 共語至暝。〈品藻第九〉

　　句中用了一個白話字：「暝」，臺語 mê。

31. 王脩載樂託之性，出自門風。〈品藻第九〉

　　句中用了一個白話詞：「門風」，臺語 mɠ̂ hoŋ。

32. 昔夫人臨終，以小郎囑新婦，不以新婦囑小郎。〈規

箴第十〉

　　句中用了一個白話詞：「新婦」，臺語 sim pū。

33. 撾登聞鼓。〈規箴第十〉

　　句中用了一個白話字：「撾」，臺語 k'au。

34. 丞相翹須(鬚)厲色。〈規箴第十〉

　　句中用了一個白話詞：「翹鬚」，臺語 k'iàu ts'iu。

35. 炊忘箸箅，飯今成糜。〈夙惠第十二〉

　　句中用了一個白話字：「箅」，臺語 p'i；「糜」，臺語
moâi，mâi，bê。

36. 晉明帝欲起池臺。〈豪爽第十三〉

　　句中用了一個白話字：「起」，臺語 k'í。

37. 以如意拄頰。〈豪爽第十三〉

　　句中用了一個白話字：「拄」，臺語 tú。

38. 企腳北窗下彈琵琶。〈容止第十四〉

　　句中用了一個白話詞：「企腳」，臺語 k'iā k'a。

39. 山中有邅跡虎。〈自新第十五〉

　　句中用了一個白話字：「邅」，臺語 teⁿ。

40. 七百斛秫米不了麴蘗事。〈任誕第二十三〉

　　句中用了一個白話詞：「秫米」，臺語 tsut bí。

41. 請別日奉命。〈任誕第二十三〉

　　句中用了一個白話詞：「別日」，臺語 pat dzit。

42. 俗物已復來敗人意。〈排調第二十五〉

　　句中用了一個白話詞：「敗人意」，臺語 p'áiⁿ lâŋ ì；

又有「敗意」p'áiⁿ ì 之語。

43. 丞相以腹熨彈棋局，曰何乃淯！〈排調第二十五〉

句中用了兩個白話字：「熨」，臺語 ù，「淯」臺語 ts'in，「涼」的意思；「淯」也寫做「澒」。

44. 卿類社樹，遠望之峨峨拂青天。〈排調第二十五〉

句中用了一個白話詞：「峨峨」，臺語 giâ giâ；「拂」臺語 but、póe。

45. 雖是敗物，猶欲理而用之。〈排調第二十五〉

句中用了一個白話詞：「敗物」，臺語 p'áiⁿ mih。

46. 阿翁詎宜以子戲父？〈排調第二十五〉

句中用了一個白話詞：「阿翁」，臺語 a koŋ，「祖父」的意思。

47. 爾時例不給布颿。〈排調第二十五〉

句中用了一個白話詞：「布颿」，臺語 pò p'âŋ。

48. 彪以手歙叔虎。〈輕詆第二十六〉

句中用了一個白話字：「歙」，臺語 hap、hip。

49. 劉夫人在壁後聽之。〈輕詆第二十六〉

全句是白話：「在壁後聽」，臺語 tsāi (tī) piah āu t'iaⁿ。

50. 乃剔吐汙頭面被褥。〈假譎第二十七〉

句中用了一個白話詞：「頭面」，臺語 t'âu bīn。

51. 卻後少日，公報姑云已覓得婚處。〈假譎第二十七〉

句中用了一個白話字：「卻」，臺語 kəh、kiəh。《三

國志》魏武紀：「卻十五日，爲汝破紹。」《呂氏春秋》
〈當務篇〉：「齊之好勇者，其一人居東郭，其一人居
西郭，卒然相遇於塗，曰：『姑相飲乎？』觴數行，
曰：『姑求肉乎？』一人曰：『子，肉也；我，肉也。
尙胡革求肉而爲之？』於是具染而已。因抽刀而相啖
至死。」文中的「革」字，就是 kəh 的別寫。

52. 良久轉頭問左右小吏曰：「去未？」〈忿狷第三十一〉

　句中用了一個白話詞：「去未」，臺語 k`i bōe。

53. 周充自外還，乳母抱兒在中庭，兒見充喜踊，充就
乳母嗚之。〈惑溺第三十五〉

　句中用了一個白話字：「嗚」，臺語 oⁿ；有「嗚嗚睏」
之語。

54. 少年何以輕就人宿？〈仇隙第三十六〉

　句中用了一個白話字：「人」，臺語 lâŋ，「他人」的意
思。

　以上 54 條，是粗略摘出，非有特別必要，凡重複者皆
省去。如再仔細檢取，可引證的部分，恐怕還不少。

十四、西北雨

　　有一本書，名叫《臺語溯源》，作者署名亦玄，不知何許人也，裏面有一篇寫「西北雨」。據作者的自白，「西北雨」既不一定從西北方來，名稱上不免古怪，爲了探究得名眞相，翻了不少閩南方志，請教過各色各樣的人，花了很久的時間，可是終究還是沒查出所以然來。作者說，他求教過許多風土專家及老農，公說公的理，婆說婆的理。比如有一位老先生說，因爲閩南同安縣西北多山，夏天午後時常興雲致雨，所以叫「西北雨」。可是第一、呼「西北雨」的，不僅同安一地；第二、雨並非全由西北方向來的。故作者覺得那位老先生的說法不能確立。有一位老農說，「西北雨」是「三八雨」的變音，因爲這種雨來時，跡近瘋狂，好似一個「三八」的人，性情乖張，蠻不講理。有一位補傘老人，卻說「西北雨」是「獅豹雨」的訛音，因爲這種雨勢，如獅突豹奔，每每叫人來不及閃躲。作者評論這些說法，轉彎抹角，想入非非，博人一笑是可以的，要做爲源頭的資料，顯然站不住腳。於是作者說，他只好放棄了民俗的方向，希望能從科學上求得解答，可是請教了一位服務於中央氣象局四十餘年的本省朋

友，只得到搖搖頭的回答。後來在桃園訪問一位對曆法和民俗有深入研究的人，說「西北雨」都在下午太陽「西」斜後降落，這就是「西」字的出處；「北」字代表水（北方壬癸水），並無方向的意義。「西北雨」就是指太陽西斜後所降的雨水，所以本省民間常把「西北雨」中的「雨」字省略，簡稱為「西北」，就是因為「西北」之中已經包含了雨「水」了。於是作者認為這是他苦苦搜尋多年，對「西北雨」最合情合理的詮釋。不過，作者附帶著說，他個人見聞不廣，不敢保證沒有比這更好的說法，那只有仰賴讀者賜教了。

上面引述亦玄先生多年苦尋「西北雨」一詞得名真相的自白，可看到閩南語研究並不很容易，理由是閩南語過分古老，大約可斷定超出四千年，有許多語音經過這樣漫長的年代不免有變貌，或根本失去了轉變的線索，查也查不出來，惟一的辦法或者只有訴諸研究者各種智識的綜合直覺判斷。比如這「西北雨」一詞，亦玄先生請教過各色各樣的人。固然似乎必要，但是追搜得出來的機會卻是很渺茫的。最後桃園那位用五行說來解釋的先生，亦玄先生雖不得不以「差強人意」的心情，來自我滿足，卻仍然不是「西北雨」得名的真相。當時讀亦玄先生這一段文章，覺得那時作者探求的對象似乎找錯了人，若能夠找對對象，找個兼備文字、聲韻、訓詁三科智識的人去問，也許真能問出答案來。我本人碰巧是兼備上三科智識的人，可惜亦玄先生用了匿名發表，又沒有住址，否則我早就寫信告訴他真相了。

有那位讀者，知道亦玄先生本人的，請將下面的答案轉告他，我想他會高興地跳起來的。

其實「西北雨」是轉音之後的白字，追尋得出它的本音，自然就可查出它的正字來。按「西北雨」的正字是「夕暴雨」，古音 siak pak hōa，經數千年長時間的轉變，「夕」siak 轉變 sia，再轉爲 se，就變成了「西」。「暴」(《說文解字》造有正字「瀑」字) pak 和「北」同音，是這一音將「夕」siak 拉向「西」字轉音的。這種雨有兩個特徵：第一個特徵是暴起於傍晚，第二個特徵是其勢兇暴，故得「夕暴」之名；有時也可單名叫「瀑」，土俗寫成「報」字。不過「瀑」或「報」單用時，現時的意義已有點變，不再像《說文解字》「瀑，疾雨也」，明指西北雨，卻是專指春、冬二季暴起的「飆」(英語 storm)。西北雨，是地區性的，範圍不太大，飆的範圍則大得多。以臺灣而言，飆可席捲整個南臺灣，雨勢比西北雨大，惟時間則與西北雨不相上下，大概是一小時左右。

閩南語因過分古老，寫不出正字的語詞特別多。光復當初外省人初來臺，聽不懂臺灣話，只聽見一句常用的話，叫 m̄ tsai iáⁿ，意思是不知道。因語音與官音相去太大，未免覺得太新奇，故縱然別的臺灣話沒學會，這一句話卻很快便學會了。後來中央政府遷臺，來臺的外省人更多，莫不對這一句話最先感興趣。可是外省人學臺語，因彼此語音有很大的距離，往往學不好，m̄ tsai iáⁿ 說成 mō tsai iâŋ。再經寫文章的人寫成文字，越發離譜，竟然寫成「莫宰羊」。

不過就是臺灣人自己寫，也寫不出正字來，大都寫成「不知
影」；比「莫宰羊」雖好，末尾的「影」字卻很不好交代。就爲
臺語古奧，很難寫對正字，外人不免帶著挪揄的口氣來學
舌，甚至書之文字之時也不免用字輕薄，甚至連自己人都
不免引以爲恥。這 m̄ tsai iáⁿ 一詞正字的寫出，是高雄醫學
院已退休教授許成章先生的一大功績。許教授說：「以肉麻
當有趣，或許是令人最得意事。可是把閩南語 m̄ tsai iáⁿ 寫
成『莫宰羊』的人，我一直以爲他應該『宰』的是自己的
牛。『不知也』，何等古雅的文言！」原來 m̄ tsai iáⁿ 的正字
是「不知也」，實在古雅得很，寫成「莫宰羊」眞的太輕薄了，
無怪許教授說是「牛」。孔子說過：「知之爲知之，不知爲不
知，是知也。」自己不知道的事，最好不要感情用事，信口
開河，何況還輕薄地要侮蔑別人？可是歷代對閩南語抱輕
視侮蔑態度的人實在很多，這當然都是出於他們自己的無
知。就連朱熹是百代大師，又生長老死於閩，自己講的又
是閩語，也看不起閩語，朱熹說：「閩、浙聲音尤不正。」
朱熹的《紫陽綱目》爲歷朝定正統，故他的政治意識很重，
在語言語音方面，他總以官話爲標準語，他既昧於古漢語
音的智識（這個知識始於清朝乾隆年間的錢大昕，朱熹當然
無從知曉），不知閩、浙語爲古漢語的嫡傳，又抱有官話是
正統的成見，看到閩、浙語音與官音大相逕庭，自然就說
出洩氣的話來了。朱熹是自己人且又博學無出其右，都抱
這樣的觀點了，何況別人？故歷代輕視閩南語的人自然不

能免，其中且有大肆抨擊，橫加侮蔑的，這些人自然是許
教授所指的「牛」。既是「牛」，還能跟他說什麼？如明朝江蘇
太倉人王世懋在《閩書疏》裏便有如下的話：「建、邵之間，
人帶豫章音。長汀以南，雜虔嶺之聲。自福至泉、臬舌彌
甚。漳海不啻異域矣。」竟然罵閩語爲臬舌（伯勞叫），而漳
州沿海一帶，還當是外國話，實在無知之甚。清朝北平大
興人黃叔璥在《臺海使槎錄》裏也說：「郡中（臺灣）臬舌鳥
語，全不可曉。如『劉』呼『澇』、『陳』呼『澹』、『莊』呼『曾』、
『張』呼『丟』。余與吳侍御兩姓，『吳』呼作『襖』，『黃』則無
音，厄影切，更爲難省。」有一篇叫〈臺遊筆記〉的文字，不
知作者，「牛」得更厲害，侮蔑臺語至使人光火，他說：「土
音啁啾，初莫能辨；呼內地人曰外江郎，喫烟曰腳葷，茶
曰顚，飯曰奔，走路曰強，婦女曰摘毛，玩耍曰鐵托。略
舉數語，其餘已可概想。」說「喫烟」是「腳葷」，「茶」是「顚」，
已太過分，說「婦女」是「摘毛」，實在欺人太甚。

　　臺語語音與官話距離太大，又因爲太古奧，非一般人
寫得出正字，故有被外人輕蔑甚或自己人自覺羞恥的事，
像 m̄ tsai iáⁿ 一語乃是一個最尋常的例。然而即便許教授寫
出了正字，或許還有人不免疑惑：m̄ 何以是「不」，tsai 何以
是「知」，iaⁿ 何以是「也」？因爲語音和讀音有一段距離，不
作說明，自然不容易令人信受。「不」字臺語音 m̄，這是世
界標準音，自吳音、閩北音、客家音、粵音都如此發音，
它是一個前上古音的遺留沒有任何疑問。通常有人問話時，

對方必定得開腔說話，如甲問乙：「現在幾點？」乙必定答話，或說沒帶錶，或看看手錶一五一十照答。這是普通問答。另一種問話，要對方表示態度的，如甲問乙：「看在老友面上，不要再僵下去，大家和解了事罷！」乙的態度自然是不肯，你說這個時候乙開腔不開腔？依官話或英語、日語，乙雖不答應還是要開腔，說個「不」pú 字。若是閩南語，文字上寫出來雖然還是有個「不」字，卻是不開腔的；這時閩南人一定緊閉著雙唇，不開口，雖不開口，總要對方知道自己不答應，於是將一個單音從鼻孔裏發出去，成爲不開腔中的開腔。這是最合語音語言原理的標準回答，當然這個從鼻孔出去的音就是 m̂。「不」字的原本寫法是 ✦，像花苞(蓓蕾)，字音 m̂，閩南語現時還叫 m̂，因音值與 m̂ 相同，只有聲調上輕微的差別，故被借用來表示肯不肯的「不」，這是商朝舊音。周朝人表示否定，語音爲 put，文字上照商朝人的習慣，仍用「不」字，也用「弗」字。故自周朝以後「不」字通行 put 音，m̂ 音只存於商朝後裔的口語中。

「知」字的造字是从口矢聲，大概是發誓的「誓」的本字。當年孔子訪問衛國，衛靈公夫人南子是當代第一美人，名聲不太好，要一睹國際大學者孔子的風采，特地發請帖邀請孔子進宮。子路很不高興，不讓孔子去。孔子因礙於臉面，只好硬著頭皮去了。回來時子路嚴厲地盤問了老師一番，孔子急得舉手發誓，聲明絕對沒有做出見不得人的事，原文是這樣寫著的：「子見南子，子路不悅。子矢之曰予所

否者，天厭之！天厭之！」文中的「矢」字就是「誓」的借用字，正字應該是「知」字。後來「知」字轉爲他用，又造「誓」字。而眞正的「知不知」的「知」的正字應該是「哲」字，《詩經》上的「旣明且哲，以保其身」，「維此哲人，謂我劬勞；維彼愚人，謂我宣驕」，明哲就是明智，哲人正對愚人。「知」字和「誓」字、「哲」字的聲音關係，「矢」和「折」兩個聲符可以溝通。「知」字的閩南語正音是 tse，有「著知」tiəh tse 之語，意思是「中誓」，即自己違反了自己的誓言，而中了誓言中的咒詛的意思。大概在一切方言中，只有閩南語纔保存了這一個「知」的古義。「矢」字在古書上不止借爲「誓」（即「知」），也借爲「屎」，而「屎」閩南語音 sai，和「知」tsai，同爲 ai 韻，有系統性在。官話跟「折」同音的「摘」字語音正作 ㄓㄞ，不會是偶然的巧合。「知」字入周朝以後漸漸地有變爲 te 音的趨勢，到了漢朝 te 音早已取代了 tse 音。而「知不知」的「知」是原本爲 tsai，抑是後來變的音，又何時變的，都無可推測。唯一可知的是，官話「摘」旣有 ㄓㄞ 音，「知」字作 tsai 大概曾經在中原存在過，不單是商族直傳的語系中纔有。商朝雖亡，留在中原的語音仍有相當可觀的勢力，周朝人遷殷頑民於洛邑，分配殷人爲農奴於魯、衛等國；又商人亡國之後有一部分人經商販貨各地，故商業的商即商朝的商。

　　「也」字讀音 iá，語音帶了半鼻音成爲 iáⁿ，這是不足怪的。有不少原本沒有鼻音的字，在閩南音中都帶了半鼻音，顯係自然形成，如「異」iⁿ，「易」iⁿ，「豉」siⁿ，「漬」siⁿ；有些字

如「晴」之於「霽」、「菁」之於「蔞」，閩南語取了中間音，前者
為 tsên，後者為 ts'en，則不屬於加半鼻音的類屬。故「也」為
iân，乃是自然的；而「不知也」三字合起來，多像孔子當年
的口語啊！

有了許教授的點明，臺語中常用的兩個語詞，也可寫
出正字了。臺語「有」叫 ū iân，「無」叫 bê iân，正字自然是
「有也」、「無也」，和「不知也」一樣都是活的古語。臺語（閩
南語）中古語多的是，除上幾章已提出者外，再舉一些，不
止印證，可當做考古實地發掘，樂處正無窮。

1.《墨子》〈魯問篇〉：「劉三寸之木。」臺語「劉」liâu，為
　現用常語，割切原木的意思。

2.《墨子》〈大取篇〉：「倪日之言也。」臺語「倪」hiên，閒
　的意思，有「好倪」hòn hiên 之語，是好奇的意思。

3.《荀子》〈榮辱篇〉：「悴悴然唯利飲食之見。」臺語「悴
　悴」mō mō，有「悴悴叫」之語，貪慾的意思。

4.《荀子》〈正論篇〉：「不能以撥弓曲矢中。」臺語「撥」
　poat，曲不正的意思，本字𣲲（𣎳）。

5.《荀子》〈榮辱篇〉：「鯈鮴者，浮陽之魚也，胠於沙而
　思水，則無逮矣。」臺語「胠」k'àh，攔住的意思。

6.《荀子》〈富國篇〉：「汸汸如河海，暴暴如丘山。」臺語
　「汸汸」p'òŋ p'òŋ，豐滿的意思；「暴暴」p'ok p'ok，突
　出的意思。

7.《呂氏春秋》〈古樂篇〉：「昔葛天氏之樂，三人摻牛尾

投足以歌八闋。」臺語「摻」sa，握的意思。

8.《呂氏春秋》〈察今篇〉：「嘗一脟肉而知一鑊之味、一鼎之調。」臺語「脟」pî，「鑊」k‘aŋ(k‘ak之對轉)、「鼎」tiáⁿ。

9.《呂氏春秋》〈知度篇〉：「訾功丈而知人數矣。」臺語「訾」ts‘é，截長補短而概其量的意思。

10.《呂氏春秋》〈權勳篇〉：「子反叱曰訾，退酒也！」臺語「訾」ts‘é，喝止之詞。

11.《呂氏春秋》〈重己篇〉：「使烏獲疾引牛尾，尾絕力勯，而牛不可行逆也。」臺語「烏獲」o k‘ak，本爲古大力士名，臺語謂精力過剩；「勯」sēn，力盡疲倦的意思。

12.《呂氏春秋》〈慎大篇〉：「商涸旱。」臺語「涸旱」k‘ə hōaⁿ，乾旱的意思。

13.《呂氏春秋》〈察微篇〉：「吳楚以此大隆。」臺語「隆」ts‘iâŋ，戰的意思；「隆」爲ts‘iâŋ，猶之「瀧」爲ts‘iâŋ；「瀧」是瀑布。

14.《呂氏春秋》〈慎勢篇〉：「今一兎走，百人逐之。非一兎足爲百人分也，由未定。由未定，堯且屈力，而況衆人乎？」臺語「逐」dziok，追的意思；「屈力」kut lát，盡力的意思。

15.《呂氏春秋》〈離俗篇〉：「以理義斲削，神農黃帝猶有可非，微獨舜湯！」臺語「微」mài，不提的意思，即

「莫說」的意思。

16.《論語》〈憲問篇〉:「微管仲,吾其被髮左衽矣。」臺語「微」mài,非的意思。《詩經》〈式微篇〉:「微君之故,胡爲乎中露?」

17.《漢書》〈成帝紀〉:「幸酒,樂燕樂。」臺語「幸」hèŋ,嗜好的意思。

18.《漢書》〈平帝紀〉:「顧山錢,月三百。」臺語「顧」kò,看守的意思。

19.《漢書》〈五行志〉注引孟康曰:「商鞅爲政,以棄灰於道必坋人,坋人必鬥,故設黥刑以絕其原也。」臺語「坋」pūn,水淹爲im(淹),土淹爲pūn(坋)。

20.《漢書》〈陳勝傳〉:「夥頤,涉之爲王沈沈者。」臺語「夥」hó,驚多之聲。「沈沈」臺語tam tam、taŋ taŋ,有「金沈沈」之語。

21.《漢書》〈周勃傳〉:「其椎少文如此。」臺語「椎」tʻûi,愚拙的意思。

22.《漢書》〈蒯通傳〉:「束縕請火。」臺語「縕」in,草束一束爲一縕。

23.《漢書》〈田蚡傳〉:「君除吏盡未?吾亦欲除吏。」臺語「未」bōe。

24.《漢書》〈朱雲傳〉:「既論難,連拄五鹿君。」臺語「拄」tū,反駁的意思。

25.《漢書》〈趙廣漢傳〉:「寄聲謝我。」臺語「寄聲」kià

sian ，是傳話的意思。

26.《漢書》〈翟方進傳〉：「飯我豆食，羹芋魁。」臺語「芋魁」ō hoâiⁿ，是芋莖的意思；也叫ō koáiⁿ。

27.《漢書》〈王嘉傳〉：「剛直嚴毅有威重。」臺語「嚴毅」giám gēⁿ，是意志堅硬的意思。

28.《漢書》〈貨殖傳〉：「山不茬蘖」臺語「茬」tsè，是「折」的變音。有「茬汰」tsè tʻoah之語，是浪費的意思。

29.《漢書》〈武子傳〉：「毋桐好逸。」臺語「毋桐」m̄ tʻaŋ，不可的意思。

30.《漢書》〈于定國傳〉：「定國食酒至數石不亂。」臺語「食酒」tsiáh tsiú，今官話說「喝酒」，不是古語。

31.《漢書》〈西南夷傳〉：「恐議者選耎，復守和解。」臺語「選耎」tsʻóaⁿ nōa，因循的意思。

32.《漢書》〈王莽傳〉：「恐猲良民。」臺語「恐猲」kʻióŋ hat，威脅的意思。

33.《漢書》〈王莽傳〉：「下餔時，眾兵上臺。」臺語「下餔時」ē po sî，午後的意思。

34.《漢書》〈王莽傳〉：「傳莽首詣更始，縣宛市，百姓共提擊之。」臺語「提」têⁿ，擲的意思。

35.《禮記》〈曲禮〉：「毋嚃羹。」臺語「嚃」tap，嚐的意思。「羹」keⁿ。

36.《禮記》〈曲禮〉：「毋絮羹。」臺語「絮」lā，tʻà，攪起的意思。

37.《禮記》〈郊特牲〉：「帝牛必在滌三月。」臺語「滌」
tiâu，牛滌即牛欄，即牛牢。

38.《禮記》〈內則〉：「衣裳綻裂。」臺語「綻」tīⁿ，密縫的
意思。

39.《禮記》〈內則〉：「燂潘請靧。」臺語「燂」hiâⁿ，燃薪的
意思；「潘」p'un，洗米水的意思；「靧」hôe，洗面的
意思。

40.《禮記》〈內則〉：「諫若不入，起敬起孝。」臺語「起」kó
，猶的意思。

41.《禮記》〈少儀〉：「掃席前曰拚。」臺語「拚」piàⁿ，有
「拚掃」之語。

42.《禮記》〈學記〉：「待其從容。」臺語「從容」ts'ieŋ iêŋ，
閒暇的意思。

43.《禮記》〈大學〉：「見君子而後厭然。」臺語「厭」iap，
掩藏的意思。

44.《史記》〈平準書〉：「官假馬母。」臺語「馬母」bé bó，
有「雞母」、「豬母」等語，語序「母」在後。《漢書》〈昭
帝紀〉：「罷天下亭母馬。」語序「母」在前。《呂氏春
秋》〈察傳篇〉：「狗似玃，玃似母猴。」語序「母」亦在
前，可知自戰國末年語序漸倒。但語序顛倒，語義
有別。

45.《史記》〈楚世家〉：「牽牛徑人田，田主取其牛，徑者
不直矣。」臺語「不直」m̄ tı̍t，不干休的意思。同篇：

「諸侯由是不直秦。」《漢書》〈葛豐傳〉：「上不直豐。」

46.《莊子》〈齊物論〉：「薾然疲役而不知其所歸。」臺語「薾」né，飢無力、疲無力的樣子，正字「餒」，肚子扁扁的意思。

47.《莊子》〈德充符〉：「其脰肩肩」臺語「脰」tāu，頸的意思，有「吊脰」之語。「肩肩」正字「顅顅」gén gén，又kin kin，頸瘦細的樣子。

48.《莊子》〈應帝王〉：「猶涉海鑿河而使蚊負山也。」臺語「涉」siáp，正字「洩」，是漏的意思；「鑿」tsәh，正字「澝」，本字「乍」，是壅水的意思。
要洩乾海水，壅塞黃河，叫蚊蟲背山，都是不可能的事。

49.《詩經》〈常棣篇〉：「常棣之華，鄂不韡韡。」臺語「不」m̂，花苞的意思。

50.《詩經》〈草蟲篇〉：「未見君子，憂心惙惙。」臺語「惙」tsʻoah，心動的意思。

51.《詩經》〈采蘋篇〉：「于以湘之，維錡及釜。」臺語「湘」siә，燒的借用字，臺語「相」也音 siә，是一致的。

52.《詩經》〈邶風柏舟篇〉：「威儀棣棣，不可選也。」臺語「選」sṅ，狎的意思。

53.《詩經》〈大叔于田篇〉：「襢裼暴虎，獻于公所。」臺語「襢裼暴虎」tʻṅ tʻeh pʻah hó，赤身空手打老虎的意

思。

54.《詩經》〈風雨篇〉:「風雨淒淒,雞鳴喈喈。」臺語「喈喈」ke ke,雞叫聲。

55.《詩經》〈揚之水篇〉:「揚之水,白石鑿鑿。」臺語「鑿鑿」tsʻák tsʻák,新的樣子,取意於剛剛鑿過。〈蜉蝣篇〉:「蜉蝣之羽,衣裳楚楚。」臺語「楚楚」tsʻá tsʻá,是 tsʻák tsʻák 的變調。

56.《詩經》〈七月篇〉:「一之日觱發。」臺語「觱」pit,裂的意思。

57.《詩經》〈鴟鴞篇〉:「予羽譙譙,予尾翛翛。」臺語「譙譙」dziâu dziâu,縐的意思;「翛翛」siûⁿ siûⁿ,油污水溼的樣子。

58.《詩經》〈狼跋篇〉:「狼跋其胡,載疐其尾。」臺語「疐」teh,踩著、壓著的意思。

59.《詩經》〈常棣篇〉:「兄弟鬩于牆,外御其務。」臺語「鬩」gê,將鬥的意思,挑戰的意思。

60.《詩經》〈湛露篇〉:「湛湛露斯,匪陽不晞。」臺語「湛湛」tâm tâm,水濕的意思。

61.《詩經》〈采芑篇〉:「鴥彼飛隼,其飛戾天。」臺語「鴥」hiet,飛如擲的樣子。

62.《詩經》〈斯干篇〉:「如竹苞矣,如松茂矣。」臺語「苞」pʻə,「茂」bā。

63.《詩經》〈節南山篇〉:「憂心如惔,不敢戲談。」臺語

「惔」tám，心慌怯的意思。

64.《詩經》〈小宛篇〉：「題彼脊令，載飛載鳴。」臺語「題」tê°，擲的意思。

65.《詩經》〈小弁篇〉：「弁彼鸒斯，歸飛提提。」臺語「提」t'è°，同上條。「弁」pia°。

66.《詩經》〈小弁篇〉：「伐木掎矣，析薪杝矣。」臺語「杝」t'í，裂、分的意思。

67.《詩經》〈何人斯篇〉：「既微且尰，爾勇伊何。」臺語「微」p'ā，ba，疤，膿包的意思。

68.《詩經》〈鼓鐘篇〉：「憂心且妯。」臺語「妯」tiuh，搖動的意思。正字「怞」。

69.《詩經》〈楚茨篇〉：「楚楚者茨，言抽其棘。」臺語「楚楚」ts'ak ts'ak，有刺的樣子；「抽」tiəh，拔的意思。

70.《詩經》〈大田篇〉：「雨我公田，遂及我私。」臺語「遂」sòa，連及的意思；「及」kap。

71.《詩經》〈青蠅篇〉：「營營青蠅，止於樊。」臺語「營營」iā°iā°，有「營營飛」之語。

72.《詩經》〈采菽篇〉：「觱沸檻泉，言采其芹。」臺語「觱沸」puh p'oeh，出泉帶氣泡的意思。

73.《詩經》〈靈臺篇〉：「麀鹿濯濯，白鳥翯翯。」臺語「翯翯」həh həh，肥的樣子。

74.《周禮》〈稻人〉「以瀦畜水」、「以溝蕩水」。臺語「瀦」tù，使水淳洉的意思；「蕩」t'áu，通水解瀦的意思。

75.《周禮》〈司爟〉鄭玄注：「今燕俗名湯熱爲觀。」臺語「爟」、「觀」kún，《說文解字》「涫」爲正字，俗作「滾」。

76.《周禮》〈考工記〉：「轂雖敝不蔽。」臺語「蔽」hiau，木材乾曲，紙張反曲的意思。

77.《周禮》〈考工記〉：「五分其轂之長，去一以爲賢。」臺語「賢」kîⁿ，邊的意思。

78.《周禮》〈考工記〉：「凡察車之道，欲其樸屬而微至。」臺語「樸屬」p'ah siak，完整相配的意思；「微」bā，密合的意思。

79.《周禮》〈矢人〉：「前弱則俛，後弱則翔。」臺語「俛」mà，「翔」siàŋ。

80.《周禮》〈梓人〉：「銳喙、決吻、數目、顅脰、小體、騫腹，若是者謂之羽屬。」臺語「顅」gèn，頸瘦細的意思。

81.《儀禮》〈聘禮〉：「唯羹飪。」臺語「飪」tīm，煮法之一，文火久熟的意思。

82.《儀禮》〈公食大夫禮〉：「擩于醢上豆之間祭。」臺語「擩」nóa，雙手揉之的意思。〈士虞禮〉：「取肝擩鹽。」

83.《儀禮》〈士喪禮〉：「櫛挋用巾。」臺語「挋」tsūn，絞之使水出的意思。

84.《儀禮》〈士虞禮〉：「魚腊爨，亞之，北上。」臺語

「亞」à，有「亞後」à āu 之語，在其後，在其次的意
思。

85.《儀禮》〈特牲饋食禮〉：「祝命接祭。」臺語「接」t'áⁿ，
兩手托之高過腰的意思。

86.《禮記》〈曲禮〉：「執天子之器則上衡，國君則平衡，
大夫則綏之，士則提之。」臺語「綏」t'áⁿ，同上條。

87.《儀禮》〈士喪禮〉：「苴絰大鬲。」臺語「鬲」liàh，展手
自拇指至小指之長，叫一鬲。鄭玄注：「鬲，搤也。
中人之手，搤圍九寸。」

88.《禮記》〈王制〉：「浴用湯，沐用潘。」臺語「潘」p'un，
洗米水。

89.《禮記》〈內則〉：「爲稻粉糔溲之以爲配。」臺語「糔
溲」sau tau，臺語作「溲糔」tau sau，以水調粉而擩之
的意思。

90.《左傳》莊公十二年：「批而殺之。」臺語「批」pa。

91.《左傳》莊公十四年：「蔡哀侯爲莘，故諷息嬀。」臺
語「諷」siâⁿ，引誘的意思。

92.《左傳》宣公二年：「牛則有皮，犀兕尚多，棄甲則
那？」臺語「那」nî，如何的意思。

93.《左傳》襄公二十一年：「子盍詰盜？」臺語「盍」k'ah
m̄，或 hm̄(hṁ)，何不的意思。

94.《左傳》襄公二十四年：「居轉而鼓琴。」臺語「居」ku，
蹲的意思。轉，車後橫木。《韓非子》〈外儲說〉：「兹

鄭之踞轅而歌。」、「踞」是「居」的加意字。

95.《孟子》〈滕文公篇〉：「蓋上世嘗有不葬其親者，其親死，則舉而委之於壑。他日過之，狐狸食之，蠅蚋姑嘬之，其顙有泚，睨而不視。」臺語「泚」 tsˆî，溼的意思，有汗的意思。

96.《論語》〈八佾篇〉：「禮，與其奢也寧儉；喪，與其易也寧戚。」臺語「奢易」tsˆia iãⁿ，鋪張的意思。

97.《論語》〈子路篇〉：「君子泰而不驕，小人驕而不泰。」臺語「泰」tˆái，意態雍容的意思。

98.《論語》〈陽貨篇〉：「割雞焉用牛刀？」臺語「焉」lién，何的意思。

99.《論語》〈陽貨篇〉：「不曰堅乎？磨而不磷。」臺語「磷」lēŋ(lēn 之變音)，鬆落的意思，已轉為鬆緊的「鬆」講。

100.《論語》〈先進篇〉：「鼓瑟希，鏗爾。」臺語「鏗」kˆiaŋ，金屬碰撞清脆之聲；「爾」né，語尾音，意思等於「一下」。

以上粗略約舉百條，都見於臺語中，各書用字未必都是正字，因流傳已久，大家公認，見怪不怪，若是臺語土俗用字，又不免招惹輕蔑。古籍浩瀚，勢無法悉數對舉，如《史記》、《淮南》等大部頭書都不及舉，他書更不用說了。好在本章只是舉例性質，旨在幫助了解臺語之古典性而已。

末了抄錄三百年前江日昇的《臺灣外記》中刊行者認為

是閩南土字的，看看今日成了怎樣的字？

〈 附土音字說 〉

以下九字字典所無，仍照原本刊刻，故晰之：

艙：音倉，船中格堵也。

艍：音居，居兵之雙帆船也。

艐：音宗：船隊也。

熕：音降，炮也。

礁：音焦，水中凸石也。

埔：音浦，山邊平地也。

埕：音埕，土坡也。

汖：音兵，洲名，即濱字省。

椗：即鎮，海中以沈木鎮舟。

十五、官話與臺語

　　各種語言因接觸而產生接納現象，乃是自然的事。如日本語因漢代受中國語的影響最大，其接納之多是周知的事。除了最表面的語詞，即連看似最道地的日本話的，也有不少原是中國話。舉幾個例，足以令人吃驚。日本人多禮，是世界公認，這是大漢禮教的東移，他們稱呼人在姓名之後綴上一個「さん」(sáŋ)，意義等於我們稱人「先生」；這個「さん」乃是「叟」的古音之一。日本語有個介詞或連接詞「も」(móh)，如「我也要去！」日本話是「私も一緒に行きます」，這個「も」和臺語的 mā 是同語，上古音 mā，中古音 mō，日本語接納了中古音。再如日本語有個極好聽的商量語氣尾「ね」(né)，也是臺語中的常語，更是同見於中國古籍的語音，如《禮記》〈檀弓篇〉：「爾毋從從爾！爾毋扈扈爾！」《世說新語》〈方正篇〉：「兒子敢爾！」末尾的「爾」字就是此音。又日本話中很迷人的應語「はい」，正是《說文解字》「欸，應也」的「欸」字；《方言》：「欸，然也；南楚凡言然者曰欸。」古人常說「禮失而求諸野」，大漢形象至乃精神，今日無不東移在日本，故日本纔能那樣地吸引西洋人，不是全然沒有理由的。

　　臺語中也有些外來語，如肥皀稱「雪文」，乃是法國話。
官話和臺語接觸雖不很多，多少總是有的，如臺語謂「管他
去」叫 hoān tsún，很可能是官話「反正」一語的音訛；「陣陣」
叫 tsūn tsūn，顯非臺音，極可能也是由官音來的。但是官
話中有不少話，可從臺語中尋出根來，這個現象，既有興
味，又值得深思。如官話中稱美爲「帥」，顯與臺語稱美爲
súi 有關連。臺語「美」字不止不叫 súi，還叫 bái，即醜的意
思，這是很可怪的現象。而 súi 是「秀」字沒有問題。我們就
從「帥」、「秀」談起罷！

　　「秀」字原是「穗」的本字。《論語》裏孔子有「苗而不秀，
秀而不實」的話，《詩經》〈黍離篇〉「苗」、「秀」、「實」則作
「苗」、「穗」、「實」，可見「秀」是「穗」的本字。「穗」sūi，因與
súi 音值相同，故很自然地被借去當 súi 來寫，自戰國至漢有
「秀士」、「秀才」，即 súi 士、súi 才，也就是「美士」、「美才」
的意思。漢光武帝名劉秀，劉秀就是劉 súi，即劉美，用現
代官話的「帥」，就是劉帥。但是自漢之前在中原一帶「秀」被
讀做 siù，意義也變得抽象不具體，故自賈誼、揚雄都另造
「嬌」字來代表 súi 一音。「秀」的造字，上面「禾」字，下面像
下垂的穗。而「美」字則从羊大，是會意字。「羊」是「祥」的代
字，「祥大爲美」，這是美的本義。但是臺語卻音 bái（眉ㄇㄞ
爲 bâi，美ㄇㄟ爲 bái，一點兒不錯），意思是醜，這是駭人
聽聞的。可是要知古語簡，往往正反兩用。如《論語》寫周武
王有「亂臣十人」，「亂臣」就是治臣，「亂」字含有「治」的意

思。《左傳》文公十五年：「凡勝國曰滅之。」故「勝國」是「敗國」，「勝」有「敗」的意思。「面縛」就是「背縛」。「勢」是豪傑，「毚」是不肖。「若」是順，「婼」是不順。「愈」與「輸」同以「兪」爲音。由這些例，可知「美」在前上古語時代，是含有「醜」的意思，只是自有文字記載以來，沒有「美」是「醜」的用法，可見臺語以「美」爲「醜」，時間很早，超過周朝。

臺語「食飽未？」，官話是「吃飽沒？」；可知「沒」是「未」的變調。

臺語「益加」iah kʻa→iáu kʻa，官話「尤其」；「尤其」是「益加」的音變。

臺語「如何」切音 nō a̍h→lō a̍h，官話「多」ㄉㄨㆠ（多麼的多）；可知「多」是 lo a̍h 的音變。

臺語「逐個」ta̍k ê→ta̍k ke，官話「大家」；可知「大家」是「逐個」的音變。

臺語「茲」tsia，官話「這兒」；可知「這兒」即「茲」。

臺語「之」tse（自甲骨文即如此用音用字），官話「這」（本讀「彥」音）；可知「這」是「之」的土寫。

臺語「討」tʻa̍（《漢書》〈朱博傳〉：「少時嘗盜人妻。」「盜」讀如「討」），官話「討老婆」，娶妻而曰「討」，不免輕薄之甚，很不雅。

臺語「不卻」m̄ kə̍h（「不」、「卻」是同等詞，爲加強而合用），官話「不過」；可知「不過」由「不卻」變來。

臺語「差」tsʻoa̍h（《易經》：「失之毫釐，差以千里。」），

官話「走」（如「走樣」）；可知「走」由「差」變來。官話「走」與「左」音仍相近，「相左」即「相差」siə tsʼoáh。

　　臺語「碌」lėk（勞碌之碌），官話「累」；可知「累」是「碌」的音變。

　　臺語「我等」goán→án，官話（山東話）「俺」，乃是 án（我之婉轉語，臺語問人家居處，往往說「俺底位？」án tá ūi，每將對方括進自己人的這一邊來，表示不見外、親密。因爲臺灣移民來自漳、泉等地，雖陌生人極可能是宗親婚戚，再不然也是同鄉）的北方字。

　　臺語「你等」nín→lín，官話「您」；可見「您」出於「你等」nín，和「俺」（我等）一樣，是第二人稱複詞用爲第二人稱單詞的婉轉語。

　　凡官話可從臺語中找出根源音的語詞，都是古語。官話雖在漢語裔群中爲老么，往往有古音古語，令人驚讚。最尋常的如「白」語音ㄅㄞ、「摘」ㄓㄞ，都是極令人激賞的。官話的語詞，可從臺語尋出根的很多。再如「一會兒」、「一下子」同是臺語 tsı̍t ē á 的不同寫法；「一些兒」是臺語「一絲子」tsı̍t si á 的音變。屎尿一堆官話叫「一抛」，乃臺語「一抔」（一坏）tsı̍t pû 的土寫。

附錄

　　一種語言，在未曾用文字寫成文學之前，總給人土的感覺。培根是英國的大散文家和科學實驗先驅，也是大思想家，甚至有人主張莎士比亞全部戲劇的眞正作者是他。但他認爲英語鄙俗，遲早會消滅，重要的著作都用拉丁文寫作。不過他還是順應時勢潮流，用英文寫了《學問的進步》、《論文集》兩本書。舊俄時代的俄國貴族全講法語，書寫則全用法文，而恥於使用本國語文。尙未臻於文學語文的母語文之受本國人的鄙視，引以爲恥，看來似乎是一種自然的反應。在台灣也不例外，光復前台灣智識分子全用日語日文，臺語甚至一句也不肯講，現在老一輩人這種現象還是很普遍，不小心，你還會誤認他們是日本的觀光客呢！而現在的年輕人則全講官話。我有一個年輕朋友，他跟他的牽手(妻子)初相識時，還誤以爲是外省人呢！如今她已是兩個孩子的媽媽，跟孩子從來不曾講過一句臺語，倒是光復後來台的各省人士，在家裏全講家鄉話，孩子們因此也都講得一口好鄉音。我對這些外省人士，懷抱着無比的敬意。

　　算來我是漢籍古典最熱心的讀者，讀這些古典，令人驚

訝地發現臺語幾乎全蘊藏在古典中；最令我驚訝的是，東漢黃河流域整批古典大注釋家的口語，竟然是那樣的貧乏，幾乎無法解讀古典，處處是猜測，錯誤百出。因此我在十年前寫了一本《臺語之古老與古典》來描繪臺語與上古漢語的縣密疊合現象。此書頗起了些作用，令部分智識分子從此不再以母語爲恥，反引以爲榮；畢竟漢籍古典地位之崇高是不容置疑的。

我由於深入古典而發現了臺語的妙，但無獨有偶，也由於深入官話(即俗稱以北京話爲骨幹的普通話)又發現了臺語的另一妙。光復學習官話，有不少官語語詞令我丈二和尚摸不着頭腦，最令我不能理解的，無如「一股腦兒」這一成語，這一成語的語義跟「腦」絲毫不相干，然而它可就清清楚楚有個「腦」字在。本文便打算專從這普通話中來講講臺語的妙。

還是先從「一股腦兒」這一詞語講起。「一股腦兒」是道地的北京話，外地人初到北京，據說有許多話都聽不懂。但這一語詞現在已通行在普通話裏，人人都懂了，它的意思，常錫楨先生編著《北平土話》列有「全部、一下子、決定性的行爲」共三樣。可是，就是北京人，恐怕也沒一個知道這一語詞的來歷，知道這來歷的，天下間也只我一人。且聽我慢慢道來。

臺語「歇息」叫「歇倦」hiə k'ùn「停倦」t'ēng k'ùn，「歇一次」叫「歇一倦」或「停一倦」；自上工到歇工，叫「一倦」，因此「一口氣」(做下來)也叫「一倦」，而「一口氣」的總量便叫

「一倦頭」。讀者請將臺語的「一倦頭」chit k'ún t'âu 和北京話的「一股腦兒」對照着唸唸看，眞是妙不可言。原來北京話「一股腦兒」是來自閩南話的「一倦頭」，其原義是「一口氣」的意思。試舉一句臺語爲例：「一倦頭吃五碗飯。」將「一股腦兒」當「一下子」來講也好，當「一口氣」來講更好。北京距閩南，用華里計算何啻萬里，說是在閩南的日常用語卻流行到北京去了，誰信？不信，請看下文。

「我管祖父叫爺爺。」這是一句道地的北京話，這句話當中那「管」字十分費解。《國語日報辭典》解釋此字說是「北平話當『把』、『將』用。」這跟漢儒解經一樣，全是猜測。臺語「水管」唸 tsui kóng，「講話」的「講」也唸 kóng，但「講」沒人讀 kóng，它的惟一字音是 káng，因此俗寫「講話」寫成「管話」，這個「管」又不知怎的流行在北京話裏面了。

「妞兒」也是道地的北京話，此音何來，北京人無人知曉，我卻獨知它的來由。臺語「娘」語音南北不同，泉州系唸 niô，漳州系唸 niû，「妞」正好是此兩音的合璧（即此兩音的混血兒），有泉有漳，譜出來便一目了然：niou(ㄋㄧㄡ)。「妞兒」就是閩南語的「娘仔」。我主張閩台捨棄「仔」，採用「子」和「兒」來表示á這一語尾音。「歌仔戲」明明唸 kōa-a-hì，外省人卻援用廣東音唸成ㄍㄜ ㄗㄞ ㄒㄧˋ，這是不尊重別人的母語。早年的小學國語課本還注「仔」爲ㄗ，近年卻也注爲ㄗㄞ。因此我主張捨棄「仔」字。

我不知道「大家」一詞是不是也是道地的北京話，《國語

日報辭典》解釋爲「衆人」。從字面,「大家」兩字無法看出有
「衆人」這個含義。臺語說「大家」tā ka,是指夫之母,即古
人所謂姑,今人所謂婆婆。「衆人」,臺語說成「逐個」tàk ê。
這 tàk ê 一連音,便連成 tàkke 這一音來,淺人寫成「大家」
是很自然的事,此二字於是又流行遍及整個大陸漢語族區。

　　北京話有兩個語詞發音迥異語義全同,很是費解,那
就是「一下子」跟「一會兒」這兩個語詞;「一會兒」這個語音後
來又變出「一忽兒」的一個語詞來。其實「一下子」和「一會兒」
是閩南語 tsìt ē á 兩種寫法,「下」、「會」閩南語同唸做
ē,「子」和「兒」則同表示 á 這一音,一如「月子彎彎照九州」
(見宋人《雲麓漫抄》〈吳舟師歌〉),後來也寫成「月兒彎彎照
九州」。

　　近年台灣下層社會因富有,茶道頗盛行。喝茶須趁熱,
因此臺語叫「呵茶」hā tê。呵茶者,呵去幾許高溫,令入口
不燙傷也。這「呵」轉入北京語便成了「喝」,不然「喝」是大聲
叱喊,「喝茶」豈不成了一個怪詞語?

　　彎腰,北京話叫「哈腰」,臺語叫 áⁿ iə,寫成文字是「亞
腰」。《說文解字》:「亞,象人局背之形。」這個「亞」àⁿ 因爲
是「局背」彎腰,遂生出掩護偏袒的意思來,但《孟子》書中
用的是「阿」字,後世便跟着全用「阿」字。《孟子》原文:「有
若智足以知聖人,汙不至阿其所好。」(見〈公孫丑篇〉)。因
爲「亞」是局背彎腰,矮人一等,故次於聖人便叫亞聖,次
於冠軍便叫亞軍,而臺語「在人之後」便叫「亞後」á āu。

　　寫成「烏說白道」或「胡說八道」，用臺語唸，沒有兩樣，就像寫成「一下子」或「一會兒」用臺語唸沒有兩樣一般，但「胡說八道」到了北京，字面卻就顯得古怪了。「胡」是「烏」的變字，「八」是「白」的變寫，這是至爲明顯的。

　　《韓非子》〈難勢篇〉有一則著名的矛盾故事產生了「矛盾」一語詞，在臺語裏面形容不可信的事，往往說「矛矛」，北京話凡不計較勉強將就則說「馬虎」，其間語義語音脈絡仍十分分明。

　　臺語「這裏」叫「茲」tsia，北京話叫「這兒」。

　　臺語「少量」叫「一絲兒」tsìt sī á，「絲兒」唸快便合音爲「些」sia，北京話正叫「一些」。「些」sia 是北京話合成不來的音，因爲「些」北京音唸 sie（ㄒㄧㄝ）。

　　我不曉得北京話是說「走一趟」或「走一遭」，在元代戲劇裏「須索走一遭」是最常用的語句。「須索」就是臺語 sì sōa，即趕緊的意思。「一遭」就是臺語 tsìt tsōa，即一趟的意思；但此一語詞正確的寫法應寫做「一輟」——「輟」之爲一趟的趟，連漢儒都早已不知。至於「趟」字，它的眞正本義乃是「不知所之的行走」之意，如夢遊、失神出走，此字臺語叫 t'ōng。「須索走一遭」乃是臺語的現用語。

　　北京話「模糊」，是視不明的意思，照字面看不出這個含義。臺語視不明叫「朦霧」bōng bū，一見便知「模糊」是「朦霧」的不確切音字。

　　年輕人臉上常會生粉刺，都禁不住會去擠，這「擠」臺

語叫 tsek，正是「叔」字。「叔」的造字是「擠豆粒」，原形是
㪔。「寂寞」的「寂」字便是以此字為音符造的字，官音ㄐㄧˊ，
台音 tsek。但不學無術的台灣人卻唸 siok，非常可羞。「叔」
讀 siok，其相應語音是 sak，即向前推的意思，這是另一字，
原形㪯。字形可能是㪯之訛變，是矢脫弓的象形，亦即後
世的「釋」字，兼含「射」、「放出」、「推前」、「放開」的意思，
故「無射」bē ia 也寫做「無斁」，不厭的意思。「叔」字原本有
兩字，後世混為一字，遂促使不學無術的台灣人將「寂」字唸
成可羞的 siok。

臺語「濛濛雨」bāng bāng hō，成了北京話的「毛毛雨」。
臺語「熱沸沸」dziat hut hut（不唸 hùi），成了北京話的「熱呼
呼」。

臺語 góa hām li，成了北京話的「我和你」。臺語 ham 或
hâm，有三個來歷，不是「參」ts'am，便是「咸」hâm，或是
「合」háp。

臺語「著小心」tiə siə sim，成了北京語的「得小心」。

司馬遷引《易經》有「失之毫釐，差以千里」的話（今本《易
經》無此語）。「差」，閩南語唸 ts'oáh，臺語仍為常用語，乃
是「偏失」、「偏離」的意思。此語在北京話已變成「走」，如
「走樣」、「看走了眼」。

有個專欄作家說，他喜歡學臺語，可是「眼淚」臺語說成
「目屎」，他很覺得遺憾，眼淚是純情的流露，說成「目屎」未
免大煞風景。我則直覺得很難堪，何止是遺憾！臺語這一語

詞實在太不雅。但這一語詞是轉音的語詞，乃是訛誤的語詞，它的原本說法是「目水」。我們的老社會很愛忌諱，「淚」當然不是好字眼，閩南人於是便諱言成「目水」，這「目水」後來便訛成了「目屎」。這可從北京話男人生得迷人叫「帥」得到證明。按臺語美叫 súi，它的正字是「秀」字。「秀」字原本是「穗」的本字，「穗」sūi 和 súi，音值全同，只差聲調有抑揚之別，故被借來當 súi 字寫。後漢光武帝名劉秀，等於是劉美。但《後漢書》〈光武本紀〉卻收了一則捏造的故事，說是劉秀出生那年「縣界有嘉禾，一莖九穗」，因此就名爲「秀」。其實西漢歷朝求優秀人才，已有「秀才」的專名，「秀才」就是美才，「秀才」二字，後來爲諱光武帝名諱，改稱「茂才」。這個「秀」súi，在北京話裏便轉音爲「帥」，而臺語「目水」也循同一音變的路徑，變成了「目屎」。

北京話說一個人「倔而不遜，說話衝人」爲「藏」ㄗㄤ、，臺語也有這語詞叫 ts'oàⁿ，正字是「壯」字。兩地相去萬里，卻有同一罕見的語詞，眞奇！

北京話「胡扯」叫「扯淡」，臺語也有這一語詞，叫 ts'áu tōaⁿ，寫出來是「臭誕」兩字。「誕」是大言，不經之言，北京話應該寫做「扯誕」纔正確。又是一個萬里詞。

一些看來不明不白的北京話，一經臺語印點，便成了有來歷之語，這種京台同語的語詞很不少，本文勢不能一一列出。

臺語「笛子」叫 pi̅-á，我一向很困惑，而北京話卻也唸成

ㄅㄧ ㄦ，眞奇！

臺語「猴子」一向說成「猴山兒」kau san na，在幼兒面前則只叫「山兒」。老社會，幼兒常有得疳積，全無人形，形狀酷似猴子者（大概是基因病早衰症），因此在一般幼兒面前人人諱言猴。北京話猴子也叫「猴三兒」，又單叫「三兒」，這又是一個萬里詞，眞奇！但「三」應寫做「山」，猴子所以得「山兒」這名字，乃是牠住在山上的緣故。

本文打算在此打住。新英格蘭與英倫雖隔著一片偌大的大西洋，在語言上卻是那樣密邇。台灣跟北京相去萬里，在語言上也密邇到如此不可思議的程度，作者寫完本文，覺得彷彿如在夢中，眞不敢相信這是眞實。

國家圖書館出版品預行編目資料

臺語之古老與古典 / 陳冠學著. -- 初版. --
臺北市：前衛, 2005 [民94]
352面；15×21公分

ISBN 978-957-801-484-8(精裝)
1. 臺語

802.5232   94020158

《臺語之古老與古典》

著　　者　陳冠學
責任編輯　陳恆嘉
出 版 者　前衛出版社
　　　　　10468 台北市中山區農安街153號4F之3
　　　　　Tel: 02-25865708　Fax: 02-25863758
　　　　　郵撥帳號：05625551
　　　　　E-mail: a4791@ms15.hinet.net
　　　　　http://www.avanguard.com.tw
出版總監　林文欽
法律顧問　南國春秋法律事務所 林峰正律師
出版日期　初版：1981年9月30日(自費限定版)
　　　　　二版：1984年3月10日(第一出版社)
　　　　　三版一刷：2006年3月1日(前衛出版社)
　　　　　三版二刷：2011年9月15日(前衛出版社)
總 經 銷　紅螞蟻圖書有限公司
　　　　　台北市內湖舊宗路二段121巷28.32號4樓
　　　　　Tel: 02-27953656　Fax: 02-27954100
©Avanguard Publishing House 2006
Printed in Taiwan　ISBN 978-957-801-484-8
定　　價　新台幣350元

＊「前衛本土網」http://www.avanguard.com.tw
＊加入前衛出版社臉書facebook粉絲團，搜尋關鍵字「前衛出版社」，
　按下“讚”即完成。
＊一起到「前衛出版社部落格」http://avanguardbook.pixnet.net/blog互通有無，
　掌握前衛最新消息。

更多書籍、活動資訊請上網輸入關鍵字“前衛出版”或“草根出版”。

陳志寧 ◎ 著

2千年孽緣中斷

壹號